KB048749

작가=주몬지 아오 일러스트=시라이 에이리
재와 환상의 그림갈
evel. 6—보잘 것 없는 영광을 향하여

오르타나에서 쇼핑 중인 하루히로 일행——

보잘 것 없는 영광을 향하여

재와 환상의 그림갈 level. 6

주몬지 아오

그 외의 캐릭터
Other Characters

팀 렌지

렌지 *class* : 전사
리더. 야수계. 위험하다.

론 *class* : 성기사
팀의 No. 2

샷사 *class* : 도적
화려한 여자. 아마도 M.

아다치 *class* : 마법사
안경.

꼬마 *class* : 신관
마스코트.

팀 토키무네(토키즈)

토키무네 *class* : 성기사
상큼한 훈남. 붙임성이 좋고 낙천적.

이누이 *class* : 사냥꾼
보기에는 아저씨. 소위 중2병—인가?

타다 *class* : 신관
싸우는 신관. 상당히 나서기 좋아함. 은근히 중증.

미모리 *class* : 마법사
전사 출신 마법사. 별명은 '거녀'.

안나 씨 *class* : 신관
금발에 파란 눈인 자칭 미소녀

킷카와 *class* : 전사
처세술에 뛰어남. 하루히로의 동기.

모구조 *class* —— 전사
곰과. 약간 둔하지만 믿음직한 곰.
그에게 지나치게 의존했다.

마나토 *class* —— 신관
파티의 총괄역이었다.
좋은 녀석이었다(과거형).

소우마 *class* —— 무사
클랜 '새벽 연대'를 창립한다.
뭔가 목적이 있는 모양.

초코 *class* —— 도적
하루히로와 아는 사이였다?
오크 보루 전투에서 쓰러진다.

Characters

유메 *class* — 사냥꾼

천연 힐링계.
살짝 수상한 칸사이 사투리?

하루히로 *class* — 도적

졸린 눈이다.
초식계 잠정 리더.

시호루 *class* — 마법사

내성적.
노력가이고 존재감이 희미하다.

란타 *class* — 암흑기사

촐랑이에 제멋대로에 적당주의
인간. 인기 없기로는 넘버 1.

메리 *class* — 신관

쿨한 미인. 의용병으로서는
선배이며 약간 어른스럽다.

쿠자크 *class* — 성기사

새로운 동료.
의욕이 있는 건지 없는 건지.

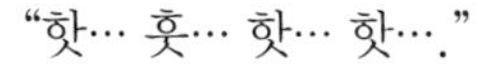

1. 어느 날의 4분의 1

"핫… 훗… 핫… 핫…."

하루히로는 달린다. 숨을 몰아쉬면서 질주한다.

힐끔 돌아보았다. ―있다.

있다. 있어. 있다. 쫓아온다.

놈들은 눈 위치에 구멍이 뚫린, 하얗고 커다란 천을 뒤집어쓰고 있다. 길이가 긴 폰초(주1) 같은 것이다. 동체가 있고, 머리가 있고, 팔과 다리가 두 개씩 있다. 체형은 인간과 많이 닮았다―고 말해도 될 것이다. 단, 구멍으로 엿보이는 눈은 하나밖에 없다.

놈―이 아니다. 어디까지나 놈들이다.

굳이 셀 필요도 없다. 인원수는 파악하고 있다. 여섯 명이다. 창을 든 놈이 다섯이고, 검과 방패를 든 놈이 하나. 창은 손잡이가 하얀 것 이외에는 별반 특징도 없는 창이지만, 검은 다소 보랏빛이 도는 광택이 나고 방패는 마치 거울 같다. 검은 어떤 사정으로 인해 뇌검 돌핀이라고, 그리고 방패는 그 모양 때문에 미러 실드라 칭한다.

누가 먼저 그렇게 불렀는지―아니, 누구긴, 처음에 부르기 시작한 것은 그들이지만, 교단원이라 불리는 놈들이다. 창을 든 놈은 일반 교단원, 줄여서 반교 또는 반돌이. 검을 든 놈은 엘리트 교단원, 줄여서 엘리교 또는 트리. 그런 별명이 정착했다.

"젠장, 피곤해…."

구시렁거리면서도 하루히로는 발걸음을 늦추지 않고 달린다. 계속해서 전력으로 질주하지 않으면 반돌이들과 트리에게 따라잡히

주1) 폰초: poncho. 남미 인디언의 전통 의상. 천 한가운데 구멍을 내서 그곳으로 머리를 넣는 망토 형태의 옷.

고 만다. 하루히로는 보잘것없는 일개 도적이다. 만약 따라잡힌다면 흠씬 얻어맞고 거의 확실하게 죽을 것이다. 그러니까 도망쳐야 한다.

도망쳐라. 지금은 아무튼 도망치는 거다. 무작정 도망쳐라. 도망치는 수밖에 없다.

진한 파랑색과 살짝 붉은 빛이 도는 파랑, 보라, 오렌지색, 노란색과 빨강, 그것들의 중간색이 흩뿌려진 하늘 아래. 하얀 거리를 오로지 계속 달려간다. —거리.

그렇다. 이곳은 거리인가? 적어도 그에 속하는 부류였다. 하얀 돌로 포장된 길 양쪽에는 역시 하얀 돌로 만든 상자 같은 건물이 늘어서 있다. 아무리 여러 번의 우연이 기적적으로 겹쳐졌다고 해도 이런 것이 자연히 생기는 일은 없다. 분명히 누군가가, 지성과 의사를 지닌 어떤 자가 만든 것이었다.

"—아, 정말…!"

땀이 오른쪽 눈에 들어가 쓰렸다. 또 돌아보고 싶은 충동에 휩싸였으나 참아야 한다. 쓸데없는 짓을 하지 말고 달려라. 한쪽 눈을 감은 채로 달려라.

"헉… 허억… 헉… 헉, 헉…!"

저 모퉁이다. 돌아라.

뛰어드는 것처럼 좌회전해서, 약간 좁은 길을 계속해서 돌진했다.

교단원들의 발소리가 뒤에서 다가온다. 위장이 꽉꽉 조이는 것처럼 아프다. 하루히로는, 오오오오오오오오오오—라고 외쳤다. 외쳤다기보다, 외치지 않을 수가 없어서 제멋대로 목소리가 튀어나왔다. 상체가 뒤로 젖혀지고 말 것 같다. 팔을 휘두른다. 힘껏 휘두른다. 허벅지를 높이 올리는 게 좋을까? 그랬다가는 오히려 더 지칠 뿐일까? 아아, 뭐가 뭔지 이제 잘 모르게 되었다. 힘들다. 하지 말 걸 그랬다. —이런 작전.

"크라운 브레이크(천애열참, 天涯烈斬)…!"

왔다. 이제야 왔다. 와주었다.

하루히로는 발을 멈추지 않고 돌아보았다. 오른쪽 건물 위에서 안경을 쓴 신관복 차림의 남자가 뛰어내려 교단원에게 덤벼든다. 트리다. 신관복 차림의 남자는 엄청나게 무거워 보이는 워 해머로 트리의 정수리를 쾅 내리쳤다. 트리는 반돌이들과는 격이 다른, 상당한 레벨의 검사지만 이 기습은 전혀 예측하지 못했던 모양이다. 제대로 맞았다. 물론, 저런 워 해머로 머리를 얻어맞으면 무사할 리는 없다. 교단원들의 폰초는 내구성이 강해서 충격도 어느 정도는 흡수해버리지만, 그래도 저건 무리다. 트리는 머리가 박살이 나며 앞으로 쓰러졌다.

갑자기 리더 격인 트리가 당하자 반돌이들이 안절부절못했다.

"—여기에서…!"

그야말로 듣기 좋은 목소리가 높이 울려 퍼졌다. 습격은 끝난 것이 아니었다.

육망성이 새겨진 갑옷을 입은 남자가 신관복을 입은 타다의 뒤를 이어 허공으로 날아올랐다.

"어…."

하루히로는 자기도 모르게 멈춰 섰다. 어째서? 왜 날아오를 필요가? 점프는 필요 없지 않아? 그냥 뛰어내리면 되는 것 아니야? 알고 있다. 그런 논리가 통용되는 사람이 아니다. 충분히 알고 있지만, 그래도 어이없기는 하다.

"내가! 화려하게 끝낸다…!"

토키즈를 이끄는 성기사 토키무네가 하얀 치아를 반짝반짝 빛내며 최고 도달점에 달하더니 거기에서 낙하한다. 모처럼 반돌이들을 당황시키는 데 성공했는데, 이래서는 도로 물거품이다. 반돌이들은 토키무네를 향해서 창을 내질렀다. 위험하다. 위험하다니까. 이대로 있다가는 꼬치가 되어—버리지는 않았다.

"표범처럼 춤추다가…!"

토키무네는 몸과 함께 검과 방패를 빙글 돌려 반돌이들의 창을 후려치고—,

"범고래처럼 찌른다…!"

반돌이 A의 머리를 밟으며 차고, 반돌이 B의 머리에 돌려차기를 날리더니, 지상에 착지해서 윙크를 했다.

"끝냈다."

"…아니, 일단 찌르지는 않았는데."

하루히로가 딴지를 거는 것과 동시에 신관복 차림의 남자 타다가 반돌이 C의 복부에 워 해머를 꽂아 넣어 멀리 날려버렸다.

"끝내지 못했잖아…!"

"쯧, 쯧, 쯧."

토키무네는 유유히 혀를 차면서 고개를 저었다.

"승부는 이미 난 거였거든?"

"큭…!"

골목에서 뛰어나온, 포니테일 머리에 안대를 차고 딱 달라붙는 가죽 점프슈트라는 거북한 차림을 한 아저씨가 반돌이 D의 눈구멍를 외날 검으로 찔렀다.

"으쌰."

그리고 바로 이어서, 옷차림을 봐서는 아무리 봐도 마법사인데 놀랄 만큼 이것도 저것도 다 크고 지팡이와 검을 쓰는 이도류—이건 이도류라 부를 수 없는 것 같은 느낌도 상당히 들지만—인 여성. 별명은 거녀 씨, 미모리, 미모링이 반돌이 E의 옆얼굴을 지팡이로 가격하고 곧바로 역시 눈구멍을 검으로 찔렀다.

"힘내라요—! 킬 뎀 올—!"

신관복을 입고 금발에 눈이 파란 꼬맹이 소녀가 골목에서 얼굴을 내밀고 성원을 보낸다. 안나 씨는 얼굴과 입만 참가하지 직접 나서는 일은 일단 없다. 기본적으로는 응원 담당이다.

"얏호—! 나도, 나도…!"

전사 중에선 웬만해선 볼 수 없을 정도로 촐랑대는 그 전사는, 분명 토키무네 흉내를 낸 것이겠지—건물 위에서 뛰었다. 그렇게 해서 공중에서 춤을 추는 것 같은 포즈를 취한 것까지는 좋았다. 아니, 좋지는 않다. 뛰어내리려고—했겠지만, 포즈를 취하는 동안에 타다가 "흥"이라며 워 해머를 위쪽으로 휘둘렀다. 반돌이 A는 날려가서 건물 외벽에 부딪쳤고, 킷카와의 바스타드 소드는 근사하게 허공을 갈랐다.

"아앗, 타닷치! 나님의 먹잇감을…!"

"우하하하하아…!"

그리고 토키무네의 돌려차기를 맞고 쓰러졌지만 다시 일어서려던 반돌이 B에게 쓰레기가 덤벼들었다.

“내가, 내가, 내가아…!” 피에 굶주린 쓰레기 중의 쓰레기는 반돌이 B를 걷어차서 쓰러뜨리고는 위에 올라타 결정타를 먹이려고 했다. “—스컬헬 만세…!”

“비켜.”

타다가 쓰레기를 발로 퍽 차버리더니 치켜든 워 해머를 반돌이 B의 머리에 가차 없이 내리쳤다. 반돌이 B의 머리는 폰초 속에서 박살 났다.

“—우오오오오오오오오오오오오오오오오오오오오오오오오오오.”

쓰레기(란타)는 주저앉아서 통곡했다.

아니, 뭐, 진짜 울지는 않았지만.

“뭐냐고오오오? 내가 끝내려고 했는데에에에에. 이 바보오오오오오오오.”

“엉?” 타다가 상대방의 피가 묻은 안경을 왼손 검지로 쓱 밀어 올렸다. “바보라니, 그거 나한테 한 말인가?”

“…아뇨, 아닙니다. 죄송합니다. 진짜로, 진짜로, 죄송합니다. 그게 아닙니다. 진짜로. 그게 아니라… 하, 한 번만 봐주십쇼!” 쓰레기는 재빨리 엎드렸다. “소위 말하는 말실수라고나 할까! 흥분해서 정신이 없었다고나 할까! 결코 진심이 아니라고나 할까!”

“그렇다면 됐어. 이번만은 용서해주지.” 타다는 워 해머를 어깨에 걸쳤다. “다음엔 죽는다.”

“헤헤에에에에에에에—! 화, 화, 화, 황공하옵니다…!”

얼간이.

—라고는 생각했으나, 타다라면 주저 없이 저 워 해머로 란타를 내리치는 것쯤은 진짜로 할지도 모른다. 사과하는 게 정답이겠지.

정말이지 토키즈는 여러 가지 의미로 규격외다.

"우와…." 근처에 숨어 있던 유메가 눈을 동그랗게 뜨고 그 모습을 보았다. "벌써 끝나버렸구먼. 눈 깜짝할 사이였네."

"…정말." 시호루는 유메 뒤에서 힐끔힐끔 상황을 살펴보고 있었다.

"등장할 차례가 없었다…." 키가 큰 쿠자크가 골목에서 불쑥 나왔다.

"너무 빨라…." 메리가 쿠자크의 비스듬히 뒤쪽에서 한숨을 내쉬었다.

"뭐, 우리한테 걸리면 이런 거지." 토키무네가 지나치게 하얀 이를 번쩍 빛내며 손가락을 딱 튕겼다. "본편은 이제부터—인데? 하루히로?"

"네." 하루히로는 평상심으로 란타의 등을 걷어찼다. "자, 준비해."

"아얏. 야, 인마! 고작해야 하루히로 주제에 감히 이 나를 발로 차다니…."

"웅냐." 유메가 활을 들고 화살을 겨눈다. "왔잖아!"

소리다. 큰 소리가 다가온다. 아까 하루히로가 돌았던 모퉁이 쪽이다. 나타나셨다. 거녀 씨 미모링보다도, 190센티미터가 넘는 쿠자크보다도 더 크다. 아마도 두 배 이상 되겠지. 키는 약 4미터. 머리는 사자 비슷하지만 눈은 하나, 하얀 거인이다.

"카카캇! 내 실력을 보일 차례로군…!" 란타는 고인이 된 트리 씨의 뇌검 돌핀을 집어 들었다. "간다! 평소처럼 찌리리 대작전…!"

"…그런 이름…." 시호루가 몹시 싫은 것 같은 얼굴을 했다.

"이욥!" 유메가 쏜 화살은 4미터급 하얀 거인의 외눈—에는 명중하지 않고 얼굴 옆을 스쳤다. "—캬아! 아깝네!"

하루히로는 후유… 하고 한 번 숨을 내쉬고 어깨 힘을 빼고 토키무네를 흘낏 보았다.

"그럼, 평소처럼."

"하핫." 토키무네는 상큼하게 웃고는 하루히로의 등을 두드렸다. "오케이, 오케이. 평소처럼 제대로 하자고."

"데름 헬 엔." 미모링이 지팡이로 엘리멘탈 문자를 그리면서 주문을 읊었다. 뽑아든 검은 아직도 왼손에 쥔 채였다. "이그 아르부."

전사 출신으로 아직도 백병전 쪽이 장기인 모양인데, 현재는 마법사다. 아르부 매직(염열마법)의 초보 중의 초보인 파이어 볼(화염탄). 마법생물 엘리멘탈이 주먹보다 약간 큰 불구슬이 되어 하얀 거인 쪽으로 휘르르르르 날아갔다. 하얀 거인은 피하려고 하지 않았다. 불구슬은 하얀 거인의 가슴에 맞고서 슉… 하고 꺼졌다.

"밟히지 마!" 하루히로는 그런 건 누구나 알 거라고 생각하면서도 그렇게 지시를 내리면서 쿠자크에게 시선을 보냈다. "쿠자크는 앞으로. —그리고 토키즈는 전선 구축을 부탁합니다."

"맡겨두시라!" 토키무네는 검을 쥔 채로 오른손 주먹으로 방패를 탕탕 두드리면서 전진한다. "킷카와, 이누이, 타다, 화려하게 가자!"

"오케이!"

"크… 어쩔 수 없지…!"

"음. 내가 최강이라는 걸 보여주지."

토키무네의 뒤를 킷카와, 이누이, 타다, 쿠자크가 말없이 따라간다.

하루히로는 무릎을 흔드는 것처럼 위아래로 움직였다. 이동은 하지 않는다. 유메, 시호루, 메리는 하루히로 바로 뒤에서 진을 쳤다. 안나 씨와 미모링도 곁으로 왔다.

지금의 자신은 졸린 눈을 하고 있음에 틀림없다고 생각한다. 호흡은 흐트러지지 않는다. 기분도 그런대로 거의 차분하다.

토키무네, 킷카와, 이누이, 타다, 쿠자크는 가급적 간격을 띄워 옆으로 나란히 섰다. 그렇긴 해도 이 길은 결코 넓지 않다. 폭은 3미터 남짓일 것이다. 좀 더 큰 길을 선택해야 했을까? 단, 그것은 또 그것대로 교단원들이 매복해 있다가 한꺼번에 섬멸하려 들기에 좋은 조건일 것이다.

이번에는 교단원들과 하얀 거인이 그룹을 형성했기 때문에, 하루히로에게는 크게 나눠서 두 개의 선택지가 있었다.

포기하거나, 계책을 짜거나.

하루히로네 팀만 있었다면 당연히 전자를 선택했다. 란타(쓰레기)가 아무리 시끄럽게 항의해도, 하루히로가 리더로서 미약한 권력이나마 발동시켜서 그 자리를 떴을 것이다.

다행인지 불행인지 토키즈와 함께 행동하고 있기 때문에 그것은 뜻대로 되지 않는다. 하루히로가 위험하니 그만두자고 말해도 순순히 물러서줄 토키즈가 아닌 것이다. 결국 계책을 짜서, 하루히로가 미끼가 되고 도망쳐 다니면서 교단원들과 하얀 거인을 갈라놓기로 했다. 먼저 교단원들을 처치한 후에 하얀 거인을 요리하는 것이다.

뭐, 익숙해지긴 했다.

미답지대, 통칭 NA, 그리고 이 더스크렐름(황혼세계)을 발견한 지 어언 한 달 반.

여러 가지 일이 있었습니다.

지나칠 정도로 여러 가지 일입니다.

아니, 그렇지도 않은가?

그런가? 응. 그러네.

적어도 하루히로 기준으로는 유난히 농밀한 한 달 반이었다.

그 원인의 반 정도는 토키즈에게 있다—고 해도 과언은 아닐 것이다.

그야 이곳을 함께 발견한—입구의 최초 발견자는 하루히로네 팀이지만, 일반적으로는 유명한 개그 팀 토키즈와, 덤으로 바로 그 고블린 슬레이어 하루히로 외 몇 명이 발견했다는 식으로 알려지고 말았다—사이였고, 의도하지는 않았어도 서로의 연대감이 강해질 만한 사건도 있었고, 역시 하루히로 팀만으로는 불안하기도 했기 때문에, 꼭 그렇게 하자고 한 건 아니었지만, 정신이 들고 보니 자연스럽게 합동으로 더스크렐름에 다니는 형태가 되었다.

그래서, 이런 일도, 저런 일도 있었다. 매일처럼, 때로는 하루에 몇 번이나 사건이 일어났다. 그야 엉망진창이니까, 이 사람들(토키즈).

아니면, 상식인이라 자부하는 하루히로가 실은 이상한 걸까? 토키즈가 보통인 건가? 진심으로 고민한 적도 있으나, 쓸데없다.

토키즈가 이상하고 하루히로가 정상이다. 란타는 둘째치고, 하루히로 팀과 토키즈 사이에는 깊고도 드넓은, 메우기 힘든 강이 흐른다. 아니, 메우기 힘들다고나 할까, 메울 수 없다. 무리다. 무리,

무리. 그렇게 생각하게 된 후부터는 오히려 좀 마음이 편해졌다. 아주 조금이지만.

어차피 메울 수 없는 것이니까 메우려는 노력 같은 건 하지 않아도 된다. 해봤자 소용없다.

어째서 그런지는 생각하지 말기로 한다. 그래도 자꾸 생각하게 되어버리긴 하지만, 쓸데없는 고민은 하지 말자. 어쩔 수 없는 거다. 이런 사람들이니까. 그냥 그런 거라고 받아들이고 이해만 해두면, 이런 때에는 대개 이렇게 나오겠지, 이렇게 되겠지—라는 예상은 가능하다. 일일이 화를 내거나 그렇게 놀라거나 하지 않아도 된다.

그리고 결코 무능하지는 않은 사람들이니까, 잘 이용하자.

실제로 전력 면에서는, 지나치게 공격에 편중되기는 했으나 제법 대단하다. 특히 토키무네와 타다는 일급 어태커(공격수)다. 토키무네는 성기사니까 그렇다고 해도, 타다는 전사 출신이긴 하지만 지금은 신관인데….

아무튼, 토키즈와 잘만 지내면, 하루히로네 파티만으로는 할 수 없는 일을 할 수가 있다. 사지로 여겨질 만한 국면을 타개하는 것도 불가능하지 않다.

그리고 어떤 의미에서는, 이것이 가장 중요한 건데, 벌이가 된다. 수입을 토키즈와 반씩 나눠도 하루히로 팀끼리만 꾸준히 조금씩 버는 것보다 훨씬 효율적이다.

"제스 인 사르크 카르트 프람 다르트…!"

시호루가 선더 스톰(폭위뇌전, 暴威雷電)을 발동시켜 벼락 다발을 전부 하얀 거인에게 명중시켰다. 제법 엄청난 소리가 나면서 하얀 거인은 온몸을 부르르 떨었다. 발이 멈췄다. 그러나 금방 다시 걷기 시작한다. 걷는 것이기는 해도 하얀 거인은 덩치가 크다. 다리도 길다. 큰 보폭으로 성큼성큼 다가온다.

"헤이, 헤이, 헤이—!" 토키무네가 검으로 방패를 두드리며 도발했다. "컴온, 컴온, 컴온!"

"고, 고, 고, 고…!" 하얀 거인이 토키무네를 주먹으로 내리쳤다.

"—이쪽." 토키무네는 뒤쪽으로 뛰어 피했다.

"고, 고…!" 하얀 거인은 다시금 주먹을 휘둘렀다.

"이쪽." 토키무네는 몸을 돌려 피한다.

"고…!" 하얀 거인은 두 팔을 뻗어 토키무네를 붙잡으려고 했다.

"예이…!" 토키무네는 뒤로 공중제비를 돌아 도망쳤다.

"으랴!" 곧바로 타다가 하얀 거인의 팔을 워 해머로 쳤다.

"고, 고…." 하얀 거인은 손을 도로 거두고 타다에게 외눈을 향했다.

타다는, 일부러 그랬겠지, 워 해머를 유유히 어깨에 걸치고 왼손 가운뎃손가락을 세웠다. 덤벼봐라, 망할 놈—이라는 건가? 하얀 거인에게 그런 제스처가 통했는지 어쨌는지. 그 점은 알 수 없지만, 하얀 거인은 무릎을 쑥 구부리며 허리를 낮췄다. 뛰어오르려는 것이다.

"물러서!"

하루히로는 말할 필요도 없을 것이라고 생각하면서도 만약을 대비해서 목소리를 높였다. 이 정도는 다들 알 것이다. 그러니까 생략해, 말하지 않아도 돼, 알고 있어 바보야—라는 반응은 듣고 싶지 않아—라고 생각하게 되지만, 바보라고 비웃음을 사도, 짜증스럽게 여겨져도 할 일은 해두자. 그것이 하루히로의 자세다.

"올 라이트…!"

토키무네와 타다, 킷카와, 이누이, 쿠자크의 전선 구축조가 일제히 후퇴했다. 거의 동시에 하얀 거인이 펄쩍 점프.

"파라오…?!" 킷카와가 괴상한 소리를 냈다. ―뭐야? 파라오가.

하얀 거인은 7~8미터 정도나 점프했다가 땅울림을 일으키며 착지했다. 아무도 밟혀 죽지는 않았지만, 후퇴하는 타이밍이 조금이라도 늦었다면 위험했을지도 모른다.

지금이다. 하루히로가 그렇게 호령할 필요조차 없었다.

"―읏쌰아아아아아아아아아아아아아아아아아아아아아아앗…!"

골목 안에 몸을 숨기고 있던 란타가 뇌검 돌핀을 치켜들고 하얀 거인에게 돌격한다.

란타는 벤다기보다는, 때렸다.

노리는 것은 하얀 거인의 오른발이다.

"으랴, 으랴, 으랴, 으랴, 으랴, 으랴, 으랴, 으랴, 으랴, 으랴, 으랴, 으랴, 으랴앗…!"

숨도 쉬지 않고 연타, 연타, 연타다.

하얀 거인은 뇌검 돌핀으로 맞을 때마다 까딱까딱, 짧은 동안이지만, 거대한 석상처럼 그 몸이 경련했다.

이게 바로 찌리리 대작전.

지독한 작명이다.

이름은 접어두고, 이 전법은 상당히 유효하다. 이렇게 움직임을 멈추게 함으로써 하얀 거인을 쓰러뜨릴 찬스가 생겨난다. 어디까지나 찬스가 생겨나는 것뿐이다. 이제부터는 순수한 화력이랄까, 파괴력 승부가 된다.

"타다 씨…!"

하루히로가 외치자 타다는 혀끝으로 입술을 날름 핥고는 돌진했다.

"더 이상 말하지 마. 내 힘을 보고 승천해라."

아니, 승천은 절대로 하지 않겠습니다—라고 중얼거리고 싶은 마음을 꾹 참았다. 토키즈한테 일일이 딴지를 걸다가는 정말로 몸이 남아나지 않는다.

"지금, 필살기…." 타다는 도움닫기를 해서 앞쪽으로 공중제비를 돌더니, 두 손으로 쥔 워 해머를 하얀 거인의 왼쪽 무릎에 때려 넣었다. "서머솔트 봄(윤전파참, 輪轉破斬)…!"

어쨌든, 진짜로 대단합니다, 타다 씨.

타다의 워 해머는 하얀 거인의 왼쪽 무릎에 파고들어, 대량의 파편을 날렸다.

"우가우가우가우가우가우가우가우가우가우가우가아아아…!"

그동안에도 란타는 뇌검 돌핀을 계속해서 휘둘러 하얀 거인을 찌릿찌릿하게 만들었다.

타다는 한 번 숨을 내쉬더니, 안경 위치를 바로잡으면서 천천히 하얀 거인에게서 떨어졌다.

"쵸쵸쵸쵸쵸쵸쵸!" 란타가 뇌검 돌핀으로 퍽퍽퍽퍽퍽 하얀 거인의 오른발을 때리면서 타다에게 얼굴을 향했다. "서둘러, 서두르라고! 이거 꽤 힘들다고. 어이, 장난이 아니라니까, 젠장! 쿠오오오오오오오오오오오오오오…!"

타다는 고개를 갸웃거리더니 워 해머를 빙글 돌렸다.

"젠장이라고 했나?"

"아아아, 아닙니다! 잘못 들으셨습니다! 헛것을! 누오아아아아아아아아아아…."

"그런가. 그런데, 힘드나?"

"히히히히히, 힘들 힘들 힘드, 힘듭니다! 빨리 해요 진짜로 진짜 진짜로 한 방 더!"

"알 게 뭐야."

"하아아아아아아아아아아아아아아아아아아아아…?!"

"네가 힘들든 말든 내가 알 바 아니야."

"우오어어어어어어어어어어어이, 너 인마…!"

"인마?"

"타다 씨…! 타다 님…! 타다 대명신…!"

"농담이다."

타다는 히죽 웃더니 달려 나갔다. ―응.

모르겠다. 타다 조크는 항상 이해 불가능이다.

"아핫! 최고! 타닷치의 쉬르 개그!"

그런 말을 하면서 웃고 있는 것은 사교 스킬이 초절정으로 뛰어난 킷카와뿐인 걸 보니 토키즈 멤버들에게조차 타다 조크는 통하지 않는 것이겠지. 약간 안심했다. 저 개그에 폭소하는 사람들이었다면, 아무리 뭐라 해도 도저히 어울릴 수 없다.

"크아아아아, 크아아아, 크아아, 크아아아, 크아아아아, 크아아아아아아우오오오아아아아."

란타는 단말마의 비명 같은 소리를 내면서 최후의 힘을 쥐어짜내어 뇌검 돌핀으로 하얀 거인의 오른발을 마구 때리고 있다.

"그러고 보니…." 타다가 또다시 앞으로 공중제비를 돌면서 서머솔트 봄을 날렸다. "전혀 필살기가 아니잖아, 이거…!"

이번엔 오른쪽 무릎이다. 쿵—하는 소리가 났다.

타다는 란타가 아직 애쓰고 있는 모습을 힐끔 보더니 두 발, 세 발 추가 공격을 날렸다.

"유멧!"

하루히로가 이름을 부르자 유메가 "녜잇!" 하고 화살을 쏘기 시작했다.

궁술 스킬 연사. 쉴 틈 없이 컴포지트 보우(합성 활)에 화살을 메기고 쏜다. 쏜다. 쏜다.

이누이도 사냥꾼이고 활을 갖고 있는데도 사용하는 것을 본 적이 없… 는 것 같다.

문득 그런 생각을 했다. 다음에 기회를 봐서 말해볼까? 활, 사용하지 않는 겁니까? 아니야, 못 쏩니까? 하고 묻는 게 나을지도? 이누이는 화를 낼지도 모른다. 하지만, 분투해줄지도 몰라. 그럴까? 애매한가? 이누이니까.

유메는 짧은 시간 동안에 여섯 개의 화살을 쏘았고 그중 두 개가 하얀 거인의 외눈에 명중했다. 사냥꾼인데도 활솜씨가 서툰 유메치고는 양호한 결과다.

"—크악!" 란타가 휘청대는 것처럼 뒷걸음질을 쳤다. "한계…!"

"굿 잡, 란타! 좋은 똥꼬였습니다!"

안나 씨의 칭찬은 비교적 효과적이다. 과연 토키즈의 마스코트 겸 아이돌이다. 그야 하필이면 똥꼬를 칭찬하는 건 좀 문제라고 생각하지 않는 것도 아니지만.

"영차! 뒤는 맡겨!"

토키무네의 목소리가 내려왔다—이런, 어느 틈에.

아까까지 길에 있었는데, 지금 토키무네는 맞은편 왼쪽 건물 위에 있다.

"이야앗…!"

훌쩍 날았다.

뭐랄까, 뛰어서 이동한다. 건물 옥상에서 하얀 거인의 어깨로.

란타가 힘이 다해 뇌검 돌핀의 찌리리는 끝났다.

"구 고 가 고…!"

하얀 거인은 몸부림치려고 했다. 그전에 토키무네의 검이 하얀 거인의 외눈에 박혔다. 토키무네는 찌른 것뿐만이 아니라, 돌렸다.

"나왔다! 토키무네 씨의 데들리 스킬, 세인트 아르페지오…!"

킷카와가 뭐라고 말을 했지만, 왜 하필이면 아르페지오냐고 생각하기 시작했다가는 밤에도 잠이 오지 않게 되므로 안 들은 걸로 치고 싶다. 아니, 그래도 정말 아르페지오가 뭐냐고? 무슨 연주법이냐?

"이얍!"

토키무네는 곧바로 하얀 거인에게서 펄쩍 뛰어 떨어져 다시 건물로 돌아갔다.

유메의 화살과 토키무네의 세인트 아르페지오인지 뭔지로 인해 하나밖에 없는 눈에 큰 손상을 입은 거인은 견디지 못했다.

"후퇴…!"

하루히로는 외치면서 자신도 물러났다. 유메와 란타, 토키무네 이외의 전선 구축조도 하얀 거인에게서 거리를 두었다. 토키무네만은 달랐다. 건물 위에서, 말 그대로 높은 자리에서 구경하고 있다.

"고 고 고…!"

하얀 거인은 두 팔을 휘두르면서 휘청거렸다. 어떻게든 하루히로 일행에게 덤벼들고 싶겠지만, 놈은 눈이 보이지 않는다. 게다가 양쪽 무릎에 손상을 입었다. 하얀 거인은 토키무네가 있는 쪽과는 반대쪽인 오른쪽 건물로 쓰러졌다. 외벽이 무너지지는 않았지만 다소 파손되었다.

"고 고…!"

하얀 거인은 몸을 일으키려고 했지만, 다리로 버틸 수가 없어서 잘되지 않는다. 넘어질 것 같다.

"공격…."

하루히로는 말하려다가 입을 다물었다. 타다는 이미 솟구치듯이 달리고 있다. 하얀 거인은 쓰러지지는 않았으나 한쪽 무릎을 꿇고 있었다. 타다는 그 무릎을 향해서 날았다. 앞으로 공중제비를 돈 후에―.

"서머솔트 봄…!"

일격이랄까, 이쯤 되면 이미 폭격이다. 두 발째의 서머솔트 봄을 맞은 하얀 거인의 왼쪽 무릎은 반 정도가 파괴되었다. 저래서는 이제 설 수 없겠지.

"고…!"

하얀 거인은 타다를 붙잡으려고 손을 뻗었으나, 스치지도 못했다.

"과연 나야…!"

타다는 자화자찬을 하면서 도망치기는커녕 하얀 거인의 오른손을 워 해머로 탕 내리쳤다. 그 때문에 타다가 있는 위치를 알아차린 하얀 거인은 왼손을 뻗었다. 타다는 이것도 워 해머로 쾅 내리쳐버렸다.

"나한테 이기려 들다니! 백만 년! 이르다…!"

"할 일이 없네…."

쿠자크가 중얼거렸다. —글쎄, 과연 그럴까…?

하루히로는 돌아보았다. 이런 일도 있으니까 조금도 긴장을 풀 수 없다.

길 건너편에서 몇 명의 반돌이가 창을 들고 달려온다.

"적 증원! 반돌이, 숫자는 3! 쿠자크, 킷카와, 이누이 씨…!"

"—넵!"

"오케바리!"

"큭… 해치워볼까…!"

곧바로 쿠자크와 킷카와, 이누이가 전선 구축조에서 벗어나 하루히로네 후위조 옆을 지나쳐 증원군에 대한 대처를 시작한다. 메리는 그쪽을 힐끔 보았으나 곧바로 하얀 거인에게로 시선을 되돌렸다. 이 더스크렐름에는 광명신 루미아리스의 힘이 미치지 못해서 광마법은 쓸 수가 없다. 시호루의 호위 정도밖에 할 일이 없지만, 그래도 메리는 집중하고 있다.

그 점은 걱정하지 않는다. 메리는 본질적으로 지나칠 정도로 고지식하다. 그렇기 때문에 할 일은 확실하게 하고, 게다가 이걸로 되는 걸까? 좀 더 할 수 있는 일은 없을까? 하고 고민하는 면이 있다. 그 점은 주의해서 살펴야 한다. 당연히 리더로서 말이다. 그 이상, 그 이외의 감정은 없다. 전혀 없다. 제로입니다, 제로.

“이쯤에서 한 발, 기합을 넣는 겁니다! 파이팅…! 입니다…!”

안나 씨의 고마운 응원이 들어왔다.

“데름 헬 엔 리그 아르부!”

미모링이 지팡이로 엘리멘탈 문자를 그리면서 주문을 영창했다. 파이어 필러(불기둥). 원래 전사였던 마법사 미모링에게는 최강의 마법이다. 하얀 거인의 발밑에 불기둥이 섰다. 그러나 그것은 미모링 본인보다도 작아 차라리 귀여웠다. 상대가 커다란 하얀 거인이라 별로 효과는 없을 거라고 생각한다. 아르부 매식 사용자를 목표로 한다면, 블래스트(폭발) 마법 정도는 습득하는 게 좋지 않을까? 도적인 하루히로가―그보다 같은 파티도 아닌 하루히로가 참견할 일도 아닐 테고, 미모링과는 관계가 좀 복잡하다고 하면 복잡하므로 생각만 하고 말은 하지 않는다. 가끔씩 말을 하고 싶어져도 역시 할 수 없다.

“옴 렐 엑트 엘 벨 다슈…!”

시호루도 섀도 에코(그림자 울림) 마법으로 엘리멘탈을 날려 하얀 거인에게 끼얹었다. 대미지는 미미하겠지만, 이 국면에서의 마법은 어디까지나 엄호다.

“…후―.” 란타가 하루히로 옆으로 와서 쪼그리고 앉았다.

“수고했어.” 하루히로가 란타에게 한 마디 해주면서 이쪽저쪽을 보았다.

동시에 무릎을 풀면서 언제든지 움직일 수 있도록 해둔다. 덕분에 이럴 때의 하루히로는 몸을 앞으로 기울인 자세로 무릎을 굽히고, 두 팔은 축 늘어뜨리고, 게다가 졸린 눈으로 두리번거리는, 옆에서 보면 아마도 ‘저 녀석 괜찮은 건가?’ 하고 생각할 수밖에 없는 양상을 띠고 있다. 볼품이 없다는 건 하루히로 본인도 알고 있지만, 이것이 최선의 자세니까 어쩔 수 없다. 멋은 포기했다. 아무튼 실용 중시다. 하루히로는 예를 들어 토키무네처럼은 될 수 없다.

그 토키무네가, 쿠자크네 조보다도 빨리 적 증원군에게 덤벼들었다.

"진! 공중살법…!"

건물에서 건물로 지붕 위를 건너 뛰어 거기에서 점프해서 근사하게 반돌이 G의 창을 방패로 날려버리고 눈구멍을 검으로 뚫었다. 사이를 두지 않고 곧바로 반돌이 H에게 접근해서 바쉬(방패치기), 더블 스러스트(이단 찌르기)를 꽂아 넣는다. 반돌이 H는 몸을 틀어 간신히 눈구멍에 치명상을 입는 것은 피했으나, 주춤거렸다. 이윽고 쿠자크네 조 세 명이 달려왔을 때에는 이미 승부는 흔들림 없는 것이 되었다.

토키무네는 강하다. 흥이 실릴 때에는 엄청나게 강하다. 궁지에 몰려도 강하다. 요컨대, 언제나 강하다. 카리스마도 있다. 인품도 좋다.

결점이라고 하면 충동적이고 독단적이랄까, 자기 내키는 대로 하는 점일까?

그렇긴 해도 토키즈는 전원에게 그런 경향이 있다. 비슷한 사람들끼리는 서로 반목, 반발하는 경우도 있는데 토키즈의 경우에는 그게 없다. 다들 사이좋고 즐거워 보이니까 잘해나가고 있는 것이겠지.

"고, 고…!"

하얀 거인이 거리를 잘못 쟀거나 해서 거의 엎어지는 것처럼 건물에 처박혔다. 아니, 앞이 보이지는 않았을 테니 거리를 잘못 재고 뭐고 없나?

"멍텅구리가…!"

타다가 이때다 싶은 양, 워 해머로 하얀 거인의 왼쪽 팔꿈치를 연타해서 반쯤 박살 냈다. 이걸로 하얀 거인은 왼쪽 무릎과 팔꿈치에 심각한 타격을 입게 되었다. 더욱이 타다는 하얀 거인의 오른발, 복사뼈 부근에 콰쾅—하고 워 해머 공격을 쏟아부었고, 이어서 오른발 발꿈치도 깎아냈다. 오른쪽 무릎에도 한 방 때렸기 때문에 하얀 거인의 동작은 상당히 제한된다. 하루히로는 끄덕였다.

"란타, 한 번 더 등장할 차례다."

"쳇." 란타는 일어서서 목을 좌우로 꺾으며 어깨를 돌리면서 심호흡을 했다. "할 수 없네. 해주지!"

"타다 씨…!"

하루히로가 신호를 보내자 타다가 물러나는 대신에 란타가 앞으로 나갔다.

타다는 골목으로 들어갔다. 건물 지붕으로 올라갈 생각이겠지.

"오오오오오오오오오오오오오오오오오오오오오오오오오…!"

란타가 뇌검 돌핀으로 하얀 거인을 때린다. 때린다. 때린다, 때린다, 때린다, 때린다, 때린다, 때린다, 때린다, 때린다.

토키무네 팀은 적 증원군을 다 격퇴한 모양이다. 이쪽으로 돌아오고 있다.

타다가 건물 지붕에서 공중제비를 돌았다. 하지만 저런 위험한 일을 잘도 하네. 이제 와서 놀라지는 않지만, 자기도 모르게 그만 감탄하고 만다.

"울트라! 서머솔트 보오오오오오옴…!"

타다의 워 해머는 엄청난 힘으로 하얀 거인의 목덜미에 박혔다.

이것저것 시도해봤는데, 하얀 거인의 급소 중 제일은 하나밖에 없는 눈, 그리고 저 목덜미다. 실은 몸 앞면에 비해 뒷면은 피부가 다소 얇고 부드럽다. 특히 목덜미 일대는 타격에 약한 것뿐만이 아니라, 그 안쪽에 인간으로 치면 척수 같은 것이 있는 것 같다. 부위적으로 노리기는 힘들지만, 그 부분을 공격하는 건 엄청나게 효과적이다.

"좋았어, 란타…!"

"—알고 있다니까…!"

란타가 하얀 거인에게서 떨어졌다. 타다는 서머솔트 봄을 넣은 후에 지면에 낙하하는 자세가 되었으나, 제대로 낙법 자세를 취한 모양이다.

하얀 거인이 축 늘어지며 엎어졌다. 이렇게 되면 하루히로가 부추길 필요도 없다.

"짠! 파티 타임! 입니다…?!"

안나 씨가 선언하자, 먼저 미모링이 하얀 거인의 등에 기어 올라가기 시작했다. 곧바로 토키무네가 미모링을 추월했고 이를 킷카와, 이누이가 따라갔다. 쿠자크는 다소 뒤처졌다. 란타, 타다도 하얀 거인에게 덤벼들어 때리고 찔렀다. 하루히로도 끼고 싶었으나 참았다. 그럴 필요도 없고, 또 교단원이 나타날지도 모른다. 다른 하얀 거인이 몰려올 가능성도 있다. 하루히로와 유메, 시호루, 메리는 예비 인원으로 이 무자비한 연회에는 가담하지 않는다. 안나 씨한테는 계속해서 응원을 부탁하자.

머리는 항상 차갑게 해둔다.

물론 이판사판의 도박을 해야만 하는 상황도 있다. 그렇게 되면, 냉정한 사고보다 직감과 열광에 몸을 맡기고 순발력에 기대를 거는 수밖에 없을 것이다.

그러나 그런 상황을 초래하고 싶지는 않고, 그러기 위해서는 역시 가급적 침착한 상태여야 한다.

재미없는 녀석이야—라고 란타가 자주 말한다. 하루히로도 자신이 재미있는 인간이라고는 생각하지 않는다. 재미없다고 하면 확실히 그 말이 맞겠지.

성격은 수수. 얼굴도 보통. 중의 중이나 중하. 키도 크지 않다. 똑똑한 척을 하지도 않지만, 벼는 익을수록 고개를 숙인다고 할 만큼 실력자인 것도 아니다. 좋게 말하면 중용. 말하자면, 보통.

단, 보통으로도 좋습니다—라고, 비하하지 않으면서 생각할 수 있는 지금의 자신은 비교적 싫지 않다.

원래 나는 보통이고, 앞으로도 보통일 테고, 특별한 존재는 될 수 없고, 되고 싶다고도 생각하지 않지만, 현 상황에 만족하고 있는 것은 아니다.

한 걸음 한 걸음—이라는 것은 너무 높은 바람일 테니까, 반걸음씩이라도 좋다. 4분의 1 걸음이라도 상관없으니까, 어제보다 오늘이라고까지는 안 해도, 열흘 후에는 아주 조금이라도 좋으니 앞으로 나아갔으면 한다.

왠지 그렇게 하고 있다는 느낌이 있다.

그러니까 자신을 혐오하지 않을 수 있는 건지도 모른다.

—나, 노력하고 있는 거지?

게다가 결과가 나왔고. 그렇다는 건, 보답받고 있는 거지? 보답받는다는 것은, 혜택받았다는 뜻이지? 그건 상당히 행복한 거지?

이제 두 번 다시 만날 수 없는 마나토와 모구조에게, 하늘을 올려다보며, 우리는 변함없이 지내고 있어—라고 보고할 수 있다. 이건 대단한 일 아니야?

대단한 일이라고 생각하거든.

하루히로는 졸린 듯한 눈으로 무자비한 파티 타임을 지켜보면서 이쪽저쪽으로 눈을 돌려 새로운 적이 오지 않는지 경계를 계속했다. 아무리 유리한 형세라도, 비록 승부가 났어도, 또 무슨 일이 일어나 단숨에 뒤집힐지도 모른다. 그때에는 그때—라고 각오할 수밖에 없는 경우도 있지만, 그런 결단은 가급적 피하고 싶다.

하얀 거인은 목덜미부터 뒤통수까지 상당히 파괴되어 이미 움직이지 않는다. 죽은 것 같다.

하긴 4미터급 하얀 거인 처리는 이제부터가 중요하다. 성가시고 손이 많이 가는데, 보상은 크다. 아주 초기에는 그저 커다랗고 방해되고 위험할 뿐이니까 발견하면 도망치라는 인식이었던 하얀 거인인데, 클랜 오리온의 시노하라 팀이 그 체내에 미지의 금속이 응집된 기관이 여러 개 존재한다는 사실을 발견해서 그 정보를 누군가가 퍼뜨린 이후로는 의용병들이 노리는 표적이 되었다.

참고로 그것도 최근이 아니라 한 달 가까이 전의 일이다.

"—무지개 색 휘석! 득템…!"

란타가 바보 같은 목소리로 외치며 그 이름대로 무지개 색깔로 빛나는 직경 15센티미터 정도의 구체를 집어 들었다. 하루히로가 아는 바로는, 무지개 색 휘석이라 칭하는 하얀 거인이 갖고 있는 저

기관은 대개 주먹 크기 정도이기 때문에, 저건 대물 부류에 들어간다.

"야호! 나도 나도 나도! 득템…!"

곧바로 킷카와도 윙크를 하고 혀를 내밀면서 휘석을 높이 치켜들었다. 두 개째는 10센티미터 정도일까? 그래도 작지는 않다.

결국 하얀 거인에게서 얻은 휘석은 그 두 개뿐이었으나, 교단원들의 폰초를 벗겨내고 찾아보니 작은 휘석 알갱이가 박힌 장신구를 몇 개 발견할 수 있었다. 이쪽 휘석은 정성껏 연마된 것으로, 작은 것치고는 가치가 크다.

"그럼, 6 정도인가?"

토키무네가 하얀 거인의 시체 위에서 하얀 이를 반짝이며 웃었다. 눈부시다고 느끼면서 하루히로는 고개를 갸웃거렸다.

"아니… 5 정도 아닐까요?"

"그런가?"

"아마도."

5골드. 하루히로 팀과 토키즈가 반씩 나누면 2골드 50실버. 여섯 명이서 나누면 41실버 하고도 좀 남는다. 나쁘지 않은 돈벌이다. 몇 개월 전에는 상상도 못 했던, 제법 엄청난 수입이다.

익숙해지면 안 된다고 생각한다. 이게 당연한 거라고는 생각하지 않도록 해야 한다.

하얀 거인의 시체는 그냥 놔둘 수밖에 없지만 교단원들의 시체는 일단 길가로 옮겨놓고 하루히로 팀과 토키즈는 이동을 개시했다.

얼마 안 가 마주쳤다.

교단원도, 하얀 거인도 아닌, 인간과. 아니, 인간들과.

좀 더 자세히 말하자면 의용병들과.

"오."

한마디로 말하면, 선두의 사냥꾼은 불쾌한 인상이다.

가죽으로 된 상하의를 입고, 깃털 장식이 달린 모자를 쓰고, 활과 화살 통을 등에 메고 있다. 나이는 하루히로 팀 멤버들보다 다소 위겠지. 여우처럼 찢어진 눈에 입이 비뚤어졌다.

"고블린 슬레이어와 개그 집단이잖아."

"…안녕하세요, 쿠즈오카 씨."

하루히로는 가볍게 고개를 숙였다. 선배 중에서도 이토록 '씨' 자를 붙이고 싶지 않은 의용병도 드물다. 교류다운 교류가 있었던 건 아니지만, 악연은 있다.

쿠즈오카는 그림갈에 온 지 얼마 안 되는 모구조를 스카우트했다가 돈만 빼앗고 버렸다.

란타가 "칫…" 하고 마치 들으라는 듯이 혀를 차자 쿠즈오카가 한쪽 눈을 가늘게 뜨고 "어엉…?" 하고 으름장을 놓는다. 쿠즈오카가 이끄는 전사, 도적, 마법사, 신관, 그리고 암흑 기사는, '또 시작이다…'라는 듯한 표정이기도 하고, 무관심해 보이기도 하고, 재미있어하는 기색이기도 하고, 다섯 명이 다 제각각의 반응이었지만, 다들 우호적인 분위기와는 거리가 멀었다.

"야, 안녕하슈, 쿠즈오카 씨." 킷카와가 끼어들어 친한 척을 하며 쿠즈오카의 어깨를 두드렸다. "오랜만이네요, 잘 지냈어요? 쿠즈오카 씨. 요즘 어떤 느낌? 인가요?"

"야, 인마, 만지지 마, 재수카와!"

"네? 뭐, 뭐요? 내가 재수 없을 정도로 귀엽다고? 이야, 그렇다고 생각은 했지만."

"그런 말은 안 했어, 멍청이."

"이야, 이야, 이야, 아이 참. 쑥스러워할 것 없잖아요, 쿠소오카(주2) 씨—. 아, 잘못 말했다. 쿠즈오카였지! 미안, 미안! 나님, 반성!"

"절대로 반성 같은 건 안 하면서!"

"응! 안 해요! 에헷."

"열받네! 비켜, 죽는다! 죽여버린다, 인마!"

"그건 무리야." 토키무네가 상큼한 웃음을 띠고 말했다. "너를 잘은 모르지만, 나보다 약하다는 건 안다. 시험 삼아 해볼까?"

"아, 안 해!" 쿠즈오카는 킷카와를 밀쳐내더니 동료에게 "가자!" 하고 외치고 성큼성큼 걸어갔다. 멀어져가면서도 구시렁구시렁 악담 같은 걸 중얼거리는 걸 보면 과연 쿠즈오카다.

"저 녀석." 란타는 땅바닥을 발로 찼다. "저렇게 성격 나쁜데도 용케도 파티 리더를 해먹고 있네. 믿을 수가 없어."

"응…." 하루히로는 목덜미를 매만졌다. "네가 할 말은 아닌 것 같지만…."

주2) 쿠소는 일본어로 똥.

2. 내 사랑은 언제라도

더스크렐름에는 떠오르고 지는 태양은 없어 아침도, 밤도 없다. 자석이 제구실을 못 하기 때문에 방향도 모른다. 그것도 불편하다며 오리온의 시노하라가 어떤 제안을 했다. 시작의 언덕에서 둘러보면, 멀리에 기둥 모양의 물체가 우뚝 서 있다. 자연물이라고는 도저히 생각할 수 없는 형태와 크기이므로 아마도 누군가의 손에 세워졌을 것이다. 그 방향을 편의상 북쪽으로 간주하자는 것이다. 이의는 없었고 모두 그것을 받아들였다.

시작의 언덕 동쪽에서 식물이 밀생한 계곡과 그 밑바닥에 맑은 물이 고여 있는 샘을 발견한 것은 라라 & 노노라는 2인조 의용병이었다.

덧붙이자면, 하루히로 팀보다 5일 늦게 원더 홀의 그림블 갱도에 출현한 구멍을 발견하고 더스크렐름에 도달한 것도 이 라라 & 노노다. 더욱이 라라 & 노노는 그 박쥐를 닮은 생물 리코모를 그렘린이라고 명명. 리코모라는 명칭은 이미 전혀 사용되지 않는다. 하루히로 팀조차도 그렘린이라고 부르고 있다.

라라 & 노노는 그렘린들이 알을 낳는 것으로 짐작되는 장소를 스토리지(알 창고), 그 앞쪽을 그렘린 플랫(공동주거지)이라고 명명했다. 당연히 하루히로네도 지금은 그렇게 부른다. 라라 & 노노는 상술이 뛰어난 듯, 오리온과 아이언 너클(철권대)이라는 유력한 클랜을 더스크렐름에 안내해주고 돈을 받기도 한 모양이다.

라라 & 노노는 꾸준하고 주도면밀하기까지 한 모양이다. 그렘린 플랫 구석구석까지 꼼꼼히 탐색해서 더스크렐름과는 또 다른, 시종

일관 캄캄하고 아침이 오지 않는 이세계인 나이트렐름(밤의 세계)으로 가는 입구를 발견하기도 했다.

더욱이 나이트렐름 쪽은 아직 거의 손을 대지 않았다고 한다. 왜냐하면 너무 어둡고, 들어갔다가 돌아오지 않은 의용병도 있다든가 없다든가. 아무래도 상당히 위험한 장소 같은데, 라라 & 노노가 은밀하게 조사를 하고 있지 않을까 하는 소문은 있었다.

그렇게 풍문으로 듣기만 해도 왠지 현실감을 느끼고 마는 요즘 더스크렐름은 의용병들에게 있어서 가장 핫한 사냥터가 되었다.

눈 깜짝할 사이에 그렇게 되어버렸다.

하루히로는 천막 앞에서 물통의 물을 한 모금 마시고 한숨을 내쉬었다.

"대단해…."

라라 & 노노가 발견한 시작의 언덕 동쪽에 있는 계곡 주변에는 열 개도 넘는, 아니, 수십 개의 천막이 늘어서 있다. 대부분은 하루히로네와 토키즈처럼 더스크렐름에 체류하는 의용병들의 것이다. 나머지는 의용병 상대로 장사를 하는 무리—이동 식당, 이동 주점, 대장장이, 목욕탕, 매수상, 요로즈 위탁 상회 출장소, 심지어… 소위 매춘을 하는 사람들도 있는 모양이다. 그런 사람들의 천막이 계곡 가까이에 진을 치고 의용병의 천막이 그 바깥쪽을 둘러싸 거의 마을을 형성한 것이다.

더스크렐름 의용병단 거류지라 불린다.

거짓말이다.

그런 거창한 이름을 대는 자는 거의 없다. 거류지. 그것이 통칭이다.

여기에는 밤이 오지 않는다. 어떤 의미에서는 시간이 존재하지 않기 때문에 실감은 나지 않지만, 바깥 세계에서는 한밤중일 것이다. 안나 씨가 기계 태엽 시계를 갖고 있어서 하루히로네는 그 시계에 의존해서 아침에 일어나 낮에 활동하고 밤에는 가급적 자기로 했다.

하루히로도 그렇게 하고 싶은 마음은 굴뚝같지만, 실은 요즘 불면증 경향이 있다. 그래서 이렇게 혼자 천막 바깥에서 웅크리고 앉아 멍하니 있다.

란타의 코고는 소리가 들린다. 오늘도 못 자겠군. 그렇게 생각했다.

이동 주점에서 술을 마시는 의용병들의 목소리가 유난히 시끄럽게 느껴졌다.

도저히 잘 수 없을 것 같다.

"…역시 이렇게, 어두워지지 않는다는 게 참."

신경질적인 걸까? 란타처럼 무신경하지야 않지만, 신경과민이라고 할 정도는 아니라고 생각한다.

"혼자 살고 싶다… 언젠가…."

항상 누군가가 주위에 있다는 것은 아무래도 견디기 힘들다. 가끔씩 괴로워진다. 그런대로 잦은 빈도로. 비교적 큰 꿈이지만, 혼자서 방을 빌려 살고 싶다.

"아—싫다, 싫다…."

고개를 숙이고 구시렁거리다 보니 약간 개운해졌다.

더욱이 하얀 거인은 보통 교단 아지트, 혹은 단순히 아지트라 불
기도 하는 교단원의 거리에는 없다. 확실히 없었다고 생각한다.
초에 교단원과 달리 하얀 거인은 여기저기에서 볼 수 있는 존재
아니었다. 더스크렐름 발견 이틀째에 토키즈가 도망쳐 들어간
신의 신전 유적지 및 그 주변과 시작의 언덕 남서쪽에 있는 신의
마솥이라 이름 붙은 대분지에서만 거인의 모습이 확인된 것이다.
그런데 아이언 너클이 아지트를 하나 괴멸시킨 후부터 하얀 거인
여기저기를 얼쩡거리게 되었다. 때로는 교단원들과 함께 행동하
적까지도 있었다.

그렇기 때문에 아이언 너클에게 멸망당한 아지트는 그리 머릿수
많지 않은 교단원들과 하얀 거인을 포획하기 쉬운, 의용병에게
안성맞춤의 사냥터가 되었다.

의용병들 사이에서는 1호라 불리기도 한다.

인간에게 멸망당한 아지트 제1호라는 의미인가? 아니면 사냥터
제1호인가? 혹은 양쪽 의미 다인가? 하루히로는 자세히는 모른다.

“하긴, 아이언 너클 님 덕분—이라는 느낌은 들지만….”

비교적 지독한 사람들이라는 감상을 떨쳐버리는 것은 꽤나 힘들
었다. 그렇다면 그들이 남긴 찌꺼기를 받아먹는 하루히로 팀은 지
독한데다가 찌질하다는 말이 되겠지. 그들을 비난할 입장이 아니
다.

아무튼, 하루히로는 도적으로서의 기술을 구사해서 누구의 이목
을 끄는 일도 없이 계곡 가장자리에 도착했다. 작은 성취감을 맛보
며, 생각할수록 나는 소인배야—라고 생각한다. 괜찮다. 소인배라
도. 소인배가 어때서? 계속 소인배로 있고 싶다. 사실은 소인배답

현실적이 되자. 무엇보다도, 방을 빌리려고 해도 한동안 오르타나로는 돌아가지 않는다. 적야 전초 기지와 거류지에서는 천막에서 지낸다. 이동을 생각해도 천막 숫자는 극력 줄이고 싶다. 현 상태인 남자조, 여자조가 하나씩, 합계 두 개가 제일이겠지. 그런 건 알고 있는데도, 어째서 때때로 너무나 혼자가 되고 싶은 걸까?

짚이는 이유가 없지는 없다.

리더라는, 근본적으로 맞지 않는 역할을 짊어지고 있다는 이유도 있고, 아니, 실은 대부분은 그 때문이고, 역시 다른 사람들의 눈치를 보게 된다.

근무 중엔 그나마 괜찮다. 생각할 일, 할 일이 많아서 그럴 경황이 없다. 그러나 간신히 하루를 끝내고 역할에서 해방되면 모든 것이 무겁게 짓누르는 것 같아 숨이 막힌다.

내던져버리고 싶다—고는 생각하지 않는다. 도망칠 마음도 없다.

그저, 힘들다.

무엇 하나 버려서는 안 되고, 버릴 마음은 전혀 없지만, 힘들다. 나에게는 어울리지 않고 역부족이라고 생각할 수밖에 없었다. 그래도 하는 수밖에 없다.

하소연도 금물이다. 동료에게 걱정을 끼치거나 풍파를 일으키고 싶지 않다. 활동에 지장을 줄 수도 있다.

아무튼 눈치를 본다. 동료도, 토키즈에게도. 신경을 써야만 한다. 그래서 피폐해지는 것이다.

혼자가 되고 싶다.

“뭐, 이미 되었지만. 혼자가….”

그렇다. 염원이 이루어져, 지금은 혼자다. 하루히로는 일어섰다. 잠시 걷자.

그들의 천막에서 떨어져 계곡 쪽으로 향했다. 낮도, 밤도 없어서 이동 식당에도, 이동 주점에도 손님이 있었다. 의용병이 드문드문 돌아다니기도 했는데, 하루히로는 그들 눈에 띄지 않도록 살금살금 이동했다. 거류지에는 많은 의용병들이 모여 있다. 그렇긴 해도, 200~300명씩 있는 건 아니다. 대부분의 의용병과는 면식이 있지만, 다들 선배이고 하루히로네는 기본적으로 야유받는 대상이다. 누가 말을 걸어와 잡담이라도 나누게 되면 우선 불쾌한 일을 당한다. 게다가 지금은 혼자 있고 싶다.

이동 주점에서 아이언 너클 무리가 연회를 벌이고 있다. 그들은 이른바 클랜인데, 어째서인지 스스로를 패밀리라고 칭하며 서로를 형제, 브라더라고 부른다. 중심에 있는 것은 빡빡머리에 몸집이 그리 크지 않고, 어느 쪽인가 하면 동안인데도 멀리에서 봐도 위압감이 느껴지는 '타이맨' 맥스. 그 옆에 짧게 턱수염이 난 남자는 그의 심복 에이단이다.

맥스의 본명은 마사후미, 에이단은 에이스케라고 하는데, 그들 앞에서 그 이름을 입에 올린 자는 반드시 자신의 피를 보게 된다고 한다. 맥스와 에이단뿐만 아니라 저 패밀리의 브라더들은 대개 그런 종류의 별명으로 서로를 부른다.

"끅—! 아아?! 아이언! 너클! 예어—!"

저 구호 소리도 자주 듣는다. 브라더들이 걸걸한 목소리로 저 구호를 합창하면 곧바로 달아오른다. 이해를 잘 못하겠습니다. 그런 컬처는.

그들 아이언 너클은 오리온 다음 정도 순서로
러들어와 곧바로 맹위를 떨쳤다. 오리온은 시노하리
영된 건지 기본적으로 품위 있는 사람들로 대형 탐
분위기인데, 맥스네는 전혀 다르다. 그들은 근본부
무시무시할 정도로 싸움을 좋아한다.

죽였다. 그들은 닥치는 대로 교단원을 마구 죽였다
더스크렐름에는 교단원들의 거리가 여기저기 있다.
오리온이 오기 전에 하루히로네가 발견했다. 그러나
않았다. 거기에는 교단원들이 살고 있기 때문이다.
하다.

그런데, 아이언 너클이 아랑곳하지 않고 그중 한
다. 들리는 이야기에 의하면, 그들은 하루 종일 24시
에 죽치고 앉아 교단원을 계속 죽였다고 한다. 결국엔
단원들이 거리에서 퇴거해서 아이언 너클은 의기양양
다. 그들은 거리를 점거해버렸다.

아니, 거리를 하나 멸망시켰다는 표현이 더 적절한
다.

실은 최근 하루히로네가 사냥터로 삼은 거리라는 것
기다.

그 후에 아이언 너클은 거리에 계속 주둔하지 않고 살
련을 떠났다. 불필요한 돈은 갖지 않는다는 그런 의미?
가? 아무튼, 이윽고 교단원들은 삼삼오오 거리로 돌아왔
의 시체를 치우거나 순찰만 할 뿐, 다시 눌러살 생각은 지
것 같다.

게 리더 같은 건 하고 싶지 않지만, 그럴 수도 없다는 것이 정말 힘들다.

발견 초기에는 식물이 우거졌었다는 계곡은 지금은 상당히 황량한 모습이 되었다. 수목은 잘려나가 한 그루도 남아 있지 않았다. 수풀이 드문드문 있는 정도다.

계곡 밑바닥에 있는 샘은 수원으로 이용된다. 하루히로가 갖고 있는 물통의 내용물도 저 샘에서 뜬 물을 증발시킨 것이다. 샘은 투명하고 깨끗하게 보이지만, 그대로 마시면 확실히 배탈이 난다고 한다. 게다가 아주 심하게. 의용병들은 아낌없이 물을 사용하니까 샘이 말라버릴 것 같아 걱정이긴 하지만, 현시점에서는 아직 괜찮은 것 같다.

샘을 내려다보고 있노라니 어느 틈엔가 완전히 마음이 차분해졌다. 이런 행동으로 평상심을 되찾을 수 있다. 단순하고 값싼 인간이다. 값싸고 단순한 인간이라서 다행이다. 하루히로가 고상하고 복잡한 인간이었다면, 더욱 고민하느라 힘들었을 것이다.

졸린 것 같은 느낌도 들어서 하루히로는 천막으로 돌아가기로 했다.

"내가 그렇지, 뭐…."

걸어가면서 후훗—웃었다. 매일매일 질리지도 않고 똑같은 일을 반복하며 생각하고, 또 생각을 거듭해도, 정신이 들고 보면 다 하찮게 느껴진다. 그저 내일도 열심히 하겠습니다—그런 비슷한 심정이 되어 있다거나 한다.

"이보다 더 발전이 없을 수가 없어…. 하지만 뭐, 그러네. 대단한 사람이 아니니까, 그리 쉽게 발전할 수 있겠냐고…."

파티로서는 착실하게 전진하고 있고 벌이도 꽤 괜찮으니까, 괜찮지?

응.

괜찮아.

납득해두자. 그러자.

나의 사랑스러운 천막은 바로 코앞이다. 사랑스럽지는 않지만.

—그보다.

천막에서 누가 나왔다. 누구긴 누구야, 란타나 쿠자크밖에 없지. 쿠자크다. 여전히 자세는 좋지 않지만 키가 크다. 여전히고 뭐고, 키가 변할 리도 없다. 당연하다.

그것뿐이라면 별일은 아니고, 아, 자다 깨버렸나? 흠—, 뭐 이랬겠지만, 옆 천막에서 다른 인물이 나왔기 때문에 심상치가 않다.

아니, 심상치 않을 것까지는 없지만. 남자조 천막에서 쿠자크, 여자조 천막에서는 메리가 거의 동시에 모습을 나타낸 것은 과연 우연일까? 혹은 필연일까? 어느 쪽이야? 그건.

"…물어볼 수는 없지…."

하루히로는 근처의 천막 그늘로 몸을 숨겼다. 반사적으로, 자기도 모르게 숨어버렸다. 별로 숨을 건 없지 않아? 그렇긴 한데. 그래도. 역시 그렇잖아.

얼굴을 반만 내밀고 두 사람의 동향을 살폈다. 왜 이런 일을 해야 하는 걸까? 훔쳐보기 같은. 좋지 않아. 그렇지? 하지만—. 궁금하긴 하거든—. 그야—. 리더잖아? 그건 상관없나? 아니, 그래도, 파티 내의 일이고? 전혀 상관없지는 않잖아? 일단 알아두는 편이 좋은 것 같다는, 뭐 그런 느낌? 글쎄? 그렇지도 않은가?

두 사람은 뭔가 작은 목소리로 이야기하고 있다. 메리는 약간 고개를 숙였다. 무슨 이야기를 하는 걸까? 대체. 젠장. 안 들리네.

"오우…."

하루히로는 그만 이상한 목소리를 내버렸다. 쿠자크가 메리의 팔, 아니, 소매를 잡았다. 끌어당기며 걷기 시작했다. 메리는 거부하지 않는다. 고개를 숙인 채로 따라간다. 흠. 가네. 가버리네. 둘이서. 흠. 그런가. 그렇구나….

"…보고 말았다."

뭐, 상관없지만.

그래.

전혀 상관없는데?

전부터 그런 것이겠지—라고 생각하지 않았던 건 아니고. 응. 생각했었어. 거의 확신했습니다. 어디까지 진전된 건지. 그건 불명이었고, 확인할 생각은 없었고, 확인하고 싶지도 않았지만, 아무런 진전도 없지는 않겠지. 그런대로 있겠지. 마음대로들 하세요.

뭐든지 맘대로 하라고!

그래!

알 게 뭐야!

그보다 오히려 축복해줄 건데?! 축복할 거라고?!

말해준다면!

솔직하게 털어놔주었다면….

당당히 선언해줘도 되지 않아? 아무튼, 그런 마음 없는 것도 아니거든….

"하아아아아아…."

하루히로는 한숨을 내쉬면서 땅바닥에 주저앉아 팔을 눌렀다. 왠지, 울 것 같다.

쇼크다.

어째서? 왜 이렇게 큰 충격을 받는 건가? 두 사람의 비밀주의에 대해서? 말해! 말해달라고! 날 신용하지 않는 거야? ―그런 의미? 그런 것과는 좀 다른 것 같다. 숨기지 말라고 말해도 사실 공표하기는 힘들겠지. 그런 생각도 안 드는 건 아니고.

실은, 저희/우리, 사귑니다!

갑자기 그런 말을 꺼내는 것도 쿠자크답지 않고, 메리답지도 않아. 그야 그런 캐릭터가 아니다. 게다가 두 사람의 교제는 천천히, 시나브로 깊어진 것인지도 모르고, 이렇게 명확한 구분이랄까, 뚜렷한 형태 같은 것이 있는 게 아닐지도 모른다. 어쩌면 둘 다 동료에게 말 안 하는 것은 나쁘다고 생각하면서도, 말하려고 해도 말을 꺼내지 못하는 건지도 모른다. 어떻게 말하면 좋을지 본인들도 잘 모르는 건지도. 여러 가지 사정이 있는 건지도 몰라. 분명 있겠지.

무엇보다, 두 사람이, 뭐랄까―마음? 을? 열고? 즉, 서로 끌리고…?

"끄으으으윽…."

가슴이 아프다. 괴롭다. 뭐야? 이거. ―뭐, 아무튼, 두 사람이, 뭐더라? 그러니까, 사랑? 비슷한 것을 하고 있다거나? 연애 관계? 서로 좋아하게? 되는 건 두 사람의 자유다.

완전히 자유인 것이다. 두 사람을 방해할 권리는 아무에게도 없다. 남의 사랑을 방해하는 놈은 말에 차여 죽어버려라!

하루히로는 그렇게 생각한다. 거짓이 아니다. 정말로, 진심으로 그렇게 생각한다.

그렇다면, 어째서?

—역시 그런 건가?

인정하기 힘들다고나 할까, 인정하고 싶지 않다고나 할까, 인정하지 않는 편이 좋을 것 같은 느낌도 들지만, 결국 그런 것이겠지.

이러니저러니 해도 하루히로는 메리를 꽤 좋아했다. 수수하게—그야말로 수수하게, 그에 어울리는 수수함으로, 짝사랑을 하고 있었다.

물론 메리도 그를 좋아하게 될지도 모른다—고는 손톱만큼도 생각한 적 없다. 기대는 하지 않았었다—고 단언할 수 있다. 그러니까, 자기가 메리에게 연정을 품고 있다고는 생각하고 싶지 않았다. 생각하지 않으려고 했다. 그야, 허망하잖아.

그래도, 아마도 좋아했던 것이다.

이런 멘탈 실험을 해보면 안다.

예를 들어, 유메와 시호루도 메리와 똑같은 동료다. 그런 유메나 시호루가 파티 내의 누군가와 사귀기 시작한다고 치자. 그랬을 때, 이런 식으로 가슴이 아프거나 괴롭거나 할까?

—분명, 아닐 거다.

시호루와 란타가—그런 사이가 된다면 몹시 놀라기는 하겠지. 그래도, 너무나 놀라 앞으로에 관해서 생각하느라 머리를 싸매거나 할지도 모르지만, 분명 그것뿐이다. 유메와 란타라도 마찬가지겠지. 유메와 쿠자크, 시호루와 쿠자크였다면? 의외이긴 해도 흠—그렇구나, 행복해라, 가급적 헤어지지 마, 나중에 두고두고 성가셔지니까—라는 느낌이 들 것이 틀림없다.

어디까지나, 메리이기 때문이다.

상대가 쿠자크건, 다른 누구이건 하루히로는 충격을 받겠지.

메리를, 비교적, 진지하게, 좋아했기 때문이다.

"…그랬… 구나…."

하루히로는 멍하니 형형색색의 하늘을 우러러보았다.

아까까지 답답한 아픔에 시달리던 가슴에 구멍이 뻥 뚫리고, 구멍이니까 거기에는 아무것도 없고, 바람이 통과했다.

하루히로는 실연당했다.

아니, 이미 한참 전에 실연당한 것이다.

3. 진심을 담아

—그래서? 그러니까? 그게 뭐? 뭐 어쨌다고?

아무렇지도 않다. 어떻게도 되지 않고. 하루히로의 개인적인 감회 같은 것은 매일의 생활과는 관계없다. 영향도 없다. 결말이 났다고나 할까, 마음의 정리가 되었다고나 할까, 오히려 안개가 흩어져 사라지고 메리와 쿠자크 건에 관해서는 상관없어졌다. 뭐, 모쪼록 앞으로도 영원히 행복하기를—이라고까지는 생각하지 않지만, 네, 네, 마음대로 해주세요, 참고로 숨길 생각인지도 모르지만 다 들켰거든요—정도?

네, 솔직히 그렇지도 않습니다.

상대는 숨기고 있고 이쪽은 알고 있다. 이 괴리를 해소하려면 어떻게 하면 좋은가? 해소하지 않는 편이 좋을까? 어느 쪽이지?

어색하다.

그래서, 일단 오르타나로 돌아가자는 이야기가 나와서 무척 안도했다.

마침 돈이 모였기 때문에 슬슬 새로운 스킬 하나 정도는 배우고 싶고 쇼핑도 하고 싶었던 참이다.

그리고, 자기 자신과 차분히 맞서고 싶다고나 할까, 약간의 시간이 필요하다. 마음의 정리라는 게 그렇게 간단히 되는 게 아니거든!

약 이틀 만에 더스크렐름 의용병단 거류지에서 적야 전초 기지를 경유해서 풍조 황야를 넘어 오르타나로.

일시 해산하고 하루히로는 도적 길드에서 7일에 걸쳐 도적작법의 필살기인 스텔스(은폐) 스킬을 배우기로 했다. 싸움살법의 에어로(공기투)와 둘 중에서 어느 걸로 할지 망설였으나, 파티의 수수한 리더 겸 정찰역으로서는 역시 몸을 숨기고 기척을 죽여 자기 존재를 타인에게 감추는 기술 세트를 습득해두고 싶다. 길드에 내는 대금은 2골드. 싸지는 않다고나 할까, 비싸기 때문에 제대로 배우지 않으면 손해다.

사실 하루히로의 멘토인 바르바라 선생님은 엄청나게 엄격하기 때문에 적당히 하는 법도 없다.

"…죽는 줄 알았다고요…."

농담과 과장은 일절 없이, 이번에는 죽으라는 선언을 들었다. 시체가 되라고.

스텔스는 크게 나누어 세 개의 기법의 조합으로 이루어진다.

첫 번째, 자기 존재를 지우는 잠(潛)—하이드.

두 번째, 존재를 지운 채로 이동하는 부(浮)—스윙.

세 번째, 감각을 총동원해서 타인의 존재를 알아차리는 독(讀)—센스.

최초의 하이드 단계에서 바르바라 선생님은 하루히로에게 우선 죽으라고 명령했고, 잘못하면 가차 없이 체벌을 했다.

뼈가 두세 대 부러지고 그 상태에서 '하이드'를 하는 특훈 등도 강요받았다.

도적 출신 신관이라는 수상한 경력을 지닌 사람이 있다. 도적 길드에서 부상자가 생기면 그가 치료해주러 오는데, 그렇다고 해서 학생을 기절 직전까지 몰아붙여 훈련시키는 것은 정말로 문제라고 생각한다. 너무 심하다.

바르바라 선생 왈, 이렇게 해서 극한 상태로 훈련하지 않으면 그리 쉽게 몸에 배지 않는다. 전부 너를 위한 거다. 눈물을 흘리며 감사해라—그렇게 말하는데, 실제로 눈물 없이는 극복할 수 없는 시련이었다. 바르바라 선생님의 주장에 일리가 있다는 것도 안다. 단, 자칫 잘못하다가는 하루히로는 목숨을 잃었을지도 모른다. 무서웠습니다.

견디고 또 견딘 보람이 있어서 스텔스의 기초가 하루히로의 머리에도, 몸에도 스며들어 떨어지지 않는다. 지금은 어디까지나 저녁의 오르타나를 어슬렁거리고 있는 것뿐인데도, 정신이 들고 보면 잠, 부, 독—하이드, 스윙, 센스 세 가지를 멋대로 실행하려고 한다. 내가 생각해도 좀 기분이 나쁘다.

소질은 있어, 그렇게 바르바라 선생님이 웬일로 칭찬해주셨다. 당신, 꽤 이런 쪽에 맞는 거겠지—라고.

“이야….”

하루히로는 해가 뉘엿뉘엿해진 시장의 혼잡한 길가에 녹아들면서 슬그머니 웃었다.

“기쁩니다, 네….”

도적인데?

말할 필요도 없는 일이지만, 도적이란 훔치는 사람이다. 도둑놈이다.

들은 바로는, 도적 스킬의 기원은 아라바키아 왕국 내에서 암약했던 도적들의 비밀결사 단체 블랙 위도(검은 미망인)라고 한다. 아라바키아 왕국의 변경 재진출 때에 블랙 위도는 수감되어 있던 동지의 석방과 교환하는 조건으로 왕국군 협력을 제안했다. 이것이 받아들여져 결사대 정찰병으로서 변경에 파견된 죄수 출신 도적들의 일부가 후에 도적 길드를 만들었다고.

꽤나 용맹한 일화다. 그런 경위 때문에 도적 길드의 훈련은 특별히 거친 걸까? 아니면 바르바라 선생님이 사디스트인 것뿐인가?

어느 쪽이든, 도적이 도적이라는 사실은 변함없다. 도적 길드에서 습득한 스킬을 악용해서 절도에 전념하는 자도 개중에는 있는 모양이다. 도적이 되기 전에는 가볍게 생각했었다고나 할까, 아무 생각도 없었지만, 저는 도적입니다—라고 말하면 눈살을 찌푸리는 사람도 적지는 않다. 오르타나에서 선량하게 살아가는 사람들은 특히 그렇다.

그런 건 편견입니다. 도적 길드에 소속된 도적 중 대부분은 의용병이고, 도둑질 같은 건 하지 않습니다—라고 해명해도, 도적 작법에는 피킹(열쇠 따기), 버글러리(절도작법), 더욱이 픽 포켓(소매치기작법)이라는 실용적인 스킬까지 있다. 마음만 먹으면 언제든지 도둑이 되어버릴 수 있는 것이 도적이다. 사람들이 경계해도 어쩔 수가 없다.

"…천한 직업인 건가?"

몰래 정찰하는 것은 좋아한다. 적성에 맞고, 천직이 아닐까 하고 생각한 적은 있다. —그래도 도적이라.

"이름을 바꿔야 했던 것 아닐까요…?"

길드를 결성할 때 도적이 아니라 뭔가 다른 이름으로 하면 좋았을 텐데. 어쩌면 도적 길드를 만든 선배들은 자기가 도적이라는 사실에 긍지를 느끼고 있던 걸까? 아니, 아무리 그래도 자랑스러워할 일일까?

"도적 길드에는 규칙 같은 게 없으니 차라리 다른 길드를 만든다거나… 아니, 물론 나는 안 할 거지만. 누가 해주지 않을까…?"

그러면 하루히로는 잽싸게 그쪽 길드로 들어간다. 바르바라 선생님과 사제 관계를 해소하는 건 좀 아쉬울까? 그렇지도 않은가? 선생님은 무서우니.

하긴 진심으로 그런 생각을 하는 건 아니다. 아무래도 상관없다고 볼 수도 있다.

란타는 6일에 걸쳐 미싱(떠나는 새는 흔적을 남기지 않는다)이라는 암흑투법 스킬을 배운다고 했었다. 시호루는 메인으로 하는 다슈 매직(그림자 마법)의 섀도 폰드(그림자 연못)를 5일 동안 배우고 이틀 동안에는 카논 매직(빙결 마법)의 아이스 글로브(빙결구)를 배워보고 싶다고. 유메는 생각하는 것이 있어서 사냥술, 추적술, 함정, 덫이라는 스킬을 합계 7일 동안에 배울 생각이라고 했다.

메리는 더스크렐름에서 광마법을 쓸 수 없다는 이유도 있어서, 호신법의 리벤지(보복)를 5일 동안에 습득하고, 쿠자크는 수호 검투술인 가드(비호)와 태그 오브 워(공방일체)를 6일에 걸쳐서 습득하고 있을 것이다.

하루히로와 시호루, 유메는 7일을 스킬 훈련에 쏟아붓고, 란타와 쿠자크는 6일, 메리는 5일. 토키즈도 안나 씨와 타다가 이제야 새크라멘토(빛의 기적)를 배우는 등, 제각각 자기 단련에 힘쓰고 남은 시간을 적당히 보내고 나서 내일 합류하기로 했다.

란타는 분명 지금쯤 천공 골목에서 여자들과 어울리면서 정신을 놓고 있지 않을까? 하루히로는 잘 모르지만, 오르타나에도 창관…이라고 하나? 돈을 지불하면 여성이 상대를 해주는 그런 가게가 나름대로 있고 애호가도 적지 않은 모양이고. 실은 한 번 란타가 같이 가자고 한 적이 있었다. 거절했더니 도리어 화를 냈다. 아무래도 혼자 갈 용기가 없어서 하루히로를 끌어들이려고 했던 모양이다. 가고 싶으면 당당하게 가면 될 텐데. 그러나 란타도 좀처럼 발을 들여놓기가 힘든 듯, 아직 가본 적은 없을 것이다. 아마도 여성이 술을 따라주는 술집에서 울분을 해소하거나, 길 가다 헌팅이라도 하지 않을까 생각된다.

메리와 쿠자크는—아마도. 함께 있지 않을까? 그야 뭐! 사귀는 사이 같으니까. 역시, 사귀는 사이에 하는 일을 하는 걸까? 상관없지만. 멋진 가정을 꾸려주십시오. 너무 성급한가? 하지만 언젠가 그렇게 될지도 모른다. 그건 그거대로 좋은 일인 것 같은 느낌도—드… 나…?

종이 울리기 시작했다. 오후 6시를 알리는 종이다. 오전 6시부터 두 시간 간격으로 울리는 오르타나의 시계 종은 오후 6시에 일곱 번 울려서 사람들에게 밤이 찾아온 것을 고하면 다음 날 아침까지 잠이 든다. 시장에서는 폐점 준비를 시작하고 천공 골목이 떠들썩해진다.

하루히로는 요로즈 위탁 상회 앞에서 발을 멈췄다.

"안녕하세요."

"늦었습니다!" 안나 씨가 빼이 불룩 튀어나오더니 폴짝 점프했다. "그렇지도 않다고요?! 늦지도 않았다고요?! 데이트 약속에는 빨리 오는 게 남자의 임무?! 의무?! 입니다!"

하루히로는 고개를 숙였다.

"죄송합니다."

"성기가 느껴지지 않습니다?!"

"…성의겠지."

"성실한 기운을 줄여서 성기입니다!"

"아, 그렇군요."

그쪽이었나? 하지만 그런 말이 있던가? 나는 그만 다른 성기를 생각해버렸다. 부끄럽다. 하루히로는 안나 씨 옆에 우뚝 서 있는 훤칠한 여자의 얼굴을 조심스럽게 올려다보았다.

"…안녕."

"응."

미모링은 웃었—나? 표정 변화가 비교적 희박한 사람이라서 알기 힘들다.

"보고 싶었어."

단, 말은 오해할 수가 없을 정도로 직설적이다. 지나치게 직설적이라 위장이 아파진다.

"…그렇습니까."

"하루히로는?"

"어, 나?"

"보고 싶었어? 나를."

"어…."

하루히로는 고개를 숙였다. 자기도 모르게 인사치레 같은 대응을 해버리고 싶어진다. 그러는 편이 편하기는 하다. 이 자리에서는. 그러나 그럴 수도 없다. 하루히로는 고개를 들고 미모링의 눈을 보았다.

"별로 그렇지도 않은 것 같은데."

"쿵—."

"무표정으로 그런 말을 해봤자…."

"무척 상처 입었어. 하트가 브레이크."

"괜찮아, 괜찮아입니다."

안나 씨가 미모링의 등이랄까, 엉덩이 부근을 어루만졌다. 순식간에 미모링의 두 눈에 눈물이 고여 그 모습을 보고는 하루히로도 과연 당황했다.

"…아니, 그게—어, 어라? 킷카와는? 분명 오늘은 킷카와도 온다고…."

"개 사정?" 안나 씨는 미모링의 엉덩이를 쓰다듬으면서 어깻짓을 해보였다. "아웃. 노. 개인 사정? 으로 인해? 킷카와는 결석입니다."

"킷카와를 포함해서 넷이서 건설적인 친목을 다지고 싶다고 말했으니까, 그럼 오겠다고 한 건데요…."

"인생, 산도 있고 계곡도 있는 것! 입니다!"

"무슨 소리야…?"

"불쉿(bullshit). 소녀의 마음이라는 걸 모르는 망할 놈! 입니다!"

"괜찮아." 미모링은 두 손의 검지로 눈물을 닦았다. "이 정도로 기죽지 않아."

기죽어줘….

—이런 생각이 안 드는 건 아니지만, 하루히로도 사실 미모링의 하트를 브레이크 시키고 싶은 건 아니다. 가급적 상처 입히고 싶지 않은 것이다.

파티는 다르지만 동맹자 같은 사이니까 잘 지내고 싶다. 적어도 껄끄러운 사이가 되고 싶지는 않다. 그저 스스럼없는, 자연스러운 느낌으로 지낼 수 있으면 좋겠다고 생각한다.

그런데 어떻게 된 일인지 미모링의 생각은 그게 아닌 듯, 안나 씨를 중개역으로 해서 종종 불러낸다. 처음에는 미모링과 1대1로 요컨대 데이트 비슷하게 몰고 가다가 그 흐름을 타서 둘이 잘돼라, 젠장—이런 노림수가 뻔히 보이는 행동이었기 때문에 정중하게 거절했다. 그래도 미모링은 포기하지 않았고, 안나 씨도 아마 오히려 오기가 나서 몇 번이고 몇 번이고 데이트 신청을 했다. 급기야 토키무네까지 한 번쯤 데이트해달라고 부탁했다. 아무래도 지나치게 계속 고사하면 풍파가 일 것 같다는 생각은 했으나, 하루히로도 이래 봬도 꽤 고집이 있다. 조건을 제시했다.

1대1은 무리. 분명히 밝힌 것처럼 하루히로에게는 그럴 마음이 전혀 없기 때문에, 누군가가 같이 나오고 게다가 단순한 친구 사이라면, 하루히로도 미모링을 싫어하는 건 결코 아니니까 흔쾌히 승낙하겠다.

그래서, 미모링, 안나 씨+누군가와 하루히로. 이런 구성으로 가끔씩 식사를 하거나 산책을 하게 되었다.

이번에는 미모링, 안나 씨, 킷카와, 하루히로 넷이서 모처럼 오르타나에 돌아왔으니 어디 괜찮은 가게에서 저녁이라도 하자는 이야기였고 거절할 이유도 없었기 때문에 승낙했다.

솔직히 아직 다소 마음이 무겁다. 그래도, 왠지 친구 같아진 느낌도 없지는 않고, 평범히 자연스럽게 지낼 수 있지 않을까? 그렇게 생각했었다. 생각이 짧았다.

그대로 걸려들었다.

기분이 좋지는 않다. 화를 내지는 않겠지만. 화를 내면 지친다.

"…어쨌든, 우선, 밥, 먹을까요?"

"꾸우."

미모링은 힘주어 끄덕였다. 우와—하고 놀라버렸다. 왜냐하면 미모링의 눈이 반짝반짝 빛나고 있기 때문이다. 그렇게 기쁜 거야?

그렇게까지 기뻐해주면 싫은 마음은 들지 않는 것이 인지상정이다. 아니, 뭐, 정말 싫지는 않거든? 인간으로서는. 여러 가지 면에서 괴짜라는 생각은 하지만, 키가 너무 크고 아무래도 올려다보게 되기 때문에 목이 아파지지만, 그건 그리 큰 문제는 아니고.

셋이서 안나 씨가 찜해두었다는 요리점으로 갔다. 놀랍게도 엘프 남성이 요리사 겸 경영자인데, 양념이 잘 밴 고기 요리와 다채로운 야채 요리로 인기가 있다고 한다. 길고 좁은, 작은 가게로 꽤 붐비기는 했지만 간신히 들어갈 수 있었다. 구석의 작은 테이블을 네 개의 의자가 둘러싸고 있는 자리로, 안나 씨와 미모링이 나란히 앉고 두 사람의 맞은편에 하루히로가 앉았다.

주문은, 이런 때에는 유난히 주도권을 잡고 싶어하는 안나 씨가 했다. 향초가 들어간 맥주는 보통 맥주보다도 마시기 편했다. 모든 요리가 다 식욕을 자극하는 향기가 근사하고 맛도 꽤나 좋았다.

식사 중에 미모링은 말이 없다. 안나 씨는 항상 그렇지만 말이 많다. 그리고, 미모링은 등을 쭉 펴고 거의 소리를 내지 않는다. 식사 매너가 깔끔하다. 안나 씨는 꽤 게걸스럽다고나 할까, 솔직히 말하자면 예의가 없다.

실은 음식을 흘리거나 날리거나 쩝쩝거리거나 하는 사람은 하루히로는 비교적 고역이다. 주의를 주거나 눈살을 찌푸리거나 하지는 않지만, 저거 어떻게 좀 안 되나—라는 생각이 든다.

그런 점에서 미모링은 호감이 간다. 정말로 인간으로서는 싫지 않은 것이다.

"—그런데?" 안나 씨가 약간 취했는지 눈이 게슴츠레해져서 푸핫—하고 향차 냄새 나는 숨을 내뱉었다. "당체 모르겠는데, 도무지 미모링의 어디가 마음에 안 드는 겁니까? 하루히로 주제에. 왓츠 헬, 체리 보이!"

"당최, 도대체—겠지…."

하루히로는 힐끔 미모링의 표정을 살폈다. 눈이 마주쳤다. 완전 응시하고 있다.

"그보다, 그쪽 화제로 가는 건가? 나로서는 이제 그만 친구가 된 걸로 생각하면 좋지 않을까 싶은데…."

"하루히로는 좋아도?! 미모링은 좋지 않습니다—! 좀 알아먹어, 멍청아! 언더스탠드?"

"노 언더스탠드."

"어째서냐고? 데드 오어 데스?!"

"데드냐, 데스냐? 둘 다 죽는 거잖아…."

"태클은 필요 없습니다요! 대답해!" 안나 씨는 테이블을 탕탕 두드렸다. "미모링의 어디가 안 된다는 겁니까? 대답을 따라가서, 노—그게 아니라, 대답에 따라서는?! 가만두지 않겠습니다—?!"

"…안나 씨. 지, 진정해."

"지금 진정할 상황입니까?!"

"그럼, 적어도 좀 조용히…."

"와이, 유는—침착한 겁니까?! ●유, 재수 없어!"

"…그래봤자."

가게 안은 흥분한 안나 씨와 반비례해서 조용해졌다. 이건 상당히 어색하다. 하루히로는 헛기침을 하고 이마를 문질렀다. 이런 말은 하고 싶지 않지만, 진지하게 대답하지 않으면 안나 씨가 진정해 주지 않을 것 같다.

"그게… 뭐랄까. 그런… 어디? 어디가 안 된다거나, 마음에 들지 않는다거나, 그런 게 아니야."

"그럼." 미모링이 몸을 쓱 내밀었다. "뭐?"

"음…." 하루히로는 눈을 감고 두 손으로 눈꺼풀을 만지작거렸다. "잘 설명할 자신은 전혀 없지만. 경험이 적은… 것 같고."

"그건, 나도."

"안나 씨도입니다—?!"

"…그, 그렇구나. 어, 그러니까, 왜 그렇잖아. 이론이나 그런 게 아니잖아? 그런 건. 물론, 얼굴이 내 스타일이라거나 잘해준다거나 그런 것도 영향은 있다고 생각하지만. 사람을, 말하자면, 좋아하게 되는? 그런 계기는. 경우에 따라서는 있는지도 모르지만, 그것만일까? 하면, 그건 아닌 건지도 모르고…."

"나는, 하루히로가 좋아. 확실히, 이론이 아니야."

"…아니, 정말…."

고맙습니다—라고 말할 뻔하다가 참았다. 성가시다고 느끼는 부분도 틀림없이 있다. 고맙기만 하다면 거짓말이 되어버린다.

"응. 뭐랄까, 뭐, 응… 그러니까, 그렇지, 그게—뭐가 좋지 않다거나 그런 게 아니라, 아무튼 그런 마음이 전혀 들지 않는 거야. 분명히 말해서, 미안하지만. 아니, 미안한 게 아닌가?"

"당연히 미안해야지요—?! 오우—미모링, 미모링…."

안나 씨는 당황해서 미모링의 어깨를 안으려고 했—지만, 사이즈상의 문제로 안으려고 해도 안을 수가 없다. 불가능에 도전이다. 힘내라, 안나 씨. 미모링이 또 울고 있다. 하지만 조용히 흐느껴 우는 사람이었구나. 보고 있노라면 가슴이 아프다. 그렇다고 해서 정에 휩쓸리는 것도 아니라고 본다. 그렇게는 생각하지만, 안나 씨까지 눈물을 글썽여 그 젖어서 빨갛게 된 눈으로 노려보니 정말로 견디기 힘들다.

"하루히로는 하틀리스! 너무나 냉혈한입니다?!"

"…아, 네. 그런 말을 들어도 어쩔 수 없습니다."

"수박입니까?!"

"엇, 수박…? 아, 단호박—단호하다고?"

"그거! 그거입니다?! 용케 알아들었습니까?! 대단하잖아?!"

"하긴, 방금 그건 내가 생각해도 알아들은 게 대단하다는 느낌이 없지는 않…."

"어쨌든 상관없습니다!"

"그렇지요…."

"아니야." 미모링은 말하고 코를 훌쩍거렸다. "하루히로는 냉혈한이 아니야."

"왓?!"

"하루히로는, 차갑지 않아. 거짓말을 못 하는 것뿐."

"끄으응—." 안나 씨는 머리를 감싸쥔다. "…거짓말을 못 해?! 하지만…."

왠지 아저씨 같아졌어요, 안나 씨.

"기대하게 만드는 말을, 하지 않는 것뿐." 미모링은 입술을 꾹 깨물었다. “좋아하지도 않는 나한테, 기대를 갖게 할 만한 일을, 하지 않는 것뿐.”

“끄아아아아아아아아아아아.” 안나 씨는 머리카락을 마구 헝클어뜨리면서 피라도 토할 것 같은 목소리를 짜냈다. “미모리이이이이이이이이이이잉, 더 이상 말하지 마입니다?!”

“나, 알고 있어.”

“하지마아아안.”

“그런 점도, 좋아.”

“우오오오오오오.”

“좋아, 해요.” 미모링은 눈물을 줄줄 흘리면서 하루히로를 응시하고 있다. “그러니까, 키우게 해줘. 아니다. 사귀자.”

“미안합니다.”

“예상대로의 대답.”

“뭐, 저기… 키운다거나 그런 건 좀 그렇지만, 미모링이 진심이라는 것은 왠지 알 것 같다고나 할까… 이해는, 하고 있다고 생각하는데, 나 나름대로. 하지만—그래도, 그러니까, 뭐지, 더욱… 왜, 그렇잖아? 나도, 아무렇게나 적당히 말할 수는 없을 것 같은….”

“유, 이디오트!” 안나 씨는 하루히로에게 삿대질을 했다. “멍청이냐는 말입니다—! 한창 왕성한 나이? 잘 때나 깨어 있을 때나 벌떡벌떡이지? 그거잖아, 젊은이여! 우선 사귀고 볼까? 비슷한? 그런 거 없습니까? 있지요? 발정기? 니까—!”

“…살짝 상스러워, 안나 씨.”

“시끄러워입니다! 잘 보라고! 미모링의 가슴! 빵빵—! 아주 좋은 몸? 이잖습니까?! 덥석 물고 빨고 싶지 않습니까?!”

"…무슨 말을. 물고 빨고 싶지는 않아. 란타도 아니고. 하긴, 녀석도 말뿐이지 거기까지는 하지 않지만."

"미모링, 너한테 빠져 죽었습니다!"

"푹 빠졌다고…."

"한없이—성기를 다해서 유를 내조한다. 틀림없습니다!"

"…성기?"

"성의 기술이라고 쓰고 성기지요?! 스페셜 테크닉! 유 노?!"

"아, 왠지 알 것 같다. 그보다, 목소리가 크다니까…."

"게다가—처녀! 버진! 첫 키스도 아직 못해봤습니다!"

"그건 진짜." 어째서인지 미모링이 진지한 얼굴로 긍정했다.

그게 중요한 포인트라거나 그런 걸까? 하루히로는 잘 모르겠지만. 그렇다면 마음에 걸리는 점이 있다.

"엇… 그런데도, 스페셜… 테크닉?"

"공부할게." 미모링은 다시금 끄덕였다. "괜찮아."

"이 안나 씨에게 맡겨라입니다—?!" 안나 씨가 미모링만큼은 아니지만 그래도 풍만한 가슴을 퉁 쳤다. "이런저런 비밀 테크닉, 전부 완전 안나 씨가 손짓발짓까지 다 가르쳐주겠습니다!"

"…안나 씨는 경험이 풍부… 하군요?"

"만만히 보지 마, 변태 보이! 당연히 안나 씨는 뽀송뽀송한 처녀입니다—?!"

"아니, 하지만, 그럼…."

"후훗." 안나 씨는 거만한 웃음을 띠고 자기 귓불을 꼬집는다. "안나 씨는 백 년에 한 명 나올까 말까 한—보기 드문 정보통! 들은 지식만으로도 그깟 것 식은 죽 먹기입니다."

"…그렇습니까?"

"머릿속에서는? 백만 명 이상? 승천시켰으니까—?"

"좀 망상이 심한 것 아닙니까?"

"당연히 농담입니다! 안나 씨는 맑고 올바른, 성스러운 처녀이니까—!"

"뭐, 상관없지만. 뭐든…."

하루히로는 향차가 들어간 맥주를 한 모금 홀짝이고 고개를 숙였다. 가게 안은 방금 전까지처럼 조용하지는 않았지만, 여전히 하루히로 일행은 주목을 받고 있으며 귀를 세우고 엿듣는 손님도 적지 않다. 좋아하는구나, 안나 씨. 야한 이야기를. 하루히로도 딱히 싫은 건 아니지만, 그다지 좋아하지는 않는지도 모르겠다.

"—그래서, 어떻습니까?!" 안나 씨도 향차가 든 맥주를 벌컥 들이켜고, 푸하—하고 숨을 내뱉었다. "일단 사귀어보시라—? 사귀어봐—? 나쁘지 않은 이야기입니다? 이렇게 글래머와 음욕에 빠져 허우적대는 에브리데이입니다?"

"아니, 사양하겠습니다."

"● 유—!"

근사하게 가운뎃손가락을 세운다.

하지만 무슨 말을 들어도 전혀 굽힐 수가 없다. 상대가 동맹자이기 때문에 더욱—그게 아니었다고 해도 마찬가지겠지만, 연애 감정도 없는데 교제하는 건 내키지 않는 일이다. 아니, 하루히로에게는 불가능하다고 생각한다. 아마도 돈을 한 보따리 안겨줘도. 아니, 돈을 주며 부탁하면 오히려 더 무리겠지.

어쩌면 고집을 부리는 걸까?

그것도 아니라고는 단언할 수 없지만, 요컨대 그런 성격인 것 아닐까?

"가능성은" 미모링은 거기까지 말하더니 또다시 눈물을 뚝뚝 흘리고는 곧바로 손으로 닦았다. "미안해. 울어서."

"…아니요."

왠지 모르지만 두근거려버렸다. 이런. 이건 도대체 어떻게 된 거지? 왜 두근거린 거야? 하루히로 본인도 전혀 모르겠다.

"아, 사과할 것 없어. 그러니까 울지 말아주면 고맙겠는데. 울리고 싶은 건 아니고, 울기를 바라지도 않고…."

"이런 일은, 처음. 엄청 슬프고, 힘들어."

"…미안합니다."

"사과하지 마. 하루히로 탓이 아니야. 내가 멋대로, 좋아하게 된 거야."

"응, 뭐, 그렇긴 하지만…."

"계속 말해도 돼? 질문."

"아, 해봐요."

"가능성은, 있습니까?"

"…무슨?"

"지금은 무리라도 언젠가는."

"음… 장래에는 가능성이 있냐는 뜻?"

"맞아."

"음…."

하루히로는 몸부림치고 싶었지만 필사적으로 참았다.

망설여지는 부분이다. 몹시 고민된다. 난감하네, 이건.

똑 부러지게, 미래 영원토록, 절대로 없다—고 단언해버리는 편이 오히려 친절한 것 아닐까 라는 마음은 든다. 애초에 하루히로 같은 걸 좋아하게 된 것이 잘못인 것이다. 시간은 무한하지 않다. 이러는 동안에도 시간은 흘러간다. 빨리 포기하고 다른 좋은 사람을 찾아—라는 생각이 안 드는 것도 아니다. —하지만 말이야.

그건 하루히로가 판단할 일일까? 미모링은 미모링 나름대로 하루히로에게서 매력을 느낀 것이겠지. 그 결과, 하루히로를 좋아하게 된 것이겠지. 하루히로가 그것을 부정할 권리 따위 있는 걸까?

토키즈와 함께 행동하면서 미모링에 대해서도 어느 정도는 알게 되었다. 확실히 그녀는 괴짜다. 마법사인데도 전사였던 때의 버릇이 사라지지 않는 건지, 앞으로 나가서 검을 휘두르고 싶어하는 것을 보고 있으면 무섭다. 단, 힘이 세고 검술도 제법이다. 동료애도 깊고.

가끔씩 사랑스럽다.

인간으로서는 정말로 싫지 않다. 어느 쪽인가 하면 좋아하는 쪽인지도 몰라.

유일하게, 직설적으로 호감을 밀어붙이는 점만이 난처하다. 그것만 없다면 솔직히 아무런 문제도 없다.

미모링의 인품에는 호감까지도 갖게 되었다. 적어도 미모링의 생각이나 마음을 존중해주고 싶은 정도로는 좋게 느끼고 있다.

하루히로는 미모링의 호감에 난처해하고 있고, 그냥 친구였다면 마음 편할 텐데—라고 생각하지만, 그렇다고 해서—즉, 하루히로에게는 성가신 호의를 배제하기 위해 그녀의 가치관이며 감정이며, 그런 것을 부정하는 것은 잘못이 아닐까? 왜냐하면 그것은 하루히로의 입장일 뿐이니까.

무엇보다, 장래에까지 전혀 가능성이 없다는 건, 말하려고 하면 얼마든지 할 수 있지만, 거짓말 아닌가?

내일 어떻게 될지 아무도 모른다.

살아 있을지 아닐지도 애매한 것이다.

그래도 굳이 거짓말을 해야 하는 건지도 몰라. 혹은 어디까지나 성실하게 대해야 하는지도 몰라.

뭐가 옳은 건가? 미모링을 위해서는 어떻게 하는 것이 좋을까? 미모링을 위해? 하루히로는 정말로 미모링을 생각해주는 건가? 그런 건 남을 위하는 체 하면서 실은 그냥 자기 실속만 차리려는 것 아닐까? 위선이 아닐까?

"…솔직하게 말해도 될까? 아니, 말할게. 가능성 같은 건 몰라. 앞으로의 일은. 나뿐만이 아니라 누구나 그렇다고 생각하지만. 단, 지금은 정말로 미모링은 재미있는 사람이고, 보고 있으면 즐겁고, 대화를 하는 것도 전혀 싫지 않지만, 사귀거나 그런 건 생각할 수 없어. 친구로 지내면 안 될까—라는 것이 솔직한 속마음. 지금은 그 이상은 무리. 예를 들어 몇 년 뒤에 내가 미모링을 좋다고 느끼게 될지도 모르지만, 그 점은 고려해주기 바라지 않아. 거기 기대고만 있을 수는 없는 일이고. 설령 그렇게 된다 해도 그때에는 미모링에게 남자친구가 있을지도 모르지만, 그건 그것대로 어쩔 수 없지. 타이밍이라는 것이 있을 테고. 지금 마음밖에 말할 수 없어서 미안. 지금만으로도 벅차거든, 난."

미모링은 잡아먹을 듯이 하루히로의 눈을 응시하며 가만히 들어주었다. 하루히로도 겁이 안 나는 건 아니었지만 시선을 피하지 않으려고 노력했다. 말을 다 마치자 온몸에서 힘이 빠졌다. 지금 엄청 졸린 눈을 하고 있겠구나 하고 생각했다. 졸리지는 않지만, 상당히 지쳤다.

"알았어."

미모링은 그렇게 말하고 얼굴 전체를 움찔움찔 움직였다. 눈을 가늘게 뜨고 입술 양쪽 끝을 올렸으니 웃은 거겠지. —이해해준 거다.

다행이다. 하루히로는 눈을 감고 한숨을 쉬었다. 어깨의 짐을 하나 내려놓은 기분이다.

사실 말이야. 몸집은 크지 않고 복근도 별로 없으니까 들 수 있는 짐의 양과 무게는 한정되어 있는 거야. 저것도 이것도 다 짊어질 수는 없어. 파티 리더를 맡고 도적으로서의 임무를 해낸다. 이걸로 한계다. 다른 일에는 손도, 머리도 움직이지 않는다.

그렇습니다. 연애라거나. 그럴 때가 아니라고요. 메리 건의 경우도 그렇지만. 조금 여유가 있었다면 내 쪽에서 먼저 말했을 테고. 응. 아닌가? 아니네. 그건 아니야. 절대, 무리.

고마운 이야기라고 생각한다. 이런 하루히로를 미모링은 좋아해 주었다. 이런 행운은 아마도 좀처럼 찾아오지 않을 것이다. 앞으로 전혀 없을지도 모른다. 이것이 마지막일지도 모른다. 거절하다니, 아까운 일인지도 몰라.

그래도 어쩔 수 없다. 현시점에서 그런 마음이 없다는 건 사실이다. 역시 거짓말은 할 수 없어. 미모링도, 나 자신도 속이거나 얼버무리거나 하고 싶지 않다. 그건 불가능하다.

"뭐, 그런 거니까…."

"하지만, 좋아해."

"…네?"

눈을 떠보니 미모링은 아직도 하루히로를 응시하고 있었다. 망설임 같은 것은 전혀 느껴지지 않는다. 심각하고 진지한 눈길이다.

"지금은, 좋아해. 나는 하루히로가 좋아. 안 돼?"

"휘유…." 안나 씨는 얼굴이 묻힐 정도로 힘껏 어깨를 올렸다가 내렸다. "미모링, 역시 고집 있습니다—. 바위 같지요? 오히려 강철인가—?"

하루히로는 눈을 내리깔고 뒤통수를 긁적였다. —아니… 안 돼? 라고 물어봐도 참.

안 되고 뭐고.

그런, 금지할 권리 같은 게 있는 것도 아니고. 그것은 미모링의 자유고. 존중해주는 수밖에 없는 거고.

결국 이해해주었지만, 그럼 마음을 바꿔서 친구가 되자—는 것도 하루히로에게는 자기 입장상 편한 이론일 뿐이다. 그것을 받아들일지 말지는 미모링 마음이다. 마찬가지로, 미모링의 마음을 받아들일지 말지는 하루히로의 자유지만, 미모링의 마음을 바꾸는 일은 하루히로는 할 수 없다. 미모링의 마음은 어디까지나 미모링의 것이다.

"…안 되지 않습니다."

4. 기이한 하늘 아래의 갈림길

합류 후의 쇼핑은 흠집이 많이 난 쿠자크의 방패와 투구를 새것으로 교환하고, 메리가 타격력이 있는 스태프를 사고, 란타가 비트레이어(배신의 검) Mk Ⅱ—물론, 란타(바보)가 제 마음대로 이름을 붙인—를 값을 왕창 깎아서 구입하고, 그리고 각자 생활용품을 보충하거나 새로 사거나 한 정도인데, 상상 이상으로 엄청나게 즐거웠다.

적야 전초 기지에서도 여러 가지 물건을 입수할 수 있어 곤란한 건 별로 없었지만, 역시 오르타나는 물량이 다르다. 차원이 다르다. 구경하면서 돌아보는 것만으로도 신이 난다. 평소에는 재미없어 보이는, 뭔가 마음에 들지 않는 것 같은, 우중충한, 칙칙한, 보고 있으면 우울해지는… 이라는 비난을 받는 일도 드물지 않은 하루히로조차도 들떠서 불필요한 물건을 사버릴 것 같아 황급히 자제하는, 그런 일이 몇 번이나 있었다. 오르타나를 벗어날 때에는 약간 아쉬웠다.

풍조 황야를 서쪽으로. 도중에 야외에서 하룻밤 자고, 약 35킬로미터를 도보로 여행해서 오후 2시가 지나 적야 전초 기지에 도착했다. 오늘 중으로 더스크렐름에 들어가 거류지까지 가면 내일은 아침부터 일에 착수할 수가 있다. 하루히로네와 토키즈는 물론 그럴 생각이었다—그러나.

적야 전초 기지에서 시노하라와 우연히 마주쳤다.

“어이, 하루히로. 토키무네도 있네.”

시노하라는 첫 대면 때부터 전혀 변함이 없다. 다정해 보이는 얼굴에 몸짓은 부드럽고 하얀 망토를 걸쳤다. 망토에는 X자 모양으로 나란히 일곱 개의 별 문장. 클랜 오리온의 심벌이다.

오리온의 하얀 망토를 걸친 남녀가 적야 전초 기지 여기저기에 있다는 것은 하루히로도 알고 있었다. 시노하라도 혼자는 아니었고, 짧은 머리에 눈이 가느다란 전사 하야시와 둥근 안경을 낀 스포츠머리 남자를 거느리고 있다. 하야시가 목례하자 메리가 가볍게 끄덕이며 미소 지었다. 하야시는 놀란 것 같은 얼굴을 했다.

"…그런데, 어라?" 하루히로는, 옛날 동료에게 웃는 얼굴을 보일 수 있게 된 메리의 변화를 내심 기뻐하면서도—역시 그 덕분입니까? 라고 질투 섞인 마음을 애써 참으면서 손가락으로 볼을 문질렀다. "시노하라 씨네 팀은 더스크렐름에서 손을 뗀 겁니까…?"

"실은, 망설이고 있답니다."

"네?! 네에?! 네에에에?!" 킷카와가 눈을 크게 뜨고 펄쩍펄쩍 뛰기도 하고 두 팔을 빙빙 돌리기도 했다. "뭐요? 왜요? 무슨 일 있었나요? 프닝해 느낌의?!"

"프닝해라니?" 스포츠머리 남자가 둥근 안경테를 밀어 올리면서 물었다.

"킷카와, 시끄럽습니다!" 안나 씨가 킷카와의 머리를 퍽 때렸다.

"어, 그게." 하루히로는 짜증이 났지만 일단 수습을 해둬야 한다는 사명감에 휩싸였다. "프닝해라는 것은, 해프닝을 말하는 걸로… 애너그램이라고나 할까…."

"아아." 스포츠머리 남자는 갑자기 킥킥 웃기 시작했다. "그렇구나, 그렇군."

빵 터진 건—가? 별로 웃을 만한 것도 아닌 것 같은데.

"그래서?" 토키무네가 번쩍 하고 하얀 이를 빛냈다. "무슨 일이 있었던 건가? 시노."

"…시노?" 시호루가 의아하다는 듯이 중얼거렸다.

"시노하라라서?!" 란타(똥덩어리)가 짖었다. "시노인 건가!"

"씨를 붙여, 씨를…."

하루히로가 어이없어하면서 주의를 주자, 강자에게 약하고 약자에게 강한 란타(쓰레기)는 재빨리 납작 엎드렸다.

"죄송했습니다…! 저도 모르게 들떴습니닷! 아니, 그보다, 말실수라고나 할까, 흥분 상태였다고나 할까! 유명인을 친구처럼 불러볼까 하는 마음이랄까…!"

"마음에 두지 않습니다." 과연 시노하라. 어른의 대응이다.

"큭…." 이누이가 애꾸눈을 흉흉하고 어둡게 빛냈다—정말로 애꾸눈인 건 아니고, 안대로 숨기고 있는 것뿐이지만. "시노하라 주제에 시노라니…."

이봐요, 이누이. 란타를 능가하는 무례함인데요?

"처음 들었어." 미모링이 눈을 휘둥그레 뜨며 말했다. —어? 처음 듣는다고…?

"지금 생각해낸 거야." 토키무네는 윙크를 하고 엄지를 세운다. "딱 어울리는 닉네임이지?"

"부정은 할 수 없습니다—?!" 안나 씨가 만면에 웃음을 띠며 엄지를 척 세웠다.

"시노하라 동이나 시노하라 춈보다는 귀엽고." 유메는 팔짱을 끼고 혼자 납득한 듯 끄덕이면서 영문 모를 소리를 한다.

"핫." 타다는 얼굴을 찡그렸다. "멍청이냐? 다들 하나같이. 시노하라 뎅 쪽이 좋잖아.”

쿠자크와 메리가 묘한 표정으로 눈빛을 교환하더니 곧바로 눈을 피했다. 어라, 어라, 어라라? 왜 피하는 겁니까? 괜찮다고요, 서로 지그시 바라봐도. 두 사람의 세계라거나 그런 걸 구축하지 그래요? 안 합니까? 흠—. 그래요? 뭐, 상관없지만.

“뭐든지 상관없습니다.” 이렇게까지 함부로 말해도 시노하라는 역시 어른이라 쓴웃음도 짓지 않는다. 즐거운 듯이 미소 지어 보였다. “질문에 대한 답을 하자면—네, 있었습니다. 한마디로 말해서, 더스크렐름은 쓸 만한 사냥터가 더 이상 아닌 상태입니다.”

“뒷부분은 제가 설명해드리지요.” 스포츠머리의 둥근 안경남이 나섰다.

그보다, 누구지? 본 적은—있는… 것 같기도? 이름까지는 모른다.

고개를 살짝 갸웃거리고 있노라니 스포츠머리는 갑자기 하루히로 쪽을 향하고는 입꼬리를 올리며 히죽 웃었다.

“인사가 늦었습니다. 저는 오리온의 키무라라고 합니다.”

“…아.” 하루히로는 반사적으로 고개를 숙여버렸다. “안녕하세요. 정중하시네요….”

“저는 알고 있답니다. 당신은 하루히로 님. 그리고 란타 님. 유메 님. 메리 님. 시호루 님. 쿠자크 님. 토키무네 님에 타다 님, 이누이 님, 안나 씨, 미모리 님, 킷카와 님. —맞지요?”

님이라는 호칭의 뉘앙스가 아무래도 마음에 걸리지만, 안나 씨만은 님이 아니라 제대로 씨를 붙이는 걸 보니 이 키무라라는 남자, 보통이 아닌—건가?

"키무라 씨는 시노하라 씨의 막역한 친구다." 하야시가 살며시 가르쳐주었다.

"악역?" 유메, 그건 아니야.

"바보. 박역이라고!" 란타, 그것도 아니야.

"막척한 친구로군… 큭…." 이누이도 틀렸어.

"직척한 친구, 맞지요―?!" 안나 씨도 틀렸다니까.

"우옷?! 그건 혹시나, 혹시나―?! 질척한 국물 같은 느낌…?!" 킷카와는 왜 혼자 신이 난 겁니까?

"규동은 국물이 많아야 해." 미모링이 끄덕였다.

있긴 하지만. 규동 가게. 오르타나에. 어째서인지 규동(쇠고기 덮밥)인데 쇠고기가 안 들어있다.

"…막역." 메리는 생각에 잠긴 모양이다. "이란 건 뭐지?"

"아, 그건…." 쿠자크는 모르는 모양이다.

막역이라―. 좀 그렇지. 어려운 말이야. 잘 안 쓰지. 그다지. 몰라도 이상할 건 없겠지.

참고로 하루히로도 들은 적은 있지만 한자로는 못 쓸 것 같은, 그러나 말의 의미는 왠지 추측할 수 있는 정도다. 아마도, 상당히 사이가 좋다―그런 비슷한? 서로 통하는 친구 같은? 시노하라와 키무라가? 다소 신기한 조합이다.

"크흐흣." 키무라는 어깨를 떨며 의미 모를 웃음소리를 냈다. "제가 시노하라 군의 막역한 친구라는 것은 과장입니다. 그저 일개 벗에 불과합니다. 물론, 비엘적인 요소는 전혀 없습니다. 그렇지요? 시노하라 군."

"그렇지." 시노하라는 어디까지나 상큼했다. "키무라와의 사이에 비엘적인 요소가 있다면 기분 나쁘지.”

“우호앗, 핫, 핫, 하앗….” 키무라는 빵 터졌는지 배를 잡고 웃었다.

“비엘이라는 것은 보이스 러브의 약자다.” 하야시가 곧바로 설명해주었다.

“그 정도는 알고 있습니다—! 멍청이!” 안나 씨가 소리쳤다.

카오스다. 하루히로는 진심으로 그리 느꼈다. 이야기가 전혀 진전이 안 되고 있는데….

아니, 진전되지 않았다고 해야겠지. 한바탕 웃고 나서 키무라는 논리정연하게 무슨 일이 있었는지 이야기해주었다.

사건의 발단은 5일 전. 아이언 너클이 또 다른 교단 아지트를 습격해서 교단원들을 살육한 날로 추정된다.

습격 자체는 성공리에 끝난 모양이나, 그 이틀 후, 즉 3일 전부터 더스크렐름에 이변이 일어났다.

놀랍게도 거신이라 불리는, 하늘을 뚫을 것 같은 거대한 인간형 생물이 나타나 인간을 발견하면 쫓아오게 되었다고 한다.

전부터 멀리서 거신의 모습을 발견한 적은 있었다. 하루히로네도 몇 번인가 봤다. 단, 거신이 다가오는 일은 없었고, 그가 있는 장소는 시작의 언덕에서 꽤 떨어진 곳 같았다. 들은 이야기에 의하면, 시작의 언덕의 훨씬 남서쪽에 넓은 분지가 있는데, 거신은 신의 가마솥이라 이름이 붙은 그 토지 일대를 어슬렁거리고 있다고 한다. 신의 가마솥을 발견한 것도, 명명한 것도 예의 라라 & 노노라고.

현실미를 느끼지 못할 정도로 지나치게 큰 거신은 분명히 건드리면 위험할 것 같기는 했다. 그래서 당연히 건드리는 바보는 없었고, 시야에 들어오는 정도로는 별일 아니다. 기본적으로 무해한 존재로 간주되었다.

그런데 그게 돌변해서 그렇지 않게 되어버린 것—같다.

같다는 것은, 아직 거신과 전투를 벌인 자는 없기 때문에, 상대가 리얼로, 진짜로 싸울 마음인지 아닌지 판단이 서지 않기 때문이라고 한다.

그렇긴 해도, 그렇게 지나칠 정도로 큰 생물에게 싸움을 거는, 목숨 아까운 줄 모른다고나 할까, 얼간이가 있을 거라고도 생각할 수 없다. 이크, 왔다—싶으면 그때에는 누구든 도망치겠지. 어느 정도 거리를 유지하면 그 이상 쫓아오지 않는다고 하는데, 그 어느 정도의 거리가 정확히 어느 정도인지는 확실하지 않다. 항상 조심해야 하므로 교단원이나 하얀 거인을 찾아 돌아다니는 것도 상당히 성가셔진다.

이건 좋지 않다, 이대로는 안 된다—고, 오리온은 더스크렐름에서 일시 후퇴하기로 정했다. 상황이 바뀔지도 모르기 때문에 완전 철수는 아니다. 한 파티만 남기고 시노하라 팀은 당분간 어딘가 다른 장소에서 벌이를 할 생각이라고.

“또 아이언 너클이야!” 란타가 힘껏 소리쳤다. “그 새끼들! 다른 사람들도 좀 생각하라고! 민폐잖아, 젠장!”

“…네가 할 말이냐?”

“엉?! 내가 뭘 어쨌다고? 하루히로오오오?!”

“아….” 시호루가 저편을 가리켰다. “아이언 너클 사람이….”

“죄송합니닷…!” 란타가 곧바로 점핑 엎드려 조아리기를 선보였다. “방금 그건 제가 아닙니다. 진짜로, 진짜로 제가 아니라 우리 하루히로가 말한 거라고요—그러니…!"

"은근슬쩍 나한테 뒤집어씌우네… 은근슬쩍도 아니지만."

"—오잉?! 없잖아?! 아이언 너클! 시호루—날 속였지? 이 은근 처진 가슴 봄버…."

"이상한 별명 붙이지 마…!"

"닥쳐, 처진 가슴! 벌칙으로 너를 공개 라이브 옷 갈아입기 형에 처한다…!"

"크…." 이누이가 아저씨 얼굴에 사악하기 짝이 없는 웃음을 지었다. "그건 나도 이 두 눈에 똑똑히 새겨두고 싶… 지만, 보는 건 나 혼자만으로 족해!"

"…아무에게도 안 보여줘요." 시호루는 두 팔로 자기 몸을 감싸 안고 오물을 보는 듯한 눈으로 이누이를 노려보았다.

"화기애애하네요." 시노하라는 싱글싱글 웃고 있다.

"시끄러울 뿐이다." 타다는 검지로 안경 위치를 바로잡았다. "똥파리들."

똥파리는 지나치다고 생각은 하지만, 맞는 말씀입니다.

"거신이라." 토키무네는 하루히로를 보았다. "어떻게 할까?"

어떻게 하긴 뭘?

의용병 가업의 성질상, 위험 부담을 전혀 감수하지 않을 수는 없을 것이다. 그렇긴 해도, 하루히로는 피할 수 있는 위험은 극력 피하고 싶다. 이래 봬도 일단 더스크렐름 발견자이니 안타깝긴 하지만, 뭔가 다른 선택지를 검토하는 것이 좋지 않을까?

—이런 자신의 의견은 분명히 말했다.

그래서, 그 결과 어떻게 되었냐 하면, 이렇게 되었다.

"웃히에에에에…!"

시작의 언덕 꼭대기에서 란타가 눈을 동그랗게 뜨고 괴상한 소리를 질렀다.

벌써 날이 저물어도 이상할 것 없는 시간대지만 더스크렐름에는 아침도, 밤도 없다. 다른 때와 마찬가지로 형형색색의 하늘이 끝없이 펼쳐져 있다.

석양이라고도 뭐라고도 표현하기 힘든 기이한 하늘 아래. 엄청나게 거대하고 가늘고 길게 보이는 거신이 느긋하게 발걸음을 옮기고 있었다.

"…어느 정도 멀리에 있는 건가요? 저건." 쿠자크가 한숨을 내쉬었다. "왠지 거리 같은 걸 잘 알 수가 없어서."

"음—." 안나 씨는 토키무네의 어깨에 올라타고 있다. "말하자면—80킬로미터? 정도입니까—?"

"그렇게 멀지는 않겠지…." 하루히로는 어쩔 수 없이 딴지를 걸었다.

"5킬로… 정도일까?" 유메는 눈을 부릅뜨고 거신을 보고 있다. "10킬로인가? 20킬로인가? 유메도 잘 모르겠는데. 호오오오—. 작지만, 무지 크네!"

"…모순이지만, 확실히 그런 느낌." 시호루가 유메 옆에서 끄덕였다.

아니, 정말.

유메 설을 채택해서 최대 20킬로미터로 본다면, 상당히 떨어져 있다. 20킬로 너머에 있다면 예를 들어 키 200미터의 초대 거인이라도 콩알 같은 것이다. 저 거신도 여기에서 올려다볼 만한 크기는 아니다. 그러나, 크다. 저건 도저히 생물의 크기가 아니다. 산이다. 그것도 작은 산이 아니다. 산맥 같다.

최초로 거신을 본 것은 분명히 새치기를 하려던 토키즈를 구출하고 돌아오는 도중이었다고 기억한다.

그때 하루히로는, 수백 미터는 떨어져 있을 텐데도 상당히 크네—라고 생각했었다. —수백 미터?

말도 안 돼. 그때에도 이 정도는 여유 있게 떨어져 있었다. 아니, 좀 더 떨어졌었나?

쿠자크 말이 맞다. 거신은 너무나도 커서 거리감이 이상해진다.

"꽤 빠르네." 타다가 중얼거렸다.

"다리가 기니까…." 킷카와는 어째서인지 감동한 모양이다. "다리—, 너무 긴 것 같은 느낌적인 느낌…. 움직임도 의외로 민첩하잖아. 우오, 와오…."

거신은 시작의 언덕 남쪽에 있는데, 동쪽에서 서쪽 방향으로 이동하고 있다. 하루히로에게는 민첩하게는 보이지 않지만 여기에서도 다리 움직임을 뚜렷하게 확인할 수 있어 느리지는 않은 것 같다.

"헉." 미모링이 숨을 들이켜며 남동쪽을 가리켰다. "뭔가 있어."

"…뭐야? 저거." 메리가 험악한 표정을 지었다.

그 옆얼굴을 쿠자크가 옆눈으로 보고 있다.

"저것도 대물 같은데." 토키무네는 입술을 날름 핥았다.

"…그야 뭐."

그건 확실히 그렇겠지. 하루히로는 배를 문질렀다. 약간 위장이 아프다. 이중에서도 특히 토키즈 멤버들에게 할 말인데, 왜 그렇게 즐거워 보여? 어째서 노골적으로 설레는 얼굴을 하는 거야?

알고 있다. 그런 사람들이다. 알고는 있어도 질색하게 된다. 익숙하긴 하지만. 란타가 있으니까. 그렇다. 란타를 알고 있는 덕분에 토키즈와 어떻게든 함께 행동할 수 있다는 부분은 확실히 있다. 란타에게 익숙해지지 않았다면, 토키즈와는 소통을 하는 것조차 어려웠을 것이다. 대단하네, 란타 효과. 인간은 나쁜 면이 있으면 좋은 면도 반드시 있는 것이다. 빛이 없으면 그림자도 생기지 않는다.

단, 이상하게 란타에게 익숙해진 탓에 토키즈와 함께 행동하게 되어버렸고, 덕분에 황당한 꼴을 당하는 것이다—라는 사고도 성립한다.

어차피 란타는 역귀다—라고 결론짓는 것도 가능하다고나 할까, 기본적으로 역시 한없이 역귀에 가까운 존재다.

—대물.

그것은 하얗고 꾸물꾸물했다. 거신 정도는 아니라고 해도, 상당히 크다. 도대체 뭔가? 인간형이 아니다. 그것은 단언할 수 있다. 문어… 같은? 적어도 그림갈에서는 아직 바다를 본 적이 없는데도 불구하고 문어가 어떤 생물인지는 안다. 그 문어에 가깝… 지는 않은가? 하지만 뭐랄까, 촉수 비슷한 것이 몇 개나 있고, 그것을 꿈틀꿈틀 움직이면서 걸어가는 것 같은—아니, 차라리 촉수의 집합체 같은?

여기에서의 거리는, 어느 정도지? 거신보다는 훨씬 가깝다. 2킬로나 3킬로인가? 어쩌면 1킬로 정도인가?

"귀여워…." 미모링이 뜨거운 시선을 보내고 있었다.

하루히로, 시호루, 유메, 메리, 쿠자크, 심지어 란타까지도 흠칫했으나 토키즈는 태연했다.

이러니까 미모링은.

"저…."

하루히로가 조심스럽게 손을 들자 토키무네가 "응?"이라며 이쪽을 쳐다보았다. 두 눈으로 저런 것—아니, 저런 것들을 봐버렸으니 아무리 토키즈라도 납득해주겠지. 아니, 아무려면 하루히로와 같은 의견이겠지.

"돌아가지 않을래요? 저건 위험합니다. 아무리 생각해도."

"부아—보!" 란타가 덤벼들었다. "그러고도 사내냐? 너! 분명히 ●알 달려 있는 거 맞아?! 확실하게 ●알 달려 있냐고, 송사리 똘마니야!"

"…그런 건 상관없지 않아? 남자니 여자니 하는 건."

"당연히 상관있지! 있지요? 토키무네 씨?!"

"글쎄." 토키무네는 고개를 갸웃거렸다. "없지 않아?"

"없지요!" 란타는 태세 전환이 빠른 쓰레기다. "하하하! 있을 리가 없지요—. 그—러니까, 나도 그렇게 말했잖아, 판피로링! 상관없는 거라고. 남자니 여자니 ●알이 있느니 없느니 그런 건! 진짜 너는 뭘 모르는 똥덩어리야!"

"알 ●알 ●알 시끄럽습니다!" 안나 씨가 토키무네의 머리 위에서 폭발했다. "너무 저질입니다?! 더러움을 모르는 레이디가 엄청 많습니다요—!"

"안나 씨가 할 말은 아니잖아, 저질이라니! 나도 그 말만큼은 안나 씨한테서 듣고 싶지 않앗!"

"두 유 노?! 아우치! 그게 아니라—그건 무슨 뜻입니까?! 이 젠장맞을 작은 ●추 쓰레기!"

"어, 저기, 아무튼…." 하루히로는 얼굴에 튄 안나 씨의 침을 닦으면서 말했다. "돌아가지 않을래요? 지금부터 가면 오늘 중에 적야 전초 기지로 돌아갈 수 있을 테고. 내일부터 어떻게 할지는 그 후에 결정하는 걸로…."

"어?" 토키무네는 눈을 깜빡였다. "왜?"

"어이, 하루히로." 타다가 하루히로의 이마에 손바닥을 댔다. "—열은 없네."

"…없습니다." 하루히로는 타다의 손을 뿌리쳤다. "열이 있다면 당신들이겠지요."

자기도 모르게 작은 목소리로 말해버렸다.

"크…." 어째서인지 이누이가 웃었다. "크, 크, 크, 크… 아—핫핫핫핫핫핫…!"

아니, 폭소하는데요. 뭡니까? 이 사람. 애초에 사람은 맞나? 실은 인간이 아닌 것 아닌가…? 무섭지만.

정말로 무섭지만 말입니다.

"어이, 하루히로." 토키무네는 안나 씨를 어깨에 태운 채로 하루히로의 어깨에 손을 툭 올려놓는다. "나는 너를 의외라고 평가하고 있다. 의외라는 표현은 실례일까?"

"…아뇨, 괜찮습니다만. 의외든 뭐든."

"뭐, 어쨌든, 너는 수수하고 패기나 열의 같은 건 부족하다고나 할까, 기본적으로 없지만, 침착하고 판단력도 비교적 있기도 하고, 수수한 것치고는 믿음직하다. 우리에게 없는 것을 너는 갖고 있으니까."

"칭찬해도 아무것도 나올 건 없는데요…."

"거짓말이지?"

"아뇨, 정말입니다."

"너의 그런 점도 싫지 않아."

"그렇습니까?"

기쁘기는 기쁘지만요. 나름대로. 그렇게는 안 보일지도 모르지만 하루히로 나름대로 기뻐하고 있는 것이다. 아마도.

사실 그것과 이것과는 다른 문제이고.

"그런데, 그게 어쨌다는 겁니까?"

"너를 평가하고 있고 좋아하지만, 가끔씩 어라—? 하고 갸우뚱하게 돼."

이쪽은 가끔씩이 아니라 빈번하게 어라—? 하고 갸우뚱합니다.

솔직히 그렇게 말했다가는 이야기가 복잡해질 것 같아서 우선 잠자코 있노라니 토키무네는 유난히 멋진 얼굴로 하얀 이를 반짝 빛내며 웃었다.

"목표는 이미 정해진 거지? 그런데도 돌아간다니 무슨 말이지? 나는 좀 이해가 안 가는데."

"…목표?"

"그래."

"라는 건…?"

"목표라는 건, 행동을 진행함에 있어서 달성을 노리는 무언가…이지?"

"아뇨, 그건 알지만, 목표라는 말의 의미는 알아요."

"그럼 뭘 알고 싶은 거야?"

"그, 이미 정해졌다는 목표라는 게 뭔지 묻는 건데요…."

“저거잖아?” 토키무네는 턱짓을 했다. “당연히 해치울 거지?”

“…어어어어.”

하루히로는 비틀거렸다. 무슨 말을 하는 거야? 이 사람. 뭐, 그런 말을 할 것 같긴 했지만. 하지만 아무리 그래도 그건 아니지. 이상하다고, 분명히. 어떤 사고 회로를 갖고 있으면 그렇게 되는 거야? 시호루도, 메리도, 쿠자크도 역시 척 보기에도 당황하고 있다. 멍—하니 있는 유메는 뭐가 뭔지 모르는 것 같다. 란타는 어쩔 수도 없이 멍청이니까 흥분하고 있다. 토키즈 멤버들은 전혀 동요하지 않는다. 킷카와는 란타와 함께 팔짝팔짝 뛰고 있다. 축제나 그런 걸로 착각하는 거 아닐까? 구제할 길이 없다. 왜냐하면.

‘저거’라는 건 그거잖아?

거신이라거나 이상한 생물.

‘아무리 생각해도’라고나 할까, 생각하지 않아도 그런 건 무리잖아? 그 정도는 자명한 것 아닌가? 그 점은 인간으로서 공통의 이해라고나 할까, 인간이라면 누구나 공유할 수 있는 인식 비슷한 것 아닌가? 그렇지? 맞아. 하루히로는 옳다. 결코 틀리지 않았을 것이다. 그렇다면…?

마침내 그때가 온 것이다. 와버린 것이다.

언젠가 오지 않을까 생각하고 있었다. 와주길 바란 것은 아니다. 오지 않는 편이 좋겠다고 생각했다. 토키즈는 이상한 사람들만 모였고 엉망진창이지만 함께 있으면 즐거운 사람들이다. 이용 가치가 있다고 하면 너무 뻔뻔하겠지만 그런 부분도 있다. 무엇보다 토키즈는 다들 탐욕스러운 사람들이 아니다. 타산적으로 인간관계를 정하거나 협력하거나 하는 사람들이 아닌 것이다. 그렇다고 해서 그게 신뢰할 수 있다는 뜻은 아니지만, 토키즈는 두 번씩이나 하루히로 팀을 배신하지는 않을 것이다. 신의를 배신하는 짓은 하지 않는 사람들이다.

그래도 언젠가는 갈라서는 날이 올지도 모른다.

오지 않을까? 하루히로는 걱정하고 있었다.

토키즈에게 끌려 다니며 험한 꼴을 당하는 정도라면 허용할 수 있다. 그야 토키즈니까. 어느 정도는 서로 이해하지 않으면 이 동맹은 성립하지 않는다. 어디까지나 그것이 회복 가능한 험한 꼴일 경우에 한한다.

일에는 한도라는 것이 있다.

저것에 도전하게 된다면, 험한 꼴 정도가 아니라 막대한 피해를, 손실, 상실을—죽음을 각오해야만 한다.

돌발적으로 하는 수밖에 없는 상황이 된 것이라면 그건 어쩔 수 없다. 그러나 의도해서 그런 위기에 뛰어드는 것은 그야말로 무모한 짓이다.

파티 멤버들과 의논하면 어쩌면 다른 의견이 나올지도 모른다. 그래서 하지 않는다. 지금은 하루히로의 독단으로 결정한다. 이미 결정했다. 토키즈와는 각각 행동한다. 기회가 생기면 또 함께—라는 그럴듯한 말은 하지 않는다. 위험한 일은 싫지만 위험하지 않은 일이라면 좋습니다—라는 식의 이기적인 논리로 뭉치거나 흩어지거나 하는 것은 하루히로도 바라는 바가 아니다.

토키무네의 눈을 보고, 미안합니다—라고 말하려고 했을 때, 옷 속에서 말 그대로 잠시도 떼어놓지 않고 지니고 다니던 그것이 진동했다.

"우웃…."

깜짝 놀라 하루히로는 자기가 뭘 하려고 했는지 순간적으로 알 수 없게 되었다. 뭐였더라? 그렇지—아니, 그보다 이게 먼저다.

그것은 펜던트처럼 체인에 매달아 목에 걸고 있다. 목깃에 손을 넣어 꺼내자 밑단 부분이 녹색으로 빛나고 있었다. 그것은 검고 납작한 돌 같은 것이다. 하지만 그냥 돌이 아니다.

"뭐야? 그거." 토키무네가 눈썹을 찡그렸다.

"어, 그게, 이건…."

설명할까 말까 망설이는 동안에 그것—리시버(수신기)—이 진동하면서 음을 발했다. 음이랄까, 음성을.

『새벽 연대 여러분, 듣고 있나? 소우마다.』

"하에에에엣?!" 안나 씨가 토키무네의 어깨 위에서 눈동자가 튀어나올 정도로 놀라며 희한한 소리를 질렀다.

"…소우마라고?" 타다는 왼손의 검지로 안경을 밀어 올렸다.

"소우마라니, 그 소우마 말이지?!" 킷카와는 당장이라도 춤을 출 것 같다.

"주마등(주3)…." 미모링은 상관없는 말을 중얼중얼 하고 있다.

"크…." 이누이는 무슨 영문인지 검을 뽑아 휘두르기 시작했다.

하루히로는 란타와 시호루, 유메, 메리, 쿠자크와 눈빛을 교환했다.

참고로, 하루히로네가 새벽 연대의 끝자리에 끼어든 것은 토키무네 팀에게는 말하지 않았다. 란타는 자랑하고 싶은 것 같았지만 입을 막아두었다. 뭐랄까, 솔직히 아직 믿을 수가 없는 것이다. 리시버라는 증거가 있으니 그게 꿈이었을 가능성은 있을 수 없다. 하지

주3) 주마등은 일본어로 '소우마토우(そうまとう)'이다.

만 우리가 그 소우마가 이끄는 새벽 연대의 일원이라니, 좀처럼 믿을 수가 없다. 실감이 들지 않는다. 소우마에게서 연락도 없었고. 새벽 연대에 관해서는 잘 모른다. 믿으라고 해도 믿기 힘들지 않겠어?

믿기 힘들었다.

『우리는 내일 밤에는 적야 전초 기지로 돌아간다.』

그러나, 실제로 이렇게 소우마의 목소리를 듣자 믿을 수 있게 되었다. 믿는 수밖에 없었다.『반복한다. 우리는 내일 밤 적야 전초 기지로 돌아갈 예정이다. 올 수 있으면 와주길 바란다. 가끔씩은 만나고 싶다. ―리리야, 뭔가 하고 싶은 말은 없어?』『왜, 왜 나한테?!』『아니, 그냥. 안 되나?』

『안 된다기보다.』『그래. 안 되는 거였나….』『아, 안 되지 않습니다! 그럼, 센더(발신석)를 이리 주십시오.』『그래.』이런 소우마의 목소리 뒤에 리리야가 헛기침을 하는 소리가 이어졌다.『…아, 아무튼 하고 싶은 말은 없지만, 오랜만에 보는 분도 계시겠지요. 기대―아니, 저는 기대 같은 건 하지 않지만, 당신이 어떻게 생각할지는 당신 자유입니다. 좋을 대로 하십시오. 이상입니다.』

리시버의 진동이 멎고 녹색 빛도 꺼졌다.

하루히로는 한숨을 쉬고 토키무네의 표정을 살폈다. 토키무네는 생각에 잠긴 얼굴로 턱을 매만지고 있다. 도대체 뭘 생각하는 걸까? 하루히로는 상상조차 가지 않는다.

"어…. 이건―그러니까, 뭐랄까…."

"이왕 이렇게 된 거 소우마도 같이 하자고 할까?"

"엥?"

"거신 사냥."

"…네?"

"소우마라면, 이야기를 들으면 하고 싶어하겠지."

"무슨, 어, 잠깐, 잠깐만요… 소우마 씨와… 아는 사이…?"

"의용병이 된 시기가 비교적 비슷하니 아는 사이이긴 하지. 같이 술자리를 가진 적은 몇 번 있어."

"아니, 그래도…."

하루히로는 할 말을 잃었다. 그래도, 뭐? 뭐라고 말하려고 했더라?

뭐랄까, 어쩌지?

어떻게 되는 거야? 이거…?

5. 보통인 나는

어쨌든 하루히로도 소우마를 보고 싶었다. 아니, 보고 싶지 않은 것 같기도 하지만 그건 하루히로 따위가 감히 괜찮을까—라는, 자격지심 같은 것이 있기 때문이고, 그렇긴 해도 아무튼 만나고 싶다. 최강 의용병이라고 이름난 소우마, 통이 크고 힘이 센 성기사 케무리, 아름다운 엘프 검무사(소드 댄서) 리리야, 엄청나게 요염한 주술의(샤먼) '누님' 시마, 어린아이 같은 용모 때문에 '악마의 자식'이라고도 불리는 음산한 사령술사(네크로맨서) 핑고, 그의 손발 역할을 하는 인조인간 젠마이. 모두 딱 보기에도 심상치가 않다. 보통 사람은 아니라는 분위기를 풍기는데, 사실 탁월하다. 먼발치에서 보는 것만으로도 우왓—하고 감탄하게 된다. 조금 과장되게 말하자면, 소우마네는 살아 있는 전설이다. 걸어 다니는 레전드인 것이다. 그런 사람들을 그저 구경하기만 하는 것이 아니다. 대화를 할 수 있을지도 모른다. 할 수 있을지도 모르는 게 아니다. 할 수 있다. 왜냐하면 하루히로 팀도 새벽 연대의 말단이니까.

그건 그렇고, 어쨌든 냉정하게 생각해야 한다. 냉정해져야 하는 건 알지만, 우와—정말 만날 수 있는 건가? 소우마 팀을. 우와—진짜야? 어쩌지? 무슨 이야기를 어떤 느낌으로 인사하지? 우릴 기억 못 하면 어떻게 하지? 그렇진 않겠지? 하지만 알 수 없지. 소우마도 보기엔 저래도 직접 접해보면 의외로 엉뚱한 면도 있으니 하루히로 팀 따위는 완전히 기억에서 지워졌을지도—그런 생각들이 머릿속을 돌아다니며 멈추지 않았다.

토키무네는 거신 사냥을 계획하고 있고 소우마 팀을 끌어들이려고 한다. 그 건에 관해서는 간과할 수 없다. 뭔가 손을 써야 하지만, 우선은 적야 전초 기지로 되돌아가는 것부터다. 소우마 팀이 오기 전에, 그건 좀 생각해볼 문제라고 이야기를 하면 된다. 한다. 분명 한다. 해버린다고. 한다니까. 정말로.

그래서 적야 전초 기지로 돌아가 뒷골목에서 저녁밥을 같이 먹기로 했기 때문에 좋아, 말하자, 말을 꺼내자, 말할 거야, 반드시—라며 노점 앞에서 줄을 서서 기다리며 자신을 격려하는 와중에 낯선 중년 남자가 말을 걸어왔다.

"자네, 하루히로 군이지?"

"…그런… 데요?"

틀림없이 모르는 아저씨다. 나이는 마흔 정도일까? 하루히로 입장에서 보면 아저씨 이외의 아무것도 아니지만, 이 아저씨, 대단해 보여.

우선 덩치가 좋다. 키는 180센티미터 이상 되겠지. 키뿐만이 아니다. 어깨폭도, 두께도 있다. 웃으면 생기는 주름살이 눈길을 끄는 온화한 얼굴이고, 차분한 낮은 목소리도 인상이 좋지만, 뭐랄까, 위엄이 있다. 갑옷과 등에 짊어진 방패를 보니 성기사인 모양이다.

아저씨에게는 일행이 있었다. 왜소하다고나 할까, 키가 작고 마른 체형의, 역시 40대 정도 되어 보이는, 왠지 예술가 같은 느낌의 남성은 신관복을 입고 있다. 그리고 30대로 짐작되는 마법사 여성. 하루히로한테는 상당히 연상이지만, 그녀에게는 아줌마라는 말은 어울리지 않는다. 엄청난 미인이다.

그 초 미인 옆에 서 있는 여성은, 크다. 와일드 엔젤스의 카지코를 연상시킨다. 단, 카지코보다 훨씬 나이가 많을 것이다. 역시 30

대인가? 엄청난 대검을 등에 메고 있다. 전사인가 보다.

나머지 두 명은—하루히로는 자기도 모르게 눈을 크게 떴다.

인간이 아니다.

둘 다 남성인데, 대조적인 두 명이다.

한 명은 키가 작고 술통 같은 체형이다. 하지만 살이 찐 것은 아니다. 근육 덩어리다. 아니, 근육과 수염을 포함한 체모 덩어리라고 하는 편이 적당하겠지. 털북숭이에 바위 같은 그 몸보다도 훨씬 큰, 그야말로 위력이 있어 보이는 무시무시한 도끼를 들고 있다. 드워프다.

또 한명은 드워프와는 정반대로 날씬했다. 키는 하루히로와 같거나 약간 큰 정도겠지. 백석(白皙)의 미소년이라는 분위기다. 정말로 하얗고 머리카락과 눈동자 색도 밝다기보다는 연했다. 눈빛이 약간 날카롭고 고집이 있어 보였다. 활과 화살 통을 차고 있으니 활잡이인가?

주목해야 할 점은 그의 귀다.

길고 뾰족하다.

그는 엘프인 것이다.

"오오오오오오오오오오오오오오오오오오오오오오오…?!" 킷카와가 갑자기 괴상한 큰 목소리를 냈다. "그 연배의 성기사에 신관에 마법사에 여전사, 그리고 드워프라면, 혹시나 혹시나아아아?! 아아아아아아아아아아아아아아아아아아아아아아아아아아아아키라 씨 아닙니까아아아아아아아아아아아아아아아아아아아아아…?!"

"…아키라라니." 란타는 그렇게 중얼거리자마자 갑자기 무릎을 꿇었다. "죄죄죄죄죄죄죄죄죄죄죄죄송합니다아아아! 제가 그만 정

신이 나가서 아키라라고 불러버려서! 정말로 진짜로 죄송합니다, 아키라 씨…! 제발, 제발 부디 용서를…!"

"이상한 아이네." 30대 초 미인이 키득 웃었다.

란타는 볼이 화끈 붉어졌다. "…에헤헤. 네네. 이상한 아이입니다—. 우헤헤헤."

"…아키라 씨." 하루히로는 손으로 입을 가렸다. "—라니, 그 아키라 씨…?"

소우마네는 살아 있는 전설, 걸어 다니는 레전드다. 걸어 다니는 레전드라는 것은 당연히 근처 어딘가를 걸어 다니고 있다는 것이다. 전설적인 존재지만 분명히 실제로 존재하고, 운이 좋으면 어딘가에서 마주칠 가능성도 있다는 뉘앙스가 그 표현에는 담겨 있다. 실제로 하루히로네도 우연한 계기로 새벽 연대에 들어가기 전에 셰리의 주점에서 케무리에게서 술을 한 잔 얻어먹은 적도 있다.

하지만 아키라 씨는 다르다.

아키라 씨의 이름을 모르는 의용병은 간첩이라고 말해도 될 정도다. 그 정도로 유명인인데, 아키라 씨는 소우마 팀보다도 훨씬 멀리 있는 존재다.

하루히로가 아는 바로는 소우마 팀이 명성을 높이기 전까지는 아키라 씨 팀이 오랫동안 의용병단 최강이라 여겨졌다고 한다.

소우마 팀이 대두하자 아키라 씨가 그들을 인정하고 최강이라고 칭찬했다. 그래서 소우마 팀의 평가가 확정되었다고.

그렇다고 해서 아키라 씨의 위신이 저하된 것은 아니다.

예를 들어 '일대일로 소우마와 싸우면 내가 이긴다'고 주장하는 의용병은 실은 존재한다. 그런 말을 입 밖에 내든 내지 않든, 실력이라면 자기도 뒤지지 않는다고 생각하는 의용병은 없지는 않을 것이다. 아이언 너클, 버서커스(흉전사대) 등 유력한 클랜은 특히 소우마 팀에 대한 경쟁심을 불태우고 있다. 많은 의용병이 소우마를 최강이라고 평가하고 있지만 그 자리가 반드시 절대적인 것은 아니다.

그 점이 아키라 씨와의 차이다. 아키라 씨를 자기와 비교하는 의용병은 우선 없을 것이다. 아키라 씨보다 강하다거나 약하다거나 그런 생각을 하는 것조차 주제넘은 짓이다. 한마디로 표현하자면, 산과 키 재기를 하는 것 같은 짓이다. 인간의 키가 산보다 작은 것은 당연하므로 비교하는 것은 애초에 말도 안 된다.

레벨이 다르다기보다는 스케일이 다르다.

아키라 씨는 "나도 이제 나이를 먹었다"며 털털하게 웃으면서 스스럼없이 최강의 칭호를 소우마네한테 떠넘기고는 어느 날 동료들을 데리고 여행을 떠났고, 그 이후로 그 행방은 요원하다—는 식의, 진위는 확실하지 않지만 그야말로 전설을 하루히로는 들은 적이 있다.

그 아키라 씨라는 건가? 이 아저씨가?

"아…." 토키무네가 눈을 깜빡거렸다. "진짜 아키라 씨잖아."

"자네와는 만난 적이 있지." 아키라 씨—라는 아저씨는 토키무네에게 근사한 미소를 보였다. "토키무네 군. 타다 군에 이누이 군. 거기 젊은 남성과 여성 여러분은 첫 대면이네."

"안녕하세요." 얼핏 보기엔 상식인 같지만 남보다 두 배는 방약무인한 저 타다가 고개를 숙인다.

"크…." 이누이는 히죽… 웃었다. "영광이다…."

"나님, 아니, 저는, 키, 키, 킷카와입니다! 앞으로 잘 부타랍…! 그, 그게 아니라! 잘 부탁드립니다…!"

"아, 안나 씨입니다! 안나라고 불러도 되지만입니다…?"

"미모리… 입니다."

—오오.

저 토키즈가 꿔다놓은 보릿자루처럼 얌전하다.

한편 하루히로 팀은 시호루도, 유메도, 메리도, 쿠자크도, 그리고 란타는 얼드린 채로 꽁꽁 얼어붙어 있다. 유메는 사람의 이름에 신경을 쓰는 타입이 아닌데도 아키라 씨와 그 동료들에게서 뭔가를 느낀 것 같다.

위압감은 결코 아닌, 뭔가.

어른이구나—라는 듯한? 하긴 아키라 씨와는 부모자식만큼 나이 차이가 아마 있을 테니 이쪽은 완전히 어린아이나 다름없다. 하지만 나이뿐만이 아니다. 경험, 인간으로서의 무게, 폭, 깊이, 모든 것이 너무나 다르다. 그것은 분명하게 알 수 있지만 강압적이지 않다. 아키라 씨는 자연스럽다. 그 점이 또한 대단하다.

"왠지 이름을 말하는 것도 쑥스럽지만." 아키라 씨는 오른손을 내밀었다. "아키라다."

"…아, 네, 네." 하루히로가 오른손을 겉옷에 닦고, 닦고, 또 닦고 나서 아키라 씨의 손을 잡았다. "아, 아아아아, 안녕하세요. 처음 뵙겠습니다, 하하하하, 하루히로입니다."

"잘 부탁하네."

악수다. 천하의 아키라 씨와 악수하고 있다. 크고, 따뜻하고, 건조하고, 힘이 있지만 부드러운 손이다. 이건 자랑할 수 있는 일인지도? 누구에게 자랑할지 그런 문제는 있지만.

아니야, 잠깐.

좀 더 다른 문제가 있다.

"—그런데, 어라? 어떻게 아키라 씨가 저 같은 걸…?"

"소우마에게서 들었다." 그렇게 아키라 씨는 대수롭지 않다는 듯이 대답했다.

"…소우마 씨한테서?"

"그래. 자네들도 소우마를 만나기 위해 여기에 온 거겠지?"

"어, 아, 네. 뭐… 그렇… 습니다만. 어? 우리도—라면…."

"나는 고호다." 신관복을 입은 키 작은 남성이 품속에서 검고 납작한 돌 같은 물체를 꺼냈다. "징표가 이것 정도밖에 없다는 것도 불편하군."

"…그건." 시호루가 숨을 들이켰다.

"리시버잖아!" 유메가 두 손으로 자기 볼을 감싸 쥐는 것처럼 눌렀다.

"그렇다는 건…?" 쿠자크는 메리를 쳐다봤다.

"설마…." 메리는 자기 가슴을 누른다.

"그래." 여전사가 사뭇 유쾌하다는 듯이 웃었다. "우리는 동료라는 뜻. 아, 참고로 나는 카요. 고호는 내 허니야."

"…허니." 하루히로는 어째서인지 눈이 빙빙 돌아 쓰러질 것 같았다.

"그래, 맞아." 고호는 쑥스러워하는 건지 고개를 옆으로 홱 돌렸다. "분명히 카요는 내 아내다. 그리고 이 녀석은 우리 아들."

"타로입니다." 엘프 미소년이 퉁명스럽게 자기소개를 했다.

“—아니, 하지만….” 란타가 무례하게도 고호와 카요와 타로를 순서대로 손가락으로 가리켰다.

“보는 바와 같이 혈육은 아니다.” 타로는 란타를 노려보았다. “하지만 아버지와 어머니는 틀림없는 내 부모님이다. 뭔가 하고 싶은 말이라도 있어?”

“아니! 없습니다! 전혀, 전혀!” 란타는 헤헤헷—하고 웃으면서 손사래를 쳤다. “당치도 않습니다! 케헤헤헤! 하고 싶은 말이라니 그런 게 있을 리가, 그렇죠? 핏줄 같은 건 전혀 상관없는 거고! 그런 것에 집착하는 쪼잔한 놈은 내가 엉덩이를 발로 차주겠다—! 카하하하핫! 그, 그런데, 저… 그쪽 여성분은?”

“나?” 초 미인이 자신을 가리켰다. “내가 뭐?”

“아뇨, 저기, 뭐랄까, 그게, 솔로인지, 뭐 그런….”

“당신한테는 나는 아줌마야. 서른일곱인걸.”

“서른일곱—?! 안 보여! 그렇게 안 보여요! 그건 말도 안 돼! 지금까지 살아온 중에서 제일 놀랐다! 그보다 나이 같은 건 상관없어! 그런 건 가볍게 초월해버렸어—!”

“고마워. 난 미호야.”

“미호 씨—! 저, 저, 저와 결혼해주세요—!”

“미안해요.” 미호는 아키라 씨의 팔에 손을 댔다. “나, 이 사람과 끝까지 함께하려고 해.”

“쿠오오오오오오오오…! 사랑에 빠지자마자 빛의 속도로 사망했다아아아아아아아아아아…!”

“어디 써먹겠어? 이런 놈들.” 드워프가 흥—하고 코웃음을 쳤다. “소우마가 선택한 놈들이라고는 도저히 생각할 수 없어.”

…지당하신 말씀입니다.

특히 란타.

뭐랄까, 란타.

너를 이렇게까지 창피하게 여기는 건 오랜만이다. 너를 죽이고 나서 나도 죽고 싶은 심정이다.

"브랑켄." 아키라 씨는 타이르는 것처럼 드워프를 흘낏 보고 나서 친숙함이 담긴—적어도 그렇게 느껴지는 눈길을 하루히로에게 향했다. "나는 언젠가 자네들과 만나는 것을 기대하고 있었다. 그야 록이나 이오 팀과는 면식이 있지만, 자네에 관해서는 소우마에게서 듣고 처음 알았으니까."

"…네, 그렇겠지요. 뭐랄까, 저희는 의용 병력도 짧고 실적다운 것도 없고…."

"데드 스팟을 해치웠다지? 데드 헤드 감시 보루 공략전에서도 활약했다고?"

"아, 네, 그렇습니다!" 란타가 에헴—하고 가슴을 폈다. "신예들 중에서는 유망주라고나 할까! 그런 느낌이지요! 장래성이 넘쳐흐른다는 건 부정할 수 없습니다!"

"…너 있잖아." 하루히로는 란타를 흠씬 패주고 싶었으나 그럴 기력이 생기지를 않았다.

"하아—." 토키무네는 아키라 씨와 하루히로를 번갈아 보았다. "새벽 연대라. 하루히로 팀이 새벽 연대라는 것도 깜짝 놀랐지만, 아키라 씨 팀도 그렇다니. 록스라거나 이오네 파티가 들어간 것 같다는 사실은 킷카와가 가르쳐줬던 것 같지만."

"진짜로 최강이네요…!" 킷카와는 더 이상 참을 수 없다는 듯이 고개를 부르르 흔들었다. "굉장해! 레전드에 원조 레전드에 '타이푼(태풍)' 록스에 이오 님 부대! 드림팀 느낌…?! 아니 느낌이랄까, 리얼 드림팀?! 드림, 드리머, 드리미스트 같은…?!"

"아. 그렇지." 타다가 쓱 걸어 나오더니 품평하는 것 같은 눈으로 아키라 씨를 보았다. "당신—이 아니라, 아키라 씨."

—이크.

당신이라고 불렀어? 지금? 어라? 꿔다놓은 보릿자루 모드는? 킷카와도 평소 컨디션으로 돌아온 모양이고, 어라라라라…?

"더스크렐름에 관해서 알고 있나?" 타다는 경어조차 쓰지 않고 물었다.

"아직 가본 적은 없지만." 아키라 씨는 아무렇지 않은 모양이다. "말로는 들었다."

"위험한 적이 있다. 이 내가 오싹오싹할 정도로. 똥덩어리처럼 위험해."

"오호."

"소우마네도 부를 생각인데, 당신들도 합세하지 않겠나?"

—권하고 있네.

권해버리네요.

하루히로는 눈두덩을 눌렀다.

울 것 같다.

뭐야? 뭐냐고, 타다. 까불지 마. 아키라 씨라고. 천하의 아키라 씨에게 합세하지 않겠냐니, 건달이 못된 짓을 같이 하자고 꼬드기는 게 아니라고. 권하는 것도 좀 더 다른 표현이 있잖아. 말하는 방식이랄까. 아니, 없지. 권하지 않지, 보통. 하긴 보통이 아니지만,

타다는. 알고 있지만. 지나치게 정상이 아니지…?

"생각해보겠다." 아키라 씨는 말씀하셨다.

이야—상냥하십니다, 아키라 씨. 배려를 해주신 것이다. 오만방자함을 그대로 드러낸 타다에게도 화내지 않는다. 인격자다. 근사하다. 하루히로는 살짝 감동했다.

"엉?"

그런데도 왜 타다는 핏대를 세우며 화를 내는 거지? 이상한 거야? 혹시나 돌았어? 확실히 정상은 아니지? 왜냐하면, 명백하게 이상하잖아? 화낼 상황이 아니잖아? 화낼 요소가 전혀 없잖아…?

"뭐야, 그 대답? 얼버무리는 것 같은. 나는 말이지, 그런 게 제일 싫다고. 흥미가 있는지 없는지, 확실히 해."

아, 그런 뜻?

이유는 알겠다. 알지만, 화낼 것 없잖아. 하루히로네는 물론 토키즈 멤버들까지 "힉…" 하고 얼어붙은 분위기가 되었다. 고호와 카요, 미호, 브랑켄, 타로의 반응에 이르러서는, 무서워서 확인조차 할 수 없다.

"흠." 아키라 씨의 얼굴이 굳었다.

뭐랄까, 심각한 표정이다.

아키라 씨는 아주 살짝 고개를 숙였다. —고개를 숙인… 건가…?

"미안했다. 자네가 말한 대로 방금 그건 인사치레에 가까운 대답이었다."

"…음." 타다는 머리를 거칠게 긁었다. "그래서, 대답은?"

"재미있을 것 같지만, 즉답은 할 수 없어."

"어째서?"

"이유는 두 가지. 하나는, 거신인지 뭔지에 관해서 내게는 아무런 정보도 없어."

"그러니까 재미있는 거잖아."

"그 말도 일리 있다." 아키라 씨는 왠지 묘하게 어린아이처럼 장난스러운, 그리고 의외로 짓궂은 것 같은 웃음을 지었다. "또 한 가지. 내일 소우마와 만날 예정이 있다."

"그 뒤에 더스크렐름에 가면 되는 거잖아."

"가기로 한다면 그렇게 되겠지. ―자네는 소우마에게도 권할 생각이라고 했지?"

"음."

"그렇다면 나도 소우마에게 말해보지."

"그건 바라지도 않은 행운이다."

"즉답은 할 수 없지만." 아키라 씨는 아직도 웃고 있다. "나는 가는 쪽으로 마음이 기울고 있다. 자네와 어깨를 나란히 하고 싸우는 것은 즐거울 것 같다."

"그건 보장해주지." 타다는 히죽 웃고는 주먹을 내밀었다. "나는 당신에 관해서 거의 전해들은 것밖에 모르지만, 나 자신에 관해서는 잘 아니까."

아키라 씨는 타다의 주먹에 자기 주먹을 맞부딪쳤다. "꼭 소우마도 데려가자. 그와 함께 싸우는 것도 젠장맞게 즐겁다."

"하하핫." 타다는 아키라 씨의 어깨를 두드렸다.

"오홋." 란타가 펄쩍 뛰어 일어났다.

"얏호―!" 킷카와도 점프하며 괴상한 소리를 질렀다.

"분위기가 끓어올랐습니다―!" 안나 씨는 두 손으로 V자를 그리며 빙글빙글 돌았다.

미모링은 어째서인지 브랑켄을 빤히 내려다보고 있다. 귀엽다는 생각이라도 하는 걸까?

“잘됐다, 하루히로.” 토키무네가 하얀 이를 빛내며 하루히로의 가슴을 쿡 찔렀다.

하루히로는 아무 말도 할 수 없었다. 우선은 쪼그리고 앉고 싶다. 앉고 싶다. 눕고 싶다. 긴 잠에 빠지고 싶다.

즉답은 할 수 없어? 그래놓고서는 꼭 소우마도 데리고 가자니, 아키라 씨, 이미 갈 마음이 충만하잖습니까? 아, 싫다.

싫어.

보통이 아닌 사람들이란, 정말로 이해할 수가 없어서, 싫다….

좋아하는 글자는 '땅 지(地)'다. 뭐든지 다는 아니지만, 대개 '지'가 붙는 단어나 표현을 좋아한다.

예를 들면, '굳은 땅에 물이 괸다'거나. '수수함(地味)'이라거나 '착실함(地道)'이라거나. '하늘'보다는 '땅'파다. 하늘을 나는 새가 되는 것보다 땅에서 기어 다니는 한 마리 벌레가 되고 싶다. 벌레는 별로 좋아하지 않는다. 어느 쪽인가 하면 싫지만. 징그럽다거나 짜증 난다거나 나오지 마라거나 멸종해버리라거나, 그런 욕을 먹어도 벌레들은 씩씩하게 생존한다. 벌레의 그런 점은 존경한다.

따라서 이 일은 하루히로에게는 안성맞춤이라고 말하지 못할 것도 없다.

더스크렐름의 무한히 펼쳐진 형형색색의 하늘 아래에서 하루히로는 삽을 꽉 움켜쥐고 있었다. 말할 필요조차 없겠지만, 삽은 땅을 파거나 흙 같은 것을 푸거나 하기 위한, 손잡이가 달린 숟가락 모양의 도구다. 적야 전초 기지에서 조달할 수 있었다. 자기한테 딱 맞는다고 하루히로는 생각한다. 삽이 어울리는 남자. 멋지다. 아니, 멋지지는 않지만 그리 멋없지도 않다.

"데름 헬 엔…." 미모링이 주문을 읊으면서 지팡이 끝으로 엘리멘탈 문자를 그렸다. "바르크 젤 아르부."

그러자마자 지면이 펑 폭발하며 토사를 흩날리고 직경 1.5미터 정도의 구멍이 뚫렸다.

아르부 매직인 블래스트(폭발)다. 배운 지 얼마 안 되기 때문인가? 위력은 기대했던 만큼은 아니다. 그 점은 마법사의 소양과 마법 계통별 숙련도인 마스터리에 의한 것이다.

"미모링, 한 발 더 고—! 입니다—!"

안나 씨가 부추기자 미모링은 "무우"라는 의문의 소리를 중얼거리면서 끄덕이더니 또 마법을 발동시켰다.

"데름 헬 엔 바르크 젤 아르부."

둥.

"—데름 헬 엔 바르크 젤 아르부."

퉁.

"데름 헬 엔 바르크 젤 아르부."

텅.

"—데름 헬 엔 바르크 젤 아르부."

통.

"데름 헬 엔…." 미모링은 도중에 상체를 굽히고 땅바닥에 꽂아놓은 지팡이에 기댔다. "…지쳤다."

"수고했어!" 토키무네가 윙크하면서 하얀 이를 반짝 빛내더니 삽을 위로 흔들었다. "좋아, 파자!"

미모링이 블래스트 마법으로 지면에 뚫은 다섯 개의 구멍은 사방 약 10미터로 여기저기에 흩어져 있다. 하루히로 팀과 미모링과 안나 씨를 제외한 토키즈 합계 10명은 각각 삽을 들고 구멍 확장작업에 착수했다. 다섯 개의 구멍을 넓혀 연결해서 하나의 큰 구멍으로 만드는 것이다. —뭐 하는 거냐고? 모르겠나요?

"우오오오오오오오오오오오오오오오오오오오오오랴아아아아아아아아아아아아아아아아…!"

"…란타. 너 시끄러워. 입 다물고 작업할 수 없어?"

"없다! 입을 다물면 지루해서 내 정신이 망가져버린다고!"

"망가지면 좋을 텐데…." 쿠자크가 삽을 움직이면서 중얼거렸다.

"—뭐라고?! 쿠잣키—너 이 녀석!"

"정말 시끄럽네." 메리가 머리카락을 귀 뒤로 넘기면서 차갑게 말했다.

"시—끄—러—워—서 죄송합니다아? 괜찮습니다. 그렇게 비난받는 거 익숙하니까요. 난 무슨 말을 들어도 아무렇지 않은걸. 웃핫핫핫핫."

"…최악." 시호루가 내뱉었다.

"예이—! 나는, 최악! 최악인 인간입니닷—! 메롱, 메롱!"

"바보 란타! 입 놀리지 말고 손을 움직이면 되잖아!"

"손은 움직이고 있습니다요. 자, 자, 자, 자! 어때? 자, 자, 자!"

사실 란타는 지껄이면 지껄일수록 삽을 움직이는 속도가 빨라진다. 좀—이랄까, 상당히 기분이 나쁘다. 란타는 존재 자체가 해악이며 하는 짓은 더욱 해악이다. 경고를 해줘야 할까? 하루히로는 3초 정도 검토하고는 결론을 내렸다. 아니야. 내버려두자. 란타(쓰레기)(바보)(똥덩어리)니까. 무슨 말을 해봤자 반발만 한다. 역효과다. 란타 취급 대원칙에 따라 무시하는 게 제일이다.

삽으로 흙을 파내는 것만 하기에도 정신이 없고.

중노동이긴 하지만 조금씩, 착실하게 구멍이 넓어졌다. 작업을 하고 있노라니 서서히 재미가 느껴졌다. 이런 작업은 개인적으로 싫지 않다.

하지만, 왜 이런 일을 하고 있는 건가요?

"이건 말이지." 타다가 삽을 내던지고 근처에 놓아두었던 워 해머를 집어 들었다. "깨작깨작 해봤자 끝이 없어. 단숨에 해치울까."

"우옷—?! 타닷치, 해버리는 거야—?!" 킷카와. 너는 응원 담당이냐?

하긴 응원단장 비슷하지.

"큭…." 이누이는 주저앉았다. "…질렸다."

"질리면 안 되지요—!" 안나 씨가 이누이의 머리를 콩딱 때렸다.

그건 괜찮지만, 안나 씨는 역시 육체 노동에는 참가하지 않는 방향이시네요.

"—간다!" 타다가 도움닫기를 하더니 공중제비를 돌았다. "서머솔트 보오오옴…!"

콰쾅… 하고 타다의 워 해머가 작렬하고 지면이 움푹 파였다.

"좀 더." 토키무네가 놀리는 것처럼 웃었다.

"칫…." 타다는 혀를 차더니 다시금 서머솔트 봄 자세로 들어갔다. "몇 번이든 날려주지, 서머솔트 봄…!"

이제 마음대로들 하세요.

—하지만 왜 일이 이렇게 된 거지…?

어째서인가?

물론 알고 있다. 영문도 모르고 구멍을 파거나 하지는 않는다. 구멍 파는 건 하루히로의 적성에 맞지만, 그렇다고 취미로 삼고 싶을 정도로 좋아하는 건 아니다.

아키라 씨, 고호, 카요, 미호, 브랑켄, 타로와 처음으로 대면한 다음 날, 오후 6시 넘어 하루히로 일행은 적야 전초 기지에서 소우마 일행과 재회했다.

그때에는 약간 소동이 일어났다. 소우마는 일종의 스타인 것이다. 의용병뿐만이 아니라 뒷골목의 상인들도, 변경군 병사들소차도 소우마를 보면 어이, 저거 소우마야, 소우마. 진짜 소우마네, 소우마잖아, 소우마야. 우와, 리얼 소우마… 이런 느낌이 된다. 여기에 아키라 씨 팀까지 있으니 완전히 난리였다. 약간이라는 건 거짓말이고, 한때에는 축제 소동에 가까웠다.

다들 저녁 식사 겸 뒷골목에서 한잔 하자는 식으로 이야기가 진행되었는데, 하루히로 팀은 긴장해서 제대로 말도 못했다. 많은 구경꾼들에게 둘러싸여 주위가 시끌벅적했는데도 란타조차도 조용했다. 그렇긴 해도 소우마 팀도 아키라 팀도 일부를 제외하고는 털털했고, 얼마 안 되어 익숙해져서, 여러분, 어디에 갔었습니까, 혹은 뭘 했습니까 하고 가볍게 질문하는 정도는 할 수 있었을 것이다. —토키즈가 난입하지 않았다면.

“어이, 소우마.” 토키무네는 가벼웠다.

“안녕하슈.” 타다는 퉁명스러웠다.

“큭….” 이누이는 의미를 알 수 없었다.

“안나 씨입니다—!” 안나 씨는 여느 때와 같은 안나 씨였다.

“여어.” 미모링은 한쪽 손을 쓱 들었다.

“아, 안녕, 안녕, 안녕하십니까!” 킷카와만은 음이 이탈해서 목소리가 뒤집혔다.

이러니저러니 하며 토키즈가 우르르 몰려왔고 아키라 씨가 서서히 “아, 그러고 보니…”라고 예의 그 이야기를 꺼낸 것이었다.

“전에 하루히로 군과 토키무네 군네가 발견한 더스크렐름의 상황이 재미있게 돌아가는 모양이야.”

소우마는 꼬치구이를 충분히 씹어서 삼키고 나서 "재미있게 돌아가?"라고 되물었다. "그건 궁금한데."

"어때? 다 같이 상황을 보러 가보지 않겠나?"

"가지."

"빠르닷…." 하루히로는 자기도 모르게 중얼거렸다.

"응?" 소우마는 의외라는 듯이 약간 눈을 크게 뜨고 하루히로를 보았다. "뭐가 빨라?"

"…아니. 아, 그러니까, 판단하는 거—뭐랄까, 즉결이라고나 할까…."

"이러시면 곤란합니다." 리리야는 어이없다는 표정을 지어도 너무 예뻐서 놀라웠다. "늘 말하지만, 좀 더 자신의 입장이라는 걸 인식하고 신중하게 행동해주십시오, 소우마. 때로는 당신은 지나치게 충동적입니다."

"야단맞는다, 야단맞는다." 시마가 후훗—하고 요염하게 웃었다.

"하긴—." 케무리는 볼을 문질렀다. 전에 만났을 때에는 짧게 깎았었던 수염이 꽤 자랐다. 그것이 드레드 헤어와 잘 어울린다. "그렇긴 해도, 그게 좋은 방향으로 움직이는 경우도 있으니까."

"바보니까…." 핑고가 동안에 어울리지 않는, 지나치게 어두운 눈을 가늘게 떴다. "우큭큭큭…. 생각이 깊어 오히려 망칠 수도 있나니, 나아가서는 바보는 고민할수록 손해이니라…. 어차피 바보니까 깊이 생각해봤자 소용없다. 바보를 고치는 약은 없어…."

"뭔가 좋은 약이 있다면 좋겠는데." 소우마는 고개를 숙이고 생각에 잠긴 모습을 보인 후에 고개를 번쩍 들었다. "나는 바보였던 건가?"

"아니라고 생각했었나…? 웃훗훗…."

"핑고." 리리야는 옆눈으로 핑고를 쏘아본다. "당신은 말이 지나칩니다. 우리 엘프의 속담 중에 친한 사이일수록 예의를 지켜야 한다는 말이 있는데…."

"뭐, 어때, 리리야."

당사자인 소우마가 오히려 다독이자 리리야는 노여움으로 볼이 홍조를 띤다.

"내가 도대체 누구 때문에!"

"누구 때문이야?"

"엇… 그, 그건, 저기… 말하자면…."

우물쭈물하는 리리야는 엄청나게 귀엽다. 안구 정화는 되지만 그렇다고 하루히로의 마음이 위로받는 일은 없었다. 그야 토키무네의 책략이 그대로 성공해버렸으니까. 성공? 아니, 그냥 성공도 아니고 믿기 힘들 정도로 대성공이다.

소우마가, 천하의 아키라 씨가, 새벽 연대가 더스크렐름을 침공하겠다고 한다.

소문은 적야 전초 기지 안을 엄청난 속도로 돌아다니며 눈 깜짝할 사이에 널리 퍼졌다.

그렇다면 나도, 나도—라며 손을 드는 자가 속출했다.

놀랍게도 그날 밤 중으로 아이언 너클의 '타이맨' 맥스와 버서커스의 '레드 데빌' 다키의 사자가 소우마에게 접촉했다. 출발을 앞둔 다음 날 아침에는 오리온의 시노하라가 직접 소우마를 만나러 왔다.

이렇게까지 일이 커져버린 단계에서 아니요, 우리는 이번에는 사양하겠습니다—하고 말을 꺼낼 용기는 하루히로에게는 없었다.

왜냐하면 새벽 연대의 소우마가 하겠다고 한다. 새벽 연대는 소우마가 창설한 클랜으로 하루히로는 거기에 가입해버렸다. 말단이라도 동료인 것이다. 말할 수 없다. 무리입니다, 도저히 못 하겠습니다—라고는. 한심하고, 부끄럽고, 소우마를 실망시키고 싶지 않다. 경멸당하고 싶지 않다.

토키즈는 둘째치고 소우마 팀과 아키라 씨 팀, 더 나아가서는 아이언 너클, 버서커스에 오리온까지 참가하는 것이라면 그렇게 위험하지는 않을지도—라는 생각이 하루히로의 마음속에 싹튼 것도 부정할 수 없는 사실이었다.

그야 호기심도 있었다. 없다고 하면 거짓말이 된다.

현 최강 의용병과 전 최강 의용병에 더해서 이름난 클랜이 결집하면 무슨 일이 일어나는 건가? 그들은 어떻게 싸우는가? 거기에서는 어떤 광경이 펼쳐지는 건가? 어느 정도 우리와 수준이 다른 것인가?

보고 싶지, 그야. 보기만 해도 되는 거라면, 솔직히 어떻게 해서든 보고 싶다. 안 보면 손해다.

단, 하루히로 팀은 명색이 새벽 연대의 말단이기 때문에 보기만 할 수는 없다. 뭔가 해야 하겠지. 약하니까 그냥 조용히 있겠습니다—라고 할 수는 없다. 도저히.

하지만 뭘 할 수 있다는 건가?

오전 10시 전에 소우마 팀, 아키라 씨 팀, 그리고 하루히로 팀까지 새벽 연대 총 18인, 토키즈 6인, 합쳐서 24인이 더스크렐름에 들어갔고, 시작의 언덕에서 거신과, 그 수수께끼의 꿈틀대는 하얀 대형 생물을 바라보면서, 하루히로는 생각했다. 아니, 그전부터 계속 생각하고 있었다. 아이언 너클과 버서커스, 오리온도 뒤따라온다. 그러면 곧바로 이 사람들은 갑자기 시작해버릴지도 모른다.

유메가 습득한 사냥술 스킬이 힌트가 되었다.

—함정.

"저, 저기." 하루히로는 이것이 '키요미즈 무대에서 뛰어내린다'(주4)—라는 심정일까? 생각하면서, 키요미즈가 뭐였더라? 하고 궁금해하면서 말해봤다. "하, 함정을 파는 것은… 어떨… 까요? 그 정도는 해두는 편이 좋다고나 할까… 그냥 정면으로 부딪치는 게 아니라, 할 수 있는 일은 전부 해두는 편이 좋지 않나 싶은데…."

키요미즈 무대에서 뛰어내리는 심정으로 하루히로가 제안한 함정 작전은 토론을 불렀다. 그것은 철저하게 토론이었다. 함정을 만든다면 어떤 함정인가? 거신의 크기는 추정 이러이러한 정도니까 어느 정도 규모가 필요한가? 등등. 특히 소우마 팀과 아키라 씨 팀은—인조인간 젠마이는 예외였지만—활발하게 의견을 교환했다.

다르네—라고 통감했다. 아무도 남 일이라고 생각하지 않는다. 나는 상관없다거나, 생각하는 것은 맞지 않으니까, 귀찮으니까 알아서 해—라는 식의 태도를 취하는 자는 한 사람도 없었다. 누군가가 농담을 하거나, 남의 말을 끊거나, 신랄하게 비판하거나 하기는 해도 토론은 막힘없이 탄력을 받은 것처럼 빨리빨리 진행되었다.

하루히로 팀과 토키즈는 제외되었다.

토키즈와 란타와 멤버들이 어떻게 생각하고 있었는지는 모른다.

그래도 하루히로는, 주제넘은 말이지만, 분했다. 분해하는 자

주4) 원문은 '清水の舞台から飛び降りる'로, 굳게 마음 먹고 과감히 행동한다는 의미의 일본 속담이다.

신이 의외로 있었다. 왜냐하면 하루히로는 말단이다. 밑에서도 밑이라고 자인하고 있다. 소우마 팀과 아키라 씨 팀과 비교하면 자신들이 뒤떨어지는 건 당연하고 모든 것이 다른 게 당연하다. 분해? 엉? 뭐가 그리 심각해? 웃긴다. 말단은 말단답게 한쪽 구석에 처박혀 있다가 그들이 하는 말을 네, 네—하고 듣고, 적어도 대단한 사람들에게 민폐를 끼치지 않도록 조심하면 되는 거야. 정말로 그렇게 생각한다. 다르니까. 격이 다르다. 아무리 발버둥쳐도 소우마와 아키라 씨처럼은 될 수가 없으니까. —그렇잖아?

그렇… 지만.

석연치 않은 건가? 포기하지 않았다는 말이 되는 건가? 우리에게도 가능성이 없는 것은 아니다. 적어도 제로는 아니다. 그렇게 생각하는 건가? 밑에서 밑이라도 그 나름대로 수수한 향상심? 아니면, 리더로서의 책임감?

어쨌든 분한 것은 분명하고 아쉬움을 남기고 싶지도 않다. 하루히로는 가급적 토론에 참가하려고 했고, 그런 것치고는 별로 발언을 할 수 없었지만, 어쨌든 함정을 만들기로 결정했다. 하루히로 팀과 토키즈가 한 개, 오전 10시 반경 속속 시작의 언덕에 모습을 드러낸 아이언 너클과 버서커스, 오리온도 각각 한 개씩 함정을 파기로 했다. 장소는 협의해서 정했다. 함정이 완성될 때까지 소우마 팀과 아키라 씨 팀이 미끼가 되어 거신과 하얀 거대 생물을 유인하면서 상대를 관찰하기로 했다.

아이언 너클은 '타이맨' 맥스와 에이단 이하 18명 전원이 참가한다.

버서커스는 총 30명이 넘는다고 하는데, '레드 데빌' 다키와 참모

역 사가라는 남자를 포함해서 열일곱 명이 달려왔다.

오리온도 30명 이상의 멤버를 갖고 있다. 그중에서 시노하라와 키무라, 하야시 등 네 파티 스물네 명이 모였다.

새벽 연대는 소우마 팀과 아키라 씨 팀, 하루히로 팀까지 해서 열여덟 명.

토키즈가 여섯 명.

더욱이 클랜에 소속되지 않았거나 소속 클랜이 제각각인 의용병들이 다섯 파티, 스물다섯 명.

그중에는 2인조 의용병인 라라 & 노노도 있었다.

놀랍게도 토키무네의 발상이 108명의 큰 식구에 의한 일대 작전으로 발전해버렸다.

—그래서 하루히로는 삽을 움직이며 열심히 구멍을 파고 있는 것이다.

참고로, 라라 & 노노는 미끼 역할에 확실하게 녹아들었고, 함정을 파지 않는 스물세 명의 의용병들은 대부분 상인이 물러나 꽤 적막해진 거류지에서 대기 중일 것이다.

"하지만…."

하루히로는 이마에 밴 땀을 닦았다.

구멍을 본다.

"생각했던 것보다 간단하지가 않네…."

미모링이 블래스트 마법으로 발파를 해준 덕분도 있어 간신히 직경 10미터 정도 되는 구멍 형태는 만들었다. 하지만 깊이는 고작해야 1미터 반 정도다. 이래서는 사람이 떨어져도 발을 삐거나 엉덩방아를 찧거나 하는 정도로 끝난다. 심지어 거신에게는 통할 리가 없다.

"구멍을 파는 게 이렇게 힘든 거였구나…."

이미 란타와 토키즈 멤버들은 떠들어댈 기분이 아닌 듯 묵묵히 구멍 파기에 전념하고 있다. 아니, 란타는 빼고. 자기 허리를 문지르고, 주저앉아보고, 어슬렁거리고, 땡땡이치고 있다. 응원 담당인 안나 씨조차도 익숙하지 않은 손길로 삽을 움직이고 있는데, 저 쓰레기 하는 짓 좀 봐.

"한다."

정좌하고 명상하던 미모링이 지팡이를 짚고 일어서서 하루히로 팀은 일단 구멍에서 나왔다.

"미모링, 한 군데로."

하루히로가 말하자 미모링은 끄덕이고 지팡이로 엘리멘탈 문자를 그리면서 주문을 영창하기 시작했다.

"데름 헬 엔 바르크 젤 아르부."

쿵—. 미모링은 구멍 중심 부분에 블래스트를 때려 넣었다.

"—데름 헬 엔 바르크 젤 아르부. —데름 헬 엔 바르크 젤 아르부. —데름 헬 엔 바르크 젤 아르부. —데름 헬 엔 바르크 젤 아르부."

거의 연속으로 다섯 발. 하루히로가 말한 대로 미모링은 블래스트를 거의 같은 지점에 발동시켰다. 덕분에 그 부분은 크게 함몰되고 꽤 깊어졌다.

미모링은 휘청거리며 넘어질 뻔하다가 지팡이로 균형을 잡았다. 마법사인데 마법이 별로 장기가 아니라는 미모링에게 블래스트 다섯 발은 고된 모양이다.

"…나도 블래스트를 쓸 수 있다면…." 시호루가 고개를 숙이고 말했다. "아이스 글로브가 아니라 과감히 아르부 매직을 배우던 좋았을걸…."

"큭…." 이누이가 손 키스를 날렸다. "원한다면 내가 네 블래스트가 되어주겠다…."

"필요 없어요." 시호루는 곧바로 분명하게 단언했다. "…블래스트가 되겠다니, 의미 불명이고. 기분 나쁘고…."

"웅냐—!" 유메가 기지개를 켰다. "그럼, 또 팔까."

"그보다 끝나기는 하는 거야? 이거…." 란타가 누구보다도 열심히 안 한 주제에 진저리를 친다.

"허리 아파…." 쿠자크는 한숨을 쉬면서 허리를 눌렀다.

"괜찮아?" 메리가 힐끔 쿠자크를 본다.

"아. …음, 응. 괜찮습니다."

"그럼 다행이지만."

사이가 좋다는 건 참으로 흐뭇한 일이로다. 하루히로

—자기도 모르게 마음속으로 시조를 한 수 읊어버렸다. 게다가 글자 수가 안 맞는다.

안 되지, 안 돼. 마음이 썩어가고 있다. 하자고 말을 꺼낸 하루히로가 이러면 어떻게 해.

"히, 힘내자, 다들."

힘이 전혀 느껴지지 않는 맥 빠진 목소리가 되어버렸다.

"예이…." 킷카와의 대답도 뒤지지 않을 정도로 축 처졌다.

"…이런 거 철저하게 안 맞습니다, 안나 씨는…." 안나 씨는 완전히 진저리를 치고 있는 모양이다.

"안나 씨는 쉬어." 토키무네는 하얀 이를 반짝 빛내고는 안나 씨에게 그렇게 말했는데 여느 때보다 확실히 기운이 없다.

"이상하네." 타다는 오히려 왠지 이글이글 타오르고 있다. "이런 게 아닌데. 나는 왜 구멍 같은 걸 파고 있는 거지?"

—제 탓이지요.

사과하고 싶어졌으나, 하루히로가 미안하다고 고개를 숙여봤자 뭐가 어떻게 된다는 건가? 죄책감이 다소 희석되는 걸까? 그리고? 그리고는? 이제 와서 함정 파기를 그만둘 수도 없다. 이왕 시작한 거 끝까지 해야지.

하루히로는 각오를 하고 삽을 지면에 푹 쑤셔 박았다. 그대로 전력으로 질주해서 선을 그었다.

선은 이윽고 연결되고 직경 25미터 정도의 원이 되었다. 현 상황의 구멍은 그 원 안에 쏙 들어갔다.

"엄청나게 크고, 아무리 봐도 지나치게 강대한 적이고! 아무리 준비해도 모자랄 정도라고 생각하니까! 파, 파자고! 파는 거야, 함정을! 나는 팔 거야! 다들 팠으면 좋겠어! 여차할 때 도움이 될… 지도 모른다고나 할까, 분명 도움이 되지 않을까 생각해! 그, 그러니까, 저기…."

"팔래." 미모링이 지팡이를 내던지고 삽을 움켜잡았다. "나는 팔래."

"유메도 힘낼게!" 유메는 흥—하고 콧김을 거칠게 뿜고는 삽으로 흙을 파헤쳤다.

시호루도 입술을 꼭 깨물었다. "…사용하기에 따라서는 섀도 에코나 선더 스톰이라면 어쩌면…."

메리는 말없이 삽을 흔들고 있다.

"…뭐, 난 몸은 튼튼한 편이니까." 쿠자크도 퍽퍽 구멍을 판다.

"쳇! 어쩔 수 없네!" 란타는 건방지게도 딱하다는 듯한 표정을 짓더니 삽을 들쳐 멨다.

"영차!" 이럴 때 킷카와는 듬직하다. "나님은 활활활 타오르기 시작했어! 닝닝닝! 닝닝버! 버닝이라고…!"

"싸울 때까지만 참는 거다." 타다는 왼손 검지로 안경을 밀어 올렸다. "그때까지는 구멍이든 뭐든 파면서 영기를 비축해둘까."

"크…." 이누이가 안대로 가리지 않은 쪽 눈을 번쩍 떴다. "검은 날개라 불린 이 나에게 정해진 숙명의 시간이 찾아올 때까지는…!" 여전히 의미 불명입니다.

"느긋하게 하자." 토키무네는 엄지를 세워 보였다. "구멍을 파는 건 힘든 일이지만 그러다가 지쳐버리면 주객이 전도되는 거야."

"…네. 맞는 말씀입니다."

하루히로는 고개를 숙였다. 밸런스다. 밸런스 감각이 중요하다고 생각했다. 생각해보면, 본인이 함정 파기를 제안했으니까 무슨 일이 있어도 근사한 구멍을 만들어야 한다는 의식이 있다는 것도 부정할 수 없다. 제일 중요한 것은 무엇인가? 그것을 잊어버리면 안 된다. 그렇다. 뭐가 제일 중요한 건가?

거신을 쓰러뜨린다.

그거다.

—그건가?

하루히로에게 있어서 과연 그것이 제일 중요한 것일까?

"…어라? 왠지, 그렇게는 생각되지 않는데…."

뭐, 그래도 말이지.

하루히로네와 토키즈도 사흘 낮 사흘 밤을 구멍만 판 것은 아니다. 더스크렐름에는 밤이 오지 않으니까 사흘 밤이라는 표현은 이상… 한가? 그래? 아무튼, 약 사흘간 72시간 중에서 구멍을 판 시간은 실질적으로 반에도 못 미친다. 고작해야 24시간 정도겠지.

나머지는 잤다. —아니, 아니, 그렇지는 않다. 물론 휴식, 수면은 취했고, 교대해가며 거류지에 가서 목욕도 했지만, 다른 일도 했다.

타로가 불쑥 나타나 거신과 휴드라를 봐두지 않겠냐고 제안한 것이다. 참고로 휴드라라는 것은 예의 하얗고 꾸물꾸물한 거대 생물을 말하는 것이며 타로의 아버지—즉, 고호가 명명했다고 한다.

"좋은 이름이야.", 절세의 미소년 타로는 억누를 수 없는 기쁨으로 얼굴이 환해지며 중얼거렸다. "휴드라. 멋져. 역시 아버지. 역시 아버지야."

아버지와, 그리고 아마 어머니도 지나칠 정도로 경애하는 타로에게 이끌려 하루히로 팀과 토키즈는 거신과 휴드라에게 접근했다. 접근이라고는 해도, 거신도 휴드라도 미끼를 쫓아다니느라 쉬지 않고 이동하고 있었기 때문에 결국 5미터 정도까지 접근한 것이 고작이었다.

그래도 충분히 위험했다.

특히 거신 쪽은 상식을 초월했다고밖에 표현할 길이 없는 크기로, 타로가 전체 높이는 추정 300미터라고 가르쳐주었는데, 아—

그렇습니까 하고 대답하는 수밖에 없었다. 도대체 뭐냐고? 말도 안 되지 않아? 하루히로의 키는 170센티미터 정도이므로 300미터라면 대개 그보다 176.5배라는 말이 된다. 192센티인 쿠자크와 비교해도 156.25배다. 이미 비교 대상이 아니잖아. 이런 걸 쓰러뜨린다니, 말도 안 돼. 있을 수 없는 일이야. 무슨 농담이야? 도저히 안 된다니까요. 될 리가 없다니까.

따라서 타로가 말하기를, 거신은 이번에는 좀—이라는 의견이 미끼 역할 중에서도 나왔다고. 그야 그렇겠지.

뭐랄까, 이번에는이란 건 뭡니까? 다음이 있다는 겁니까? 다음에는 하겠다는 겁니까? 혹시나 바보입니까? 아니면 그냥 대단한 것뿐? 지나치게 대단한 사람들은 감각이 너무나도 다른 건가?

아무튼 거신이 대상에서 제외되어가는 것은 하루히로에게도 낭보였다.

그야 생각 좀 해보라고. 하루히로의 발 사이즈는 25.5센티미터지만, 단순하게 176.5배를 하면 4500.75센티미터가 된다. 45미터가 넘는다. 직경 30미터의 함정에는 들어가지 않는다. 300미터의 거체가 상대라면, 깊이도 아무리 작게 잡아도 200미터는 필요하다. 무리다.

함정이 어쩌고 그런 문제를 빼고 생각해봐도 불가능하다.

무엇보다도 거신은 멀리에서 보면 확실히 인간형이고 인간처럼 걷기는 하지만, 움직이는 새하얀 거대 건조물이라고 하는 편이 실감에 가깝다. 그걸 쓰러뜨리겠다는 발상이 애초에 엉뚱한 것이다. 적어도 파괴한다—고 표현해야 할 것이다. 그리고, 파괴한다면, 무기 같은 것이 등장할 차례가 아닌가 하고, 불초 하루히로는 미흡하나마 생각하는 것이다. 예를 들면, 공성전 같은 걸 할 때처럼 군 장비가 필요하지 않을까? 또한, 그런 것을 갖췄다고 해도 잠자코 파괴당해줄 상대가 아니고, 그러기는커녕 덤벼들 것 같으니 그리 간단히 풀리지는 않겠지. 어디까지나 하루히로의 사견이긴 하지만, 무리 아닐까?

—그래서, 휴드라.

먼저 위험한 거신을 구경하고 다음으로 휴드라를 보러 갔기 때문이다. 틀림없이 그 탓이다.

하루히로가 받은 첫인상은 어이없게도 '어라? 이런 거야?'였다.

얼핏 보기에 그 사이즈는 2층집 정도일까? 아니, 좀 더 큰가? 크다고나 할까, 길다.

휴드라는 두께가 2미터나 3미터 정도나 되는 하얀 뱀이 모인 것 같은 형태의, 머리가 많은 생물이었다.

머리 숫자는 아홉 개로 뱀을 닮았지만 의외로 눈은 없다. 더스크렐름의 생물은 모두 외눈이니까 머리 하나에 눈이 하나씩 있을 거라고 생각했는데, 그렇지 않았다. 그렇다는 것은 다두(多頭) 생물이 아니라 역시 전부 촉수인지도 모른다.

그 촉수 중 몇 개를 꿈틀거림으로써 휴드라는 이동한다. 이동에 이용하는 촉수는 아무래도 네 개 같다. 나머지 다섯 개는 공중에서 뭔가를 찾는 것처럼 꿈틀댄다. 어쩌면 실제로 촉각 같은 기능을 갖고 있는지도 모르겠다.

"저 녀석은 여유롭게 해치울 수 있어." 타다는 코웃음을 치며 말했다.

여유라고는 도저히 생각하지 않지만, 거신보다는 그나마 어떻게 할 수 있을 것 같았다가, 아니지, 아니야, 아니야… 하루히로는 고개를 흔들었다. 잠깐만, 기다려봐. 아무리 그래도 엄청나게 크다니까. 저 촉수에 태클이라도 당한다면 바로 즉사해버릴 자신이 있다. 휴드라는 하루히로 일행의 약 5미터 앞에서 서쪽으로 움직이고 있는데, 이거, 가깝지 않아? 너무 가까운 것 아니야? 지금 이동용이 아닌 촉수 다섯 개 쪽은 이쪽을 향하고 있지 않다. 즉, 휴드라는 뒤에 있는 하루히로 일행을 알아차리지 못했거나, 관심이 없는 것이겠지. 하지만 알아차린다면? 어떻게 되는 건가? 위험하지 않아?

"저, 좀 더 떨어지지 않을래…?"

하루히로가 조심스럽게 제안하자 선두의 타로가 발을 멈추지 않고 돌아보았다.

"괜찮아. 이 정도라면. 아마도."

"아마도…?"

"'이 세상에 백 퍼센트 확실한 일은 없다'. 아버지 말씀이야."

"뭐, 그건 그럴지도 모르지만…."

"그럴지도 몰라가 아니야. 아버지 말씀은 절대적이다."

뭐? 백 퍼센트 확실한 건 없다며?

—라고 딴지를 건다면 이 미소년은 어떤 식으로 화를 낼까? 볼만하겠다. 아니, 보고 싶지 않고, 화를 내게 만들고 싶지 않다. 무서울 것 같고.

참고로 하루히로 일행은 종종걸음보다도 약간 빠른 정도의 페이스로 휴드라 뒤를 미행하고 있다. 안나 씨에게는 힘들 것이라는 판단에 토키무네가 업고 있는데, 아무리 마스코트라고는 해도 너무 응석을 받아주는 것 아닐까? 하는 생각이 안 드는 것도 아니다.

"미끼 역할은 누가 하고 있는 거야?"라고 란타가 물었다.

못 들었는지 타로는 대답을 하지 않는다.

"어이, 누가 하냐고? 엉? 누가 하냐고? 미끼. 응? 응? 응? 야, 왜 말을 안 해? 내가 물어보잖아? 어이. 어이, 어이, 어이. 내 목소리 들립니까? 들리냐고 묻고 있는데요? 어이!"

"듣고는 있어." 타로는 란타에게는 눈길도 주지 않았다. "하지만 대답하고 싶지 않아. 어머니는 말씀하셨지. '바보와 말을 해서 시간을 낭비할 만큼 인생은 길지 않단다'."

"나는 바보인가?!"

"…바보잖아." 하루히로는 자기도 모르게 한 마디 거들었다.

"바보 맞잖여." 유메도 동의해주었다.

"…바보 정도가 아니라…." 시호루는 란타의 바보짓에 관해서는 일가견이 있는 모양이다.

"쓸데없는 짓인 건 분명해." 메리가 차갑게 내뱉었다.

"하긴…." 말끝을 흐린 쿠자크는 아직 조심스러워하는 건가?

"앗핫핫!" 킷카와가 란타의 어깨를 두드렸다. "하지만 나님은 스나이라고 생각해, 란타의 바보스러운 점! 버리는 신이 있으면 거둬주는 신도 있다는, 그런 느낌?!"

"시끄러워! 킷카와, 시끄럽다고! 나는 버림받지 않았다고! 버림받을 바에야 차라리 내가 버린다!"

"그래도 상관없는데?"

하루히로가 말하자 란타는 몹시 당황했다.

"바밧, 바보 녀석! 그럴 땐 있잖아! 그런 말 하지 말라고 위로해야 하잖아! 버린다거나 버려진다거나 그런 말 하지 말라거나!"

"란타!" 토키무네가 상큼한 웃는 얼굴로 하얀 이를 드러냈다. "너는 정말로 성가신 녀석이구나!"

"토키무네 씨?! 그거, 저는 칭찬받았다는 느낌이 안 드는데요?!"

"칭찬하지 않았습니다—?!" 안나 씨가 토키무네의 등에서 가운뎃손가락을 세웠다. "이건 뭐 무슨 치질 걸린 멧돼지 똥꼬입니까? 이 썩어 빠진 ●●!"

"크…." 이누이는 사악하게 웃었다. "멸망해버려라, 종말의 개새끼…."

"개." 미모링은 두리번거렸다.

개는 없는 것 같습니다….

"미끼는 누가 하고 있어?"

타다가 아무 일도 없었던 것처럼 묻자 타로는 제대로 대답했다.

"휴드라는 핑고 씨의 인조인간 젠마이가 주로 끌고 다니고 있습니다. 거신 쪽은 라라 & 노노라고 했던가? 그 두 사람이. 그들은 마룡을 타고 와서."

마룡은 뒷다리로 두발로 서서 보행하는 소형 드래곤이다. 알에서 갓 부화한 새끼 용 단계부터 조련하면 말처럼 타고 다닐 수 있다. 적야 전초 기지에서는 가끔씩 봤고, 언젠가 타보고 싶다고 처음에는 하루히로도 생각했다. 하지만 승용 마룡은 어릴 때 날개를 절제한다는 것을 알고는 타고 싶은 마음이 순식간에 사라졌다.

"그런가."

타다는 끄덕이더니 발을 멈췄다. 그야말로 갑자기였다.

"어이, 휴드라 놈…! 나를 봐라…! 이 나를…! 나는 여기에 있다…! 내가 여기에 있다…!"

인간이란 것이 이렇게 큰 목소리를 낼 수 있는 것인가? 도대체 어떻게 하면 이런 목소리가 나오는가? 인간의 몸의 한계를 초월해 버린 것 아닐까? 하루히로는 너무나 놀라 우두커니 멈춰 섰다. 다른 사람들도 마찬가지였다. 토키무네 이하 토키즈 멤버들조차도 넋이 나갔다.

"잠깐…." 타로도 눈을 크게 뜨고 멈춰 섰다. "뭘, 하는…."

"덤벼봐, 인마…!" 타다는 워 해머 끝을 휴드라에게 향했다. "나한테 덤벼보라고 하잖아, 이 잡어…! 소심풍을 맞았냐…! 나에게는 이길 수 없다는 걸 아는 건가…! 덩치만 커다래서는, 약골 놈…!"

그때였다.

휴드라가, 멈추지는 않았다. 뭐랄까, 그토록 거체이기 때문에 갑자기는 멈출 수 없는 건지도 모른다. 단, 분명하게 속도가 느려졌다.

하나의 촉수, 그 끝의 머리 같은 부분이 이쪽을 향했다.

이윽고 휴드라는 전진을 멈췄다.

두 개, 세 개의 촉수가 움직이고 눈 없는 머리가 하루히로 일행을 돌아보았다.

"훗…." 타다는 워 해머를 어깨에 걸치고 왼손 검지로 안경을 밀어 올렸다. "이제야 나를 인식했나? 늦은 감은 있지만. 아니, 너무 늦어."

타다.

뭐가 훗—이냐… 타다.

타다아아아아아아아아아아아아아아아아아아아아아아아아아아아아아.

입으로 말해봤자 효과가 없다. 그 정도는 하루히로도 안다. 평소부터 타다와는 대화가 불가능한 경우도 드물지 않다. 그럼, 어떻게 하면?

"아, 진짜…!"

이렇게 한다.

하루히로는 타다의 신관복 목덜미를 잡아당겼다.

"—꾸엑!"

혹시나 목을 조르는 것 같은 모양이 된지도 모르지만, 알 바 아닙니다. 하긴, 타다니까 죽지는 않겠지.

"다들 뛰어…!"

하루히로는 맹렬하게 달렸다. 다행히 토키무네 일행도 재미있어 하면서 따라와줘서 무사히 도주로 이행할 수 있었다. 최대의 걱정거리는 휴드라의 동향이다. 쫓아오면 도망칠 수 있을까? 따라잡히면 어떻게 되는 걸까? 싸우는 수밖에 없나? 그보다 죽는 수밖에 없나? 생각만 해도 너무나 무섭지만, 휴드라는 이쪽으로 오지 않았다. 운이 좋았던 건가? 아니, 분명 미끼 역할을 해주는 인조인간 젠마이가 잘 도발해서 유인해준 것이겠지. 젠마이 님, 감사, 대감사다.

휴드라와 200미터 이상 거리가 벌어진 후에 하루히로는 타다를 놓아주었다. 땀이 지독하다. 위험했다.

"너…!" 타다는 목을 누르며 하루히로를 다그쳤다. "숨 막히잖아! 하루히로!"

"아얏."

박치기를 당해 넘어질 뻔했으나 하루히로는 간신히 버텼다. 타다는 눈이 충혈되었다. 엄청 무섭다. 하지만 겁을 먹고 움츠리면 오히려 살해당할 것 같다. 타다는 이해할 수 없고 평생 이해할 수 있을 것 같지는 않지만 왠지 그런 느낌이 들었다.

"—바, 반성해주세요…! 위험했단 말입니다…?! 뭘 생각하는지 그런 건 알고 싶지도 않고 묻지도 않겠지만, 그런 짓은 하지 말아주세요, 진짜로…!"

"닥쳐. 너야말로 반성해…!"

"저는 잘못하지 않았다고 생각하기 때문에 반성은 하지 않습니다…!"

"뭐라고…?!"

"하지 않습니다, 반성 같은 건! 다, 당신이…!"

아, 이렇게까지 해도 괜찮은 걸까? 위험한가? 어느 쪽이지? 그래도 타다의 압력을 받아치지 않으면 아마도 얕보일 거다. 받아치려면 분명 강하게 나가는 수밖에 없다.

"당신이 반성해, 타다! 안 된다고! 충동적으로 동료들을 위험에 빠뜨리다니…!"

"하핫…!"

타다는 웃으면서 다시 하루히로의 이마에 자기 이마를 댔다. 하루히로는 물러서지 않았다. 물러설 수 없다. 피할 수는 없다. 이렇게까지 말해놓고서는, 죄송합니다—라며 물러섰다가는 그야말로 바보다. 울고 싶었지만, 울지 않는다.

"너 같은 애송이가 이 나한테 감히…!"

타다는 얼굴을 좌우로 움직였다. 이마와 이마가 쓱쓱 쓸린다. 누가 좀 도와줘. 말려줘. 토키무네라거나 아무나. 하지만 타다에게서 눈을 피해 누군가에게 시선으로 도움을 요청한 순간, 승부가 나버

린다. 그럴 것 같다.

"애, 애송이라도…!"

"애송이라도, 뭐?"

"해도 되는 일과 안 되는 일은 당신보다 구별할 줄 안다고…! 당신이 언제까지고 철없는 어린애처럼 굴면 목줄이라도 채워서 끌고 다니는 수밖에 없잖아…!"

"오호—."

타다는 갑자기 몸을 떼고 왼손의 검지로 안경 위치를 고쳤다. 하루히로는 고꾸라질 뻔했다.

"제법인데."

…뭐지, 히죽 웃는데요? 기분 좋아 보이는데요?

영문을 모르겠네….

하지만, 살았다—그런 것 같은데? 적어도 맞아 죽을 일은 없을 것 같다. 아니, 방심하면 워 해머로 내리칠지도? 만약을 위해 조심은 해둬야 하나?

"하루히로." 토키무네가 하얀 이를 드러내며 엄지를 척 세웠다. "나이스 파이팅."

시끄러워.

—라고 생각 안 한 것도 아니지만, 화를 내는 것도 한심해서 "…별말씀을"이라며 살짝만 고개를 숙였다.

"풋…." 타로가 뿜더니 두 손으로 얼굴을 감싸 쥐었다. "큭큭큭큭큭. 아하하하하핫. 이상해! 이상한 사람들! 훗하하하하하하하핫! 크핫핫핫핫핫핫…."

엄청 웃고 있네. 마구 웃네. 웃다가 데굴데굴 구를 기세고. 엘프 미소년이 포복절도하는 모습에는 의외의 느낌이 있어서 멍해져버렸다.

타로는 한동안 웃더니 갑자기 진지한 얼굴이 되어 헛기침을 했다. 그래도 얼굴이 빨갛다. 긴 귀까지 빨개졌다. 부끄러워하는 건지도 모르겠다.

"…아버지는 말씀하셨지. '웃으면 복이 온다'."

그렇습니까?

이상한 엘프다.

아무튼 그런저런 일도 있었고 하루히로 팀과 토키즈는 약 72시간 만에 직경 약 30미터, 깊이 대략 3미터의 구멍을 팠다. 구멍 속에 지지대를 몇 개 세우고, 거류지에 남아 있던 상인을 통해 조달한 망을 그 구멍 위에 덮고 잡초를 올려놓아 함정답게 위장했다.

가까이에서 보면 금방 알 수 있기 때문에 도저히 완벽하다고는 말하기 힘들다. 그래도, 예를 들어 휴드라 같은 거대 생물이라면 잘만 유도하면 빠져주지 않을까? 어떨까? 솔직히 해보지 않으면 모르겠다.

함정이 완성되면 시작의 언덕에 집합하기로 되어 있다. 하루히로 일행은 거류지 남쪽 5킬로미터 정도 지점에 함정을 만들었다. 시작의 언덕은 거류지 서쪽에 위치한다. 가는 길이라서 거류지에 들렀다 가기로 했다. 이제 슬슬 의용병 생활도 익숙해졌기 때문에, 목욕이라도 하고 싶다는 분수에 넘치는 말을 꺼내는 자는 과연 없었지만 신선한 물 정도는 마시고 싶다.

거류지에 도착하기 전부터 아무래도 이상하다는 생각을 했다.

좀 더 분명하게 말하면, 안 좋은 예감이 들었다.

멀리 서쪽으로 거신의 모습이 보인다. 이동하고 있는 거라면 별로 문제는 없다. 그런데 움직이지 않는 것이다. 가만히 서 있나. 거류지 앞에서 안나 씨가 툭 던지듯이 말했다.

"저거… 시작의 언덕이 있는 쪽입니다…?"

—그러네요.

거류지는 제법 떠들썩했다. 상인은 거의 퇴거했지만 70~80명의 의용병이 모여 있었기 때문이다.

아니, 그냥 모여 있는 것뿐이라면 이렇게 소란스러워지지는 않는다.

"뭐라고? 인마…?! 해보자는 거냐? 너 이놈…?!"

아이언 너클의 타이맨 맥스가 불타는 것 같은 빨간 머리의 덩치 큰 남자를 멱살을 잡을 듯한 기세로 다그치고 있었다. 두 사람 주위에 남자들이 몰려들고 와—와—웅성—웅성—신이 나서 떠들어대고 소리를 지르고 있기 때문에 시끄러운 것이었다.

"해보겠다는 거냐고?!" 키뿐만이 아니라 눈도 코도 입도 큰 빨간 머리 남자는, 엄청나게 험악한 맥스를 상대로 한 걸음도 물러서지 않는다. "당연히 해보자는 거지, 꼬마!"

"누가 꼬마야! 내가 꼬마인 게 아니라 네놈이 쓸데없이 큰 것뿐이잖아!"

"네놈이 꼬마인 것을 남 탓으로 돌리지 마, 꼬마!"

"꼬마, 꼬마, 꼬마, 꼬마. 그 말밖에 못 하냐? 뚱보!"

"내가 어디가 뚱보야? 잘 봐라, 꼬마! 체지방률 한 자릿수를 유지하고 있는 내 육체를 우습게 보지 마, 망할 꼬마!"

"체지방률 같은 건 어떻게 해서 줄인 거냐? 머리는 빨갛게 물들여갖고는 건방지게 굴지 마. 제일 핫한 남자라 이건가? 등치만 큰 얼간이가!"

"등치가 아니라 덩치겠지. 무식한 놈!"

"말머리 잡고 늘어지지 마! 새빨간 놈! 타버리고 싶냐?!"

"말꼬리도 아니고 말머리가 뭐냐? 태워버릴 수 있다면 태워봐라, 원숭이!"

"누가 원숭이야? 너야말로 원숭이다!"

"나를 원숭이라 부르고도 아직 숨을 쉬는 놈은 없다. 그보다 원숭이라고 불린 적은 한 번도 없지만?!"

"내가 몇 번이든 불러주마! 원숭이, 원숭이, 원숭이, 원숭이, 원—숭이, 원숭이!"

"너 이놈…!"

빨간 머리의 주먹이 작렬했다. 맥스는 피하—지 않는다. 아마도 의도적일 것이다. 피하지 않고 허리를 낮춰 왼쪽 뺨으로 막았다. 맥스는 한순간 흔들렸으나, 버티고 섰다.

"네놈의 흐느적흐느적 펀치 따위 아프지도, 가렵지도 않다고…!"

"그런가…!" 빨간 머리는, 이번엔 맥스의 무릎에 로 킥을 때려 넣었다. "이건 어떠냐…!"

"—우욱…."

엄청난 킥이다. 호쾌하면서도 절도가 있다. 맥스의 두 다리가 꺾이는 것처럼 보이기까지 했다. 그래도 맥스는 서 있다. 게다가 웃어 보였다.

"키햐햐햐햐…! 안 통한다…!"

"억지로 참는 것뿐이잖아…!" 빨간 머리는 맥스의 안면을 때린다, 때린다. 마구 때린다. “네놈의 장기는 그것뿐이지, 꼬마 원숭이…! 으랴, 으랴, 으랴…!”

“아프! 지! 않다! 전혀! 아프지 않아…! 이얍!”

“끅…?!”

빨간 머리가 맥스를 구타하던 바위 같은 주먹을 뒤로 뺐다. 머리다. 머리를 때려버렸다. 아니, 맥스가 머리를 때리게 유도한 건가? 두개골은 상당히 딱딱하다. 각도에 따라서는 강철 검조차 튕겨내는 일이 있다. 그렇긴 해도 맥스는 이미 피투성이다. 아프지 않은 건가? 미쳐버렸나? 그렇게밖에 생각할 수가 없다. 맥스는 곧바로 빨간 머리에게 달라붙었다. 하반신이다. 곧바로 밀어 쓰러뜨렸다. 올라타서 위에서 빨간 머리에게 펀치의 비를 쏟아붓는다.

“으랍! 랍! 랍! 랍! 랍! 랍! 랍! 랍! 랍! 랍! 랴랴압!”

빨간 머리는 두 팔로 교묘하게 얼굴을 가리고 있는 것—같지만, 맥스의 맹공은 처절했다. 저래서는 반격은 도저히… 라고 생각하자마자, 빨간 머리는 밑에서 오른손 주먹을 치켜 올렸다. 저걸 턱에라도 맞으면 맥스는 분명 침몰했겠지. 틀림없이 실신했을 것이다. 그러나 맥스는 몸을 틀어 종이 한 장 차이로 아슬아슬하게 피했다—그뿐만이 아니다. 곧바로 빨간 머리의 오른팔을 잡았다. 몸이 뒤엉키며 빨간 머리의 관절을 공격한다. 그러나 빨간 머리의 대응도 신속했다.

일어선 것이다. 자기 오른팔에 달라붙은 자세가 된 맥스를 끌고.

“웃핫핫핫핫핫…!”

빨간 머리는 곧바로 오른팔을 밑으로 흔들어 맥스를 바닥에 내동댕이치려고 했다. 하루히로는 순간적으로 맥스가 납작해진 광경을 상상해버렸으나, 그렇게 되지는 않았다. 납작해지기 전에 맥스는 빨간 머리의 오른팔에서 떨어졌다. 연체 생물 같은 유연성과 가벼운 몸놀림으로 한 번 회전하더니 일어섰다.

"—그 수법은 안 통한다, 다키…! 그건 두 번째니까…!"

"그럴 거라고 생각했지만…! 그때 네놈을 잠재웠던 감촉을 잊을 수가 없어서 말이지! 다시 한 번 맛보고 싶었다…!"

"이런 우연이 있나! 나도 네놈을 너덜너덜하게 만들었을 때 일을 가끔씩 꿈에서 본다…!"

"우하하핫…!"

빨간 머리가 갑자기 공격 자세를 풀고는 맥스를 향해서 오른손을 내밀었다.

맥스는 히죽 웃더니 빨간 머리의 오른손을 자기 오른손으로 철썩 쳤다.

주위 남자들이 일제히 환성을 질렀다.

"맥스! 맥스…!"

"다키 최고!"

"세다—맥스…!"

"바—보. 다키 쪽이 더 세지, 당연히…?!"

"진짜 작정하고 싸우면 죽는 건 다키야…!"

"닥쳐, 애●널…!"

"욕했어? 이 바보 전사대가…!"

서로 욕을 퍼붓는 남자들도 그중에는 있었지만 살벌한 느낌은 아니다. 화기애애하다고 말하면 좀 과장이지만, 비교적 즐거워 보인다.

"애이널?" 유메가 고개를 갸웃거렸다.

"아이언 너클의 별칭 아닐까? 아마도." 하루히로는 가급적 평정을 유지하려고 주의하면서 말했다. "…그보다 가급적 입 밖에 내지 않는 게 좋아, 그 단어."

"애이너얼?" 유메는 의아한 모양이다. "어째서?"

"…아니, 뭐 상관없지만. 상관없지는 않은가…?"

"저기 말이야, 유메." 란타가 한숨을 쉬고는 유메의 어깨에 손을 짚었다. "애●널이라는 건 말이지, 그거야. 그러니까, 말로 설명하는 건 조금 어려우니까 가리키자면, 네 엉덩이가 있잖아. 그 엉덩이에서…."

"…더러움"이라고 시호루가 중얼거렸다.

"그렇지! 좋아!" 킷카와가 시호루를 가리켰다.

시호루는 움츠러들었다. "…그, 농담으로 말한 게…."(주5)

"타이맨 맥스와 레드 데빌 다키라." 타다가 왼손 검지로 안경을 쓱 밀어 올렸다. "내 적은 아니군."

"저 녀석들은 언제나 저래. 저렇게 싸워." 토키무네는 흐뭇한 부자지간을 보는 것 같은 표정을 짓고 있다. "싸울 정도로 사이가 좋다는 그건가?"

"이해 못 하겠어…." 메리는 고개를 설레설레 저었다.

"피가 나잖아…." 쿠자크도 약간 질색하는 것 같았다.

"큭…." 이누이는 입을 다물었으면 좋겠다. "나를 빼놓고 저 의식을 시작해버리다니…."

전반적으로 이해가 안 가므로.

"아웃. 스투피드 ●커스! 그런 일보다도 말입니다?!" 안나 씨가

주5) 더러움을 뜻하는 일본어인 'ふけつ'에서 ふ를 뗀 'けつ'는 엉덩이라는 뜻의 속어가 되는 것을 이용한 말장난.

볼이 튀어나오며 폴짝 뛰었다. "…그런 일보다도…? 뭐였더라? 뭐였지요? 입니까…?"

정말, 그런 일보다도 뭐란 말입니까…?

하루히로는 눈을 감고 가만히 숨을 내쉬었다. 나는 원래 참을성이 강한 편인가? 아무튼 인내력이 상당히 늘어난 것 같다.

눈꺼풀을 열자 하얀 망토의 남녀를 거느리고 다가오는 시노하라의 모습이 눈에 들어왔다. 피차 이해할 수 있을 것 같지도 않은 아이언 너클의 맥스며 버서커스의 다키 같은 사람들과 비교하면 시노하라는 구세주 같은 사람이다. 후광까지 비친다. 착각인가?

하긴 물론 착각이겠지. 후광이라니. 그런 게 있을 리가 없고.

"우…." 미모링이 얼굴을 살짝 찡그리며 눈을 가늘게 떴다.

눈부신 거야? 설마 미모링에게도 저 후광이 보이는 건가…?

하루히로는 눈을 깜빡여 확인했다. 역시 아무리 시노하라라고 해도 후광 같은 게 있지는 않았다. 당연하다.

"안녕, 하루히로. 토키무네. —일이 복잡해져버렸네요."

"안녕하세요." 하루히로도 인사를 하고 눈을 치켜뜨고 시노하라를 보았다. "…복잡해지다니, 그건, 말하자면—?"

"거기에서는 저, 오리온의 키무라가 말씀드리겠습니다." 스포츠머리의 둥근 안경남 키무라가 나섰다.

또냐?

"거신이 이동하지 않는다는 것을 저희가 알아차린 것은 지금으로부터 약 두 시간 전의 일입니다. 함정이 이미 완성되었기 때문에 저희는 거신의 위치를 알아내기로 했습니다. 알아낸다고 해도 어려운 일은 아닙니다. 거신에 다가가면 있는 장소는 저절로 알게 됩니다. 그리고 저희는 본 것입니다. 시작의 언덕 가까이에서 거탑처럼 우뚝 솟은 거신의 모습을. 아, 이게 무슨 일이란 말입니까. 거기는 우리가 돌아가는 길인데, 이래서는 우리 세계로 돌아갈 수 없다고까지는 할 수 없더라도 매우 곤란이 따르게 될 것은 당연지사…!"

무, 무엇이라고요—?

자기도 모르게 국어책을 읽는 것 같은 말투로 반응해버릴 뻔했으나 참았다. 그리 놀랍지는 않다. 그다지 생각하고 싶지 않았던 최악의 예상이 적중해버려 암담하기는 하다. 그러나 그것뿐이다. 그저 그것뿐입니다….

시호루, 메리, 쿠자크의 기분이 보기에도 쭉쭉 가라앉고 있다. 유메는 뭔가 생각에 잠긴 것 같다. 이런. 뭔가 결론이 나온 모양이다.

"…헉. 돌아갈 수 없다는 건, 유메네는 돌아가지 못한다는 거잖아?!"

"그 · 러 · 니 · 까, 그렇게 말했잖아, 이 바보야!" 란타가 유메에게 소리를 질렀다.

"유메, 바보 아니야. 다른 사람한테 바보라고 하는 사람이 바보니까."

"그 논리로 따지자면 그거냐? 다른 사람한테 천재라고 하는 놈은 천재인 거냐?"

"음—. 아마 그렇게 되겠지?"

"천재! 천재! 유메 너 진—짜로 미형에 천재다!"

"우왕? 그래? 란타, 유메를 그렇게 생각했었구나. 왠지 쑥스럽구먼."

"바, 바보! 그, 그게 아니지—이럴 때에는—그게 아니라…."

"얼굴이 새빨개…." 시호루는 옆눈으로 란타를 보고 아, 싫다, 싫어—라고 말하는 것처럼 몸을 부르르 떨었다. "기분 나빠…."

"누누누누누누누누 누가 얼굴이 새빨개? 젠장! 그보다, 기분 나쁘다니 뭐가?"

"흠." 키무라가 정중한 태도로 둥근 안경의 위치를 고치면서 란타와 유메를 번갈아 보았다. "실례되는 말을 여쭙습니다만, 두 분은 연애 관계자 사이, 쉽게 말하자면 연인이라 불리는, 정분이 깊은 사이십니까?"

"어, 어엉?!" 란타는 엄청나게 동요해서 이상한 댄스를 하기 시작했다. "무무무무무, 무슨 말을 하는 거야? 까불지 마, 바보. 우우우우우, 웃기지 말라고—오오오오."

"아—니." 유메는 곧바로 부정했다. "아니야."

"그, 그그그그, 그렇지! 아아아아, 아니야! 차차차, 착각하지 마! 이런 여자, 내가 싫다고! 어차피 절벽이고!"

"절벽이라고 하지 마!"

"절벽이 뭐가 나빠…?" 키무라가 갑자기 발끈한다. "빈유야말로 지고의 존재! 빈유보다 뛰어난 발명을 인류는 아직 이룩하지 못했다! 단언컨대…!"

"키무라, 진정해." 시노하라가 약간 난처하다는 듯한 얼굴로 키무라의 어깨를 두드렸다.

"—이런, 실례를 저지르고 말았군." 키무라는 하핫—하고 웃었다. "저도 모르게 흥분해버렸습니다. 그러나 오해하지 마시기를. 저는 빈유를 최상으로 치는 신조를 갖고 있습니다만, 꼭 그것만이 가치가 있는 것은 아니라는 사실을 알고 있다고 자부합니다. 물론 거

유도 나쁘지 않습니다! 오히려 온갖 버스트 사이즈에 대응 가능한 유연함이 바로 제 신상….”

“뜨겁네!” 킷카와는 V자를 그렸다. “열혈이야, 키무랏치! 이해해. 나도 알아. 나도 마찬가지야! 올 레인지 오케이, 예스…!”

“예스.”

키무라와 킷카와는 굳게 악수를 나눈다. 뜨거운 우정이 싹터버린 모양이다. 저 오리온에도 이런 이상한 사람이 있다니. 뭐랄까, 상당히 유감이다.

“저기 말입니다….” 안나 씨도 유감스럽다는 듯이 어깻짓을 하고 고개를 흔들었다. “입만 열었다 하면? 가슴, 슴가, 가슴! 그런 걸 성희롱이라고 하는 겁니다! 시험 삼아? 안나 씨 포함 레이디스가? 네놈들 앞에서 고● 크기에 관해서 떠들어댄다면? 과연 승천이라도 하는 심정으로 있을 수 있을까? 생각 좀 해봐라입니다—이 작은 고●들!”

“…하야시? 왜 그래?” 메리가 눈썹을 찡그렸다.

그쪽을 보니 메리의 전 동료이자 현재 오리온인 하야시가 바닥에 엎드려 있었다. “…아니야. 아무것도 아니야. 아무렇지도 않아. 정말로 아무렇지….”

“오—마이 갓.” 안나 씨는 손으로 입을 가렸다. “유, 혹시나 리얼 작은 고●입니까—? 신경 쓸 것 없습니다요…? 누군가 말하길? 작아도 괜찮습니다? 기능적으로는 노 프로블럼이라는 설도 있습니다….”

“설도 있다.” 미모링이 무표정하게 말했다. —겹치잖아.

하야시는 이미 울 것 같은 얼굴이고. 불쌍하고. 그렇다고 해서 위로해주기도 애매하고. 동정해줄 만큼 하루히로도 별로 거시기한 건 아니고. 위로는커녕 발언 자체를 하기 힘든 분위기가 되어버렸고. 혹시나 남자들은 아무것도 할 수 없고 그저 잠자코 있을 수밖에 없는 상황 아닐까? 이거….

"흥…." 타다가 입술을 날름 핥았다. "—요컨대 싸우는 수밖에 없다는 거지? 바라는 바다."

과연 타다 씨입니다. 분위기를 전혀 파악하지 못해. 타다에게는 관심이 없는, 아무래도 상관없는 사항이겠지. 그렇다면 무시한다. 타다다운 방식이다. 이런 경우에는 고맙다. 아니? 고마운 건가? 응? 싸울 수밖에 없어? 잠깐만?

"싸우다니…."

하루히로는 뭐라고 말하려고 했었는지 까먹었다. 정확히 표현하자면, 뭔가 말하려고 했었다는 사실까지 포함해서 머릿속에서 완전히 날아가버렸다. 오오옹.

울려 퍼진 것은—소리? 아니, 소리라기보다 진동이다. 소리는 확실히 진동이니까 마찬가지인가? 무슨 소리지? 모르겠지만, 컸다. 온몸이 고막이 되어버린 것처럼 부르르 떨렸다. 나라는 존재가 소리에 흔들린다. 깜짝 놀랄 틈도 주어지지 않고 그저 소리에 농락당한다. 이런 경험은 처음이다. 이 소리의 원천은? 어디에서 발생하고 어디까지 전달된 거지? 더스크렐름의 넓이는 모르지만 그리 좁지는 않을 것이다. 그 끝에서 끝까지 전해진 것 아닐까? 하루히로에게는 그 소리가 보였다. 소리가 세계를 뒤흔들고 일그러뜨렸다. 그 일그러짐이 분명히 눈에 보인 것이다.

하루히로는 가슴을 눌렀다. 심장이 난리가 났다. 소리는 아마도 길어도 몇 분 만에 멈췄을 것이다. 그러나 심장은 아직 떨리고 있다. 고동과는 다르다. 저리다? 그런 감각이다.

주위를 둘러보았다. 태연한 사람은 한 명도 없다. 다들 방금 전의 소리에 당한 것 같다. 시호루는 주저앉아서 머리를 감싸 쥐고 있다.

"괜찮아…?" 메리가 시호루를 안아주며 일으켜 세웠다.

시호루는 끄덕였으나 말은 나오지 않는 것 같았다. 눈물을 글썽인다.

"…도대체 뭐—였나요? 방금 그거…."

하루히로는 우선 시노하라에게 물어보고 나서, 질문해봤자 시노하라도 난처하지 않을까 생각했다. 예상대로 시노하라는 고개를 저었다. 여느 때와 달리 눈빛이 날카롭다.

"글쎄…. 잘 모르겠지만, 좋은 전조는 아닌 것 같네요."

"그런가?" 토키무네는 후유—하고 숨을 내쉬더니 하얀 이를 드러냈다. "나는 설렘이 멈추지 않는 느낌인데."

아… 이건 위험하겠는데?

경험상, 토키무네가 그런 말을 할 때에는 변변한 일이 생기지 않는다. 최악이다. 이제 싫다. 왜 일이 이렇게 되었지? 누구 탓이야? 까불지 마. 그만하라고. 젠장. 젠장. 젠장.

하루히로는 생각할 수 있는 모든 욕을 머릿속에서 늘어놓고는 전부 배 속으로 밀어 넣었다.

도망치고 싶다. 도망치지 않을 거지만.

각오는 되어 있다—고는 말하기 힘들다. 무리라니까. 하지만 각오하는 수밖에 없다. 무슨 일이 일어나도 대처하는 수밖에 없는 것이다. 무슨 일이 일어나도?

도대체 어떤 일이 일어난다는 건가?

모르지.

알 리가 없지.

아이언 너클, 버서커스가 각각 모여 이야기하고 있다. 오리온도 마찬가지다. 클랜에 소속되지 않았지만 클랜으로서가 아니라 일개 파티로서 더스크렐름에 온 자들도 불안한지 자기들끼리 모여 있다. 하루히로 파티와 토키즈는 왠지, 딱히 그렇게 하자고 정한 것은 아니지만, 어쩌다 보니 오리온의 집단에 끼었다.

의견은 여러 가지가 나왔다. —소우마네는? 아키라 씨네는 어디에 있는 건가? 아까 그 소리는 뭔가? 어쩌지? 우선 어떻게 해야 하나? 돌아가는 편이 좋다. 돌아가려 해도 적어도 쉽게는 돌아갈 수 있을 것 같지 않으니 난처하다. 그럼 어떻게 하면 좋은 건가? 여기에서 벗어나는 편이 좋다. 거류지를 벗어나서 어떻게 해? 아무튼 방침을 결정해야 한다. 뿔뿔이 흩어져 행동하지 않는 게 좋아. 뭉치는 편이. 아니야, 오히려 모여 있지 않는 편이 좋지 않아? 분산되는 편이 좋아. 전원이 밀집해 있다가는 전멸할 가능성이 있다. 전멸? 전멸이라니 무슨 말이야? 아직 모르는 거야? 아무 일도 일어나지 않을지도 몰라. 소우마네는? 원래는 시작의 언덕에 집합하는 거였어. 그게 불가능해져서 오리온은 거류지에 온 것이다. 다른 사람들도 비슷한 거겠지. 그래서, 소우마 팀은? 아키라 씨네는? 어떻게 해? 뭘 하면 돼? 어떻게 움직이는 게 적절한 건가?

이야기가 거의 제자리에서 맴돈다. 답이 보이지 않는다.

아이언 너클과 버서커스도 움직이지 않았다.

이윽고 시노하라는 키무라와 둘이서 이야기에 심취했다. 오리온의 의사 결정은 저 두 사람에 의해 이루어지는 것 같다.

의용병들이 여기저기에서 이것도 아니야, 저것도 안 돼—라며 떠들어댄다. 시끄럽다. 그뿐만이 아니라 공기가 술렁거린다.

뭔가 말해야 해. 동료에게 말을 걸어줘야 해. 하루히로는 리더인 것이다. 결단을 내려야 해. 그렇게 생각은 하지만 머리가 돌아가지 않는다. 아무 생각도 떠오르지 않는다. 이래서는 안 된다. 이대로는 안 된다는 것밖에 솔직히 하루히로는 모르겠다. 동료와 눈을 마주치고 싶지 않아서 고개를 숙여버렸다. 안 돼. 이래서는 안 된다. 진짜로 안 된다.

숨을 제대로 쉴 수가 없다. 답답하다. 각오를 한 거 아니었어? 한심하네. 아, 그렇습니다. 한심한 인간이라고요. 알고 있다. 적극적이고 과감한 사나이 같은 건 되고 싶어도 될 수가 없다. 왜냐하면, 그렇지 않으니까.

"있잖아." 쿠자크가 중얼거리듯 말했다. "난, 따라갈 거야. 무슨 일이 있어도, 하루히로를. 그것만은 말해두려고."

"…나, 나도." 시호루가 살며시 손을 들었다. "하루히로 군을. 나는 몇 번이나 도움을 받았었고. …그것만은 말해두고 싶어…."

"하루 군 이외에는 없으니까." 유메는 헤헷—하고 웃었다.

"나는, 분명." 메리는 살포시 웃었다. "하루가 없었다면 지독한 꼴이 되었을 거야. 여러 가지 의미로. 지금의 내가 있는 건 하루 덕분."

감동이었다.

여러 가지 의미로.

특히 메리의 말은.

—그래.

좀 다른 건지도 모르지만, 소중한 걸 엄한 놈한테 가로채인 기분이라고나 할까.

좀 더 일찍 깨달았으면 좋았을걸. 메리를 정말로 좋아했다는 것을.

깨달아봤자 다른 사람도 아닌 하루히로다. 분명 아무것도 할 수 없었겠지만.

그렇다면 마찬가지인가?

그렇다. 마찬가지다. 이렇게 될 만해서 된 거다.

"헷." 란타가 코웃음을 쳤다. "짠내 나고 짜증 난다, 너희들. 그렇게 사망 플래그 세우고 싶은 거냐? 바보네, 진짜로. 진짜."

오히려 안심했다. 란타는 란타로 있어주지 않으면 당황스러우니까.

하루히로는 어깨를 돌렸다. 힘을 빼라. 혼자 절박해하면 어떻게 해? 그런 상황이 아니야.

"죽지 않아."

하루히로는 지금 졸린 눈을 하고 있겠지. 물론 졸리지는 않다.

"이제 아무도 죽게 하지 않아."

말을 내뱉자마자 곧바로, 그렇게 바란다고나 할까, 죽게 하지 않기 위해서 죽을 각오로 전력을 다한다고나 할까, 그런 결의 표명이긴 하지만, 가능한지 아닌지 그건 모르지만—등등을 생각하고 있다. 이게 하루히로다. 갑자기 변할 수는 없다. 그래도 변한 것처럼 위장하는 일이라면 다소는 못 할 것도 없겠지.

"다키, 우린 간다…!" 타이맨 맥스가 아이언 너클을 거느리고 움직이기 시작했다. 보아하니 시작의 언덕 쪽으로 갈 모양이다.

"좋을 대로 해! 버서커스는 대기다…!" 레드 데빌 다키가 소리쳤다. 버서커스는 거류지에 머물러 있을 모양이다.

맥스도, 다키도 체격은 달라도 같은 범주에 속한다. 리더라고나 할까, 보스가 그렇기 때문에 아이언 너클과 버서커스도 분위기가 비슷하다. 험상궂고 요란하다. 아이언 너클은 파랑과 검정, 버서커스는 빨강이 심벌 컬러인 듯 장비 곳곳에 그런 색을 배치했다. 심벌 마크도 있는 모양이다. 아이언 너클은 주먹, 버서커스는 해골과 엇갈린 도끼와 검. 단, 비슷하긴 하지만 아이언 너클 쪽이 명백히 거칠고 전체적으로 다소 유치한 인상이 없는 것도 아니다. 버서커스는 좋게 말하면 관록이 있고 나쁘게 말하면 교활해 보인다.

아이언 너클은 공격하러 나가고 버서커스는 수비로 돌아섰다. 시노하라와 키무라는 아직도 이야기를 계속하고 있다. 토키즈는 어떻게 할까? 하루히로는 토키무네의 표정을 살피려고 했다. 응? 뭔가 이상하지 않아? 이상하다고나 할까—이거….

이 소리는.

하루히로는 동쪽을 보았다. 그리고 남쪽. 온다. 다가온다. 하얀 거인. 발소리인가? 그렇다. 두두두두두두두두두두… 하는 것 같은,

땅울림 같은—이것은 하얀 거인의 발소리다. 아니, 하지만 이거. 이거라기보다는 저거. 하얀 거인. 뭐랄까, 숫자가.

한둘이 아닌데? 어느 정도? 모르겠다. 아직 멀고?

이쪽에서도, 저쪽에서도 오고 있고?

셀 수가 없다. 셀 마음도 들지 않는다. 느긋하게 세고 있을 때도 아니다.

"하, 하얀 거인 무리가…!"

목소리가 음 이탈을 일으킬 뻔했다.

"우오…." 천하의 토키무네도 경악하는 것 같다. "여기저기에서 오네."

타다가, 하핫—하고 웃으며 워 해머를 빙글 돌렸다. "그렇게 나와야지."

"크…." 이누이는 두 팔을 벌리며 몸을 뒤로 젖혔다. "멸망의 바람이여, 휘몰아쳐라…!"

"재수 배드인 말을 하지 마입니다?!" 안나 씨가 이누이에게 펀치를 날렸다.

"안나 씨는 나님이 리뜨롤 드가할 테니까!" 킷카와는 엄지로 자기 자신을 가리켰다.

"리뜨롤 드가…." 하루히로는 자기도 모르게 중얼거렸다. 킷카와의 장기인 애너그램적인 글자 바꾸기겠지만, 잘 모르겠다.

"쿠와아." 미모링이 묘한 소리를 내며 검을 뽑았다.

"—해치우는 수밖에 없는 것 같군. 젠장…." 란타는 투구의 바이저를 내렸다.

"하지만 해치운다고 해도…." 쿠자크도 투구를 고쳐 쓰고 방패를 들었다. "해치울 수 있는 걸까? 진짜로…."

유메, 시호루, 메리는 말이 없다. 표정이 굳었고 어둡다. 유메조차 얼굴이 긴장되었다.

하루히로는 솔직히 도망치고 싶었다. 하지만 정작 도망칠 곳이 없을 것 같단 말이지. 거신이 시작의 언덕 쪽에 있으니까. 어쩌면 그 엄청난 소리는 거신이 낸 것 아닐까? 그런 생각도 했다. 그래서 일이 이렇게 되었다거나? 긁어 부스럼을 만들었다고나 할까, 의용병들은 이 더스크렐름의 신을 화나게 만들어버린 것 아닐까…?

아무래도 상관없다. 적어도 지금 생각할 일은 아니다.

"어이, 시노하라…!" 다키가 큰 소리로 부르며 손짓을 했다. "우선 힘을 좀 빌리자! 각자 행동은 득이 없어…!"

"아이언 너클도 도로 부릅시다." 시노하라는 끄덕였다. "클랜을 불문하고 서로 힘을 합칠 때입니다! 오리온은 다른 때와 마찬가지로…!"

"잘 들어! 겁먹고 적에게 등을 보이지 마…!" 다키가 고함을 쳤다. "등을 보이면 죽는다고 생각해라…! 죽을 때까지 앞을 보고 있어…!"

"뭘 당연한 말을 하는 거야? 저 빨간 머리." 타다가 비웃었다. 무섭지 않은 건가? 이 사람은.

하루히로는 무서웠다. 무릎이, 뱃속이 떨린다.

맥스를 필두로 아이언 너클이 되돌아왔다.

"왔다, 왔다, 왔다…!" 토키무네가 검으로 방패를 탕탕 두드렸다.

아아—보고 싶지 않—지만, 안 볼 수도 없다. 하얀 거인. 남쪽은 아직 거리가 있나? 동쪽에서 오는 하얀 거인들은 상당히 가깝다.

보이는 범위에서는 열 대 정도일까? 뒤에 더 있는지도 몰라.

하얀 거인은 개체 차이가 있긴 해도 대개 세 종류의 사이즈로 나뉜다. 4미터급과 6미터급, 그리고 8미터급이다. 8미터급은 좀처럼 없어서 하루히로는 한 번밖에 본 적이 없었다.

그 8미터급으로 짐작되는 하얀 거인이 둘이나 있다. 6미터급이 하나, 나머지는 4미터급이다.

하루히로는 용맹하지도, 과감하지도, 호기가 있지도, 냉정하지도, 침착하지도 않다. 단, 기가 죽지 않는 리더다운 연기 정도는 할 수 있다. 어떻게든 연기해야만 한다.

시호루. 유메. 란타. 메리. 쿠자크. 모두의 얼굴을 휙 훑어봤다.

동료가 있으니까. 그 누구도 죽지 않길 바라니까. 다 함께 극복하는 거다.

"졸리면 자, 리더." 란타가 카카캇—웃었다.

"태어날 때부터 이런 눈이라고 몇 번을 말해야 알아?" 하루히로는 자기 가슴을 주먹으로 퉁 쳤다. "—좋았어. 한바탕 일해보자. 자는 건 그 뒤에."

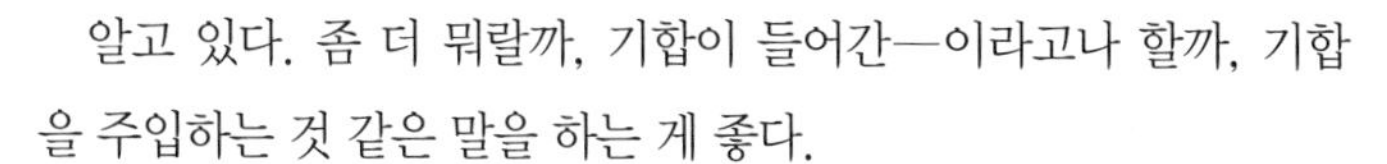

알고 있다. 좀 더 뭐랄까, 기합이 들어간—이라고나 할까, 기합을 주입하는 것 같은 말을 하는 게 좋다.

하루히로도 그러고 싶은 마음은 굴뚝같지만 생각이 안 나니까 어쩔 수 없다.

게다가 이번에는 그런 일을 할 필요는 없었다.

"오, 오, 오, 오, 오, 오, 오, 오, 오, 오, 오, 오, 오, 오, 오…!"

"뭐 하는…!" 우두커니 서 있는 란타의 팔을 움켜잡고 하루히로는 뛰었다. 뛰면서 외쳤다. "피해…! 우선은…! 정면에 서지 마, 피해…!"

하루히로가 말할 필요도 없이 쿠자크도, 유메도, 시호루도, 메리도 도망쳤다. 하루히로네뿐만이 아니다. 의용병들은 왼쪽으로, 오른쪽으로, 뒤로, 거미가 흩어지는 것처럼 각각의 방향으로 뛰었다.

다키가 적에게 등을 보이지 말라고 했었지만 그런 건 무리. 4미터 이상 되는 하얀 거인들이 똑바로 돌진하는 것이다. 정면으로 부딪치면 확실하게 치인다. 밟혀 찌부러지거나 날려가버린다. 란타처럼 섣불리 맞받아치려고 서 있으면 오히려 위험하다. 기합을 넣는 동안에 순식간에 하얀 거인이 달려오기 때문에 역시 너무나 위험하다. 어쩌지? 하고 패닉 상태에 빠져 움직이지 못하게 되고 그대로 치여 죽는 것이 결말이다.

그러나 도망쳐봤자—.

"하, 하, 하루히로오오오! 오, 오, 온다…! 한 대가 이쪽으로…!"

"알고 있어…!"

한 대의 하얀 거인이 하루히로와 란타를 쫓아왔다. 하루히로는 란타의 팔을 놓고 달리는 속도를 올렸다. 그러나 맞은편에도 다른 하얀 거인이 있다. 다른 사람들은? 찾을 여유가 없다.

뒤에서 하얀 거인. 앞에도 하얀 거인. 오른쪽인가? 아니면 왼쪽?

안 된다. 오른쪽도, 왼쪽도. —감이긴 하지만. 아니, 망설이지 마.

"돌진해서 빠져나간다…!"

"뭐어?! 진심이냐…?!"

"진심이다…!"

정면의 하얀 거인이 돌진한다. 손이다. 먼저 손이 온다. 두 손이다. 붙잡으려고 한다. 동작 자체는 그렇게 빠르지 않은—거지…? 맞은편 오른쪽. 하얀 거인의 왼손 바깥쪽을 빠져나간다. 가자. 가는 수밖에 없다. 가라. 갈 수 있다. 피해!

"—읏…!"

몸을 옆으로 향하고 아슬아슬하게 하얀 거인의 왼손 옆을 지나쳤다. 하지만 읏이 뭐지? 하루히로도 모르겠다.

"란타…?!"

"응…!"

란타도 간신히 하얀 거인의 오른손을 피해서 놈 뒤로 빠져나오는 데 성공한 모양이다. 의도한 것은 아니지만, 뒤에서 하얀 거인들끼리 정면충돌했다.

"우핫! 쌤통이다…!"

사실 쾌재를 부른 란타와 같은 기분이 될 수는 없었다. 그보다 하루히로는 란타에게 화풀이를 하고 싶었다.

"—뭐야? 저놈들도야…?!"

역시 처음 단계에서 눈에 들어온 하얀 거인이 전부가 아니었다. 하얀 거인은 또 온다. 그리고 하얀 거인뿐만이 아니었다. 하얀 거인에 섞여서—라기보다 오히려 하얀 거인이 그들 틈에 섞여 있다고 해야 하겠지. 보기에도 그들 쪽이 많으니까. 아니, 훨씬 숫자가 많다고 하지 않으면 거짓말이 되어버린다. 놀랍게도 하얀 폰초를 걸친 외눈박이 교단원들이 대거 몰려오고 있는 것 아닙니까.

동료와 합류하고 싶다. 그전에, 무사한지 아닌지 확인하고 싶다. —어떻게?

"떨어지지 마, 란타…!"

"어이, 어이, 어어어어어어어어이…?! 장난 아니라고…?!"

사람 말을 안 듣고. 란타는 완전히 교단원들 쪽으로 의식이 쏠려 있다. 어쩔 수 없나? 그야 일반 교단원들이 창을 들고 돌진하니까. —어떻게 하면?

시간은 없다. 아주, 아주 한정되어 있다. 멈춰 서면 끝이다. 뛰어야 한다. 어느 쪽으로? 어디로 가지?

목소리.

사람 목소리.

소리.

기척.

숨소리.

내 호흡.

앞에서는 일반 교단원, 즉 반돌이가 열 명 남짓. 뇌검 돌핀과 미러 실드를 든 엘리트 교단원, 트리가 두셋? 교단원은 더 있지만, 우선 하루히로에게 문제가 되는 건 그 정도겠지. 나머지는 하얀 거인. 4미터급이 한 대.

뒤에는 하얀 거인들. 방금 전에 부딪친 두 대의 하얀 거인은 다시 자세를 잡고 있다. 발을 멈추고 있다—멈추게 만들었다? 하얀 거인이 몇 대인가 있다—교전 중인가? 하얀 거인과 싸우는 의용병이?

그렇다. 있다. 그쪽이다.

“이리 와, 란타…!”

“우와앗…?!”

달리면서도 하루히로는 보는 것을 멈추지 않았다. 란타는 따라오고 있다. 저건 버서커스인가? 믿을 수 없다. 이 상황에서 한 대 더 하얀 거인을 쓰러뜨렸다. 아니, 한 대가 아니라 두 대인가? 다키를 필두로 버서커스는 세 대째의 하얀 거인에게 덤벼든다.

그들은 도구를 이용했다. 로프다. 아마도 끝에 추를 달았다. 그것을 던져서 하얀 거인의 목에 건다. 몇 명이 합세해서 잡아당긴다. 쓰러뜨린다. 말로 하면 간단하지만, 우선 노리는 부분에 로프를 던지는 것이 어렵다. 잡아당겨 쓰러뜨리는 것도 상당히 힘이 필요하다. 타이밍도 맞아야 한다. 버서커스라는, 그야말로 반격 따위 겁내지 않고 무작정 공격하는 식의 이름과는 대조적으로, 그들의 전투 방식은 기술적이다.

세 파티 열일곱 명이 거의 한 덩어리가 되어 움직이는 버서커스 옆에 유메가 있었다. 버서커스의 교묘한 전술에 감동했는지, 아니면 그저 넋을 놓고 있는 건지 우두커니 서 있다.

유메를 향해서 달리면서도 하루히로는 본다. 응전하는 것은 버서커스뿐만이 아니다. 좀 멀리서 8미터급 하얀 거인에게 의용병들이 몰려든다. 거체에 달라붙어 기어오르려는 겁 없는 자와, 어깨에 올라가 하얀 거인의 안면에 공격을 퍼붓는 목숨 아까운 줄 모르는 자까지 있었다. 맥스. 타이맨 맥스다. 맥스는 짧지만 두꺼운 검을 하나씩 두 손에 들고 벤다고나 할까, 차라리 때린다고 해야 할 것이다. 연타, 연타, 연타의 폭풍을 쏟아낸다. 아이언 너클이 8미터급 하얀 거인을 흠씬 두들겨 패고 있다.

하얀 망토의 오리온도 있다. 오리온은 파티별로 흩어져 있는 모양이다. 적극적으로 공격하는 것처럼은 보이지 않는다. 그래도 도망쳐 다니는 분위기도 아니다.

토키즈. 토키무네가 하얀 거인 정면에 서고 타다가 측면에서 공격하고 있다. 킷카와, 미모링도 있다. 이누이, 안나 씨도. —안나 씨 곁에 있는 것은 메리인가? 쿠자크도 있다.

우선은 유메다.

"—저 녀석!" 란타도 유메를 발견한 모양이다. "어이, 유메…! 멍하니 서 있지 마…!"

유메가 이쪽을 본다. "…우냐아?!"

"이리 와!"

하루히로가 부르자 유메는 크게 끄덕이고 뛰기 시작했다.

슬슬 교단원 무리가 이 일대에 도달해서 뒤죽박죽이 되겠지.

"메리! 쿠자크…!"

하루히로는 토키즈를 향해서 달리면서 돌아보았다. 왔다. 교단원들. 쿠자크와 메리가 하루히로가 온 것을 알아차렸다.

"시호루는…?!"

"미안해…!" 메리가 얼굴을 찡그리며 고개를 가로저었다.

"—지금 그게 문제가 아니야…!" 란타가 소리쳤다.

"그게 최우선이야…!" 하루히로는 소리치며, 본다.

생각하면서, 본다. 판단을 내리면서, 주위를 본다. 보면서 하루히로는 기본적인 전략을 결정했다. 뭐, 말하자면 기생이다. 좀 미안하지만 전투력 높은 사람들에게 기생하면서 시호루를 찾는다. 뭔가 의외로 차분하지 않아? 당황할 여유조차도 없는 건지도?

"시호루가 없어…! 안나 씨, 조심해…!"

그렇게 외치자마자 하루히로는 아이언 너클 무리가 있는 방면으로 방향을 돌렸다. 동료들은 뒤에 있다. 란타, 유메, 메리, 제일 뒤는 쿠자크. —시호루.

어디야? 시호루. 어디에 있어?

최악의 예상이 뇌리를 스쳤다. 곧바로 부정한다. 교단원들이 의용병과 하얀 거인과의 전투에 난입했다. 이렇게 되면 더욱 뭐가 뭔지 알 수 없게 된다. 몰라도, 본다. 본다. 본다. 보는 거다. 찾아라. 시호루를.

"—이 새끼…! 나도…!" 란타가 근처에 있던 반돌이에게 덤벼들려고 했다.

"안 된다니까…!" 하루히로는 란타를 말리면서도 발은 멈추지 않는다.

"이 녀석은 나 혼자로도 충분하다…!" 맥스가 8미터급 하얀 거인의 머리에 달라붙어 외눈에 검을 쑤셔 박으면서 외쳤다. "교단원을 다 죽여버려라, 브로스(형제들)…!"

혼자서 충분하다니 무슨 말을 하는 거야? 그래도 아이언 너클 남자들은 그 말에 따랐다. 진짭니까?

맥스 이외의 아이언 너클이 8미터급 하얀 거인에게서 떨어져 교단원들에게 덤벼들었다. 남들보다 머리 하나는 더 큰 남자가 있었다. 경장에 투구도 쓰지 않았고 짧은 턱수염이 있다. 맥스의 오른팔 에이단. 의용병으로서는 보기 드물게 창을 다루는 자다. 그는 창 손잡이로 교단원을 때려눕히고 창끝으로 교단원의 외눈을 찔렀다. 더욱이 다채로운 발차기로 교단원을 쓸어버린다. 전사라기보다는 무술가다. 그가 갑옷다운 갑옷을 입지 않은 것은 자신감의 표현이겠지. 자만이 아닌 것 같다. 검과 방패를 든 트리조차도 에이단은 급습 뛰어 차기와 창 찌르기로 눈 깜짝할 사이에 잠재워버렸다. 보통이 아니다. 에이단 이외의 브로스들도 박살 낼 듯이 교단원을 해치운다. 아이언 너클은 교단원 아지트를 두 군데나 괴멸시켰다. 상대방을 잘 알고 있다. 교단원 따위에게 당할 리는 없다고 생각하는 것 같다. 사실 질 것 같지 않다.

더할 나위 없는 기생처다. 하루히로는 아이언 너클에게 섞여 방해를 하지 않도록 주의하면서 본다. 시호루를 찾는다.

"시호루…!" 유메가 울먹이는 목소리를 냈다.

그러나 교단원도, 하얀 거인도 계속해서 나타난다. 더스크렐름 전체에서 모여드는 것 아닐까?

여기에 머물러서 계속 싸우는 건 잘못 아닐까?

지금은 어떻게든 싸우고 있지만, 언젠가는 의용병들도 힘이 다하겠지. 그렇게 되면 몰린다. 끝이다.

하지만 시작의 언덕에는 거신이 있다. 거신의 눈을 피하거나 어떻게든 해서 리코모—다른 이름은 그렘린—플랫까지 도망칠 수 없을까?

시호루. 그보다 시호루다. —시호루.

"없을 리가 없어…!" 메리가 외쳤다.

그렇지. 있다. 분명히 있을 거야. 어딘가에 있을 거다. 보이지 않는 것뿐. 보이지 않아.

—보이지 않는 장소에…?

"계곡이다…!" 아닐지도 몰라. 그러나 가능성은 있다.

더스크렐름 의용병단 거류지는, 밑바닥에 샘이 있는 계곡 수위에 만들어졌다. 깊은 계곡은 아니지만 그리 얕지도 않다. 적어도 여기에서 계곡 밑바닥은 보이지 않는다. 전혀 보이지 않는다.

동료와 떨어져 도망치고, 몸을 숨기려고 한다면 그곳을 선택하지 않을까?

계곡 바닥은 막다른 골목 같은 것이다. 반드시 안전하다고는 할 수 없다. 적에게 들키면 순식간에 궁지에 몰린다. 하지만 절박한 상황이라면 분명 거기까지는 생각하지 못한다.

하루히로는 계곡을 향해 가면서 또다시 본다. 여기저기로 시선을 돌려 아군의, 적의 동향을 가급적 파악한다. 이미 이건 의무라고 느낀다. 보고 알게 되는 것은 무섭다. 보지 않고 모르고 있는 편이 기분적으로는 편하지만, 그것도 무섭다.

눈을 감고 죽든 눈을 뜨고 죽든. 둘 다 무섭다. 단, 눈을 뜨고 있으면 닥쳐오는 죽음을 어쩌면 피할 수 있을지도 모른다. 눈을 감고 있으면 발버둥조차도 칠 수가 없다.

제일 뒤에 있던 쿠자크가 교단원과 얽혔다. 반돌이다. 한 명뿐. 하루히로는 바로 판단해서 방향을 전환했다.

"쿠자크, 움직임을 멈춰…!"

"—넵…!"

쿠자크는 방패로 반돌이의 창을 받아넘기고 스러스트(찌르기)를 했다. 롱 소드로 가슴을 찌르자 폰초 때문에 검 끝이 파고들어가지는 않았지만, 반돌이는 겁을 먹었다.

그때에는 이미 하루히로는 반돌이 옆을 달려 지나갔다.

급정지하고, 반돌이의 뒤로 돌아갔다. 결박하고, 거꾸로 쥔 대거로 반돌이의 외눈을 찔렀다.

뽑아내고, 계곡으로.

"이 자식…!" 란타, 짜증 나. "나한테 시켜, 그런 건…!"

"다음에…!"

재빨리 잘해줄 수 있다면 해줬으면 해. 내 입장은.

뭐, 좋다. 도착했다. 계곡이다.

"있다…! 시호루…!"

시호루는 계곡 밑바닥의 샘 주변에 쪼그리고 앉아 있었다. 얼굴을 든다. 하루히로 쪽을 봤다.

"…미, 미안해…! 나… 다들 없어서, 무서워서…!"

"어쩔 수 없네!" 란타가 카카캇—웃었다. "이번엔 용서해줄 테니까 나중에 가슴 주무르게 해줘…!"

"우와…." 쿠자크는 질색했다.

"저질도 정도가 있지." 메리의 말이 맞다고 하루히로도 생각한다.

"바—보!" 란타는 폭소했다. "저질에는 정도 같은 건 없습니닷! 원래 질이 낮기 때문에 저질인 겁니다! 바보, 바보!"

—이런다니까.

"시호루…!" 유메가 계곡 경사면을 구르는 것처럼 뛰어 내려갔다.

하루히로는 유메 뒤를 따라가려다가 뒤를 돌아봤다. 돌아보길 잘했다. "—유메! 시호루를 데려와…!"

"호냐아…!"

그건, 응—이라는 뜻인가? 아무튼 부탁했다. 나는 나대로 할 일이 있다. 적이다. 교단원들이 온다. 반돌이가 다섯 명. 트리도 한 명. 많네. 하지만 계곡에 내려가는 도중에 따라잡히면 위에서 공격당해 불리하다. 여기에서 하자.

유메와 시호루가 올 때까지는 하루히로와 란타, 쿠자크, 메리 넷이서.

"쿠자크, 가급적…!"

"오케이, 유인한다…!"

"란타는 속공!"

"말 안 해도 알아…!"

"—메리는 무리하지 마!"

"괜찮아…!"

"우오오오오오오오오오오오오오오오오오오오오오오오오…!"

쿠자크가 웬일로 큰 소리를 내며 교단원들에게 돌진한다. 반돌이들은 창을 내밀고 반격하려고 했다. 쿠자크는 방패로 창을 막아내—는 것이 아니라, 쳐냈다. 블록이 아니다. 배시(방패 치기). 더욱이 롱 소드를, 방패를 호쾌하게 휘두른다.

"으아아아아…! 타아아아아아아아아…! 차아아아아아아아아…!"

쿠자크의 롱 소드도, 방패도 반돌이들의 창을 튕겨 내거나 폰초를 스치거나 하는 정도다. 타격을 주지는 못했다. 그래도 반돌이들은 앞으로 나오지 못한다. 쿠자크는 다섯 명이나 되는 반돌이의 발을 묶어놓고 있다. 물론 오래는 버티지 못할 것이다. 게다가 놈이 있다. 반돌이들을 밀어내고 트리가 앞으로 나왔다. 트리는 쿠자크의 롱 소드를 미러 실드로 밀어내면서 뇌검 돌핀으로 베려고 했다.

"—리프아웃(사출계)…!"

란타다. 옆에서 엄청난 기세로 튀어나와 트리의 미러 실드에 발차기를 날렸다. 트리는 자세가 무너지면서도 뇌검 돌핀 끝을 란타에게 향했다. 란타는 트리에게 덤벼들려고 했으나, 뇌검 돌핀을 맞으면 위험하다. 스치기만 해도 찌르르 온다. 란타는 비트레이어 검 MkⅡ를 끌었고—그 자세가 기분 나쁘게 흔들렸다.

"미싱(떠나는 새는 흔적을 남기지 않는다)…."

트리의 검 끝이 둔해진 것처럼 보였다. 란타의 의문의 동작에 현혹당한 것이겠지. 란타는 뇌검 돌핀을 쉽사리 피하고 거리를 두었다.

"우힛! 나 멋져…!"

"그렇지도 않아…!"

하루히로는 적 집단의 오른쪽으로 나가 대거와 삽으로 반돌이들의 창만 노려 내리쳤다. 메리도 쿠자크의 비스듬히 뒤에 위치를 잡고 쇼트 스태프로 창을 막아낸다.

"이야아아아아…! 트와아아아아아…! 누아아아아아아…!"

쿠자크가 무작정 방패와 롱 소드를 휘두르며 전진한다. 반돌이들은 뒷걸음질을 치기 시작했으나, 트리가 뇌검 돌핀을 쿠자크의 롱 소드에 맞댔다.

"—끄윽…!"

쿠자크는 온몸을 부르르 떨었다. 트리가 추가 공격을 한다. 아무리 쿠자크가 파티 안에서 제일 방어력이 높은 갑옷을 입고 투구를 썼다고는 해도, 뇌검 돌핀으로 힘껏 찔리면 무사하지는 못할 것이다. 정도가 무거운 부상은 광마법이 효과를 발휘하지 못하는 이 더 스크렐름에서는 치명적이다.

"이얏…!"

메리가 쇼트 스태프를 비스듬히 내리쳐 뇌검 돌핀에 녹 오프(내리치기)를 하지 않았다면 상당히 위험했을 것이다. 메리는 "아웃…!" 하고 경련하고 엉덩방아를 찧었으나 트리도 뇌검 돌핀을 떨어뜨릴 뻔했다. 결국 떨어뜨리지는 않았지만, 그 사이에 쿠자크가 간신히 자세를 바로 잡았다.

"—위험!" 쿠자크는 반돌이들의 창을 롱 소드로, 방패로 쳐냈다. "아직 멀었어, 나는…!"

"잘하고 있어…!"

하루히로는 반돌이들의 뒤로 돌아가려고 했다. —오너라. 좋아. 잘돼간다. 몇 명의 반돌이가 하루히로의 유인에 이끌려 쿠자크에게서 떨어져주었다.

"란타, 근성을 보여봐…!"

"간단히…." 란타가 다시금 돌격해서 반돌이 한 명을 몰아붙였다. "말하지 말라고, 리젝트(분노의 떨치기)…!"

반돌이가 창을 내밀어서 란타는 비트레이어 MkⅡ로 밀쳐내면서 물러섰다. 반돌이는 거기에 낚여 란타에게 접근하려고 했다.

"—어보이드(기피 찌르기)…!"

상대가 앞으로 나왔을 때 후퇴하면서 급소를 향해서 찌르기를 시전한다. 란타의 스킬이 근사하게 들어갔다. 외눈에 비트레이어 MkⅡ를 맞고 그 반돌이는 무너졌다.

"사실 간단히 해치워버리긴 하지만. 그야 나니까…!"

"기세등등해서는…!"

하루히로는 반돌이 둘의 창을 스와트(파리채)하고, 스와트하고, 스와트한다. 란타가 반돌이를 한 명 쓰러뜨리고 또 한 명을 맡아주려고 했기 때문에 쿠자크는 반돌이 한 명과 트리를 맡으면 된다. 그래도 트리가 문제다.

"읏…!"

쿠자크는 반돌이의 창을 배시로 쳐내고 곧바로 접근하려고 했는데, 트리가 뇌검 돌핀을 휘둘렀다. 이렇게 되면 쿠자크는 펄쩍 뛰어 뒤로 물러설 수밖에 없다.

"한 명은 내가…!"

뇌검 돌핀의 찌릿찌릿한 감각에서 회복한 메리가 반돌이를 맞은편으로 돌리려고 했다. 단, 일대일이라도 트리는 힘들다. 뇌검 돌핀이 너무나 골치 아프다. 쿠자크는 사정거리를 계산해서 트리로부터 도망치는 것밖에 할 수가 없다.

"—젠장…! 한심하네…!"

"조바심 내지 마…!"

하루히로는 마구 공격해오는 창을 스와트하면서 외쳤다. 쿠자크에게 말한 거지만, 반은 자기 자신에게 한 말이다. 그렇다. 조바심 내면 안 된다. 본다. 제대로 봐야 한다. 적의 증원은? 아직까지는 없다. 언제 와도 이상하지는 않지만. 그때가 되어서야 왔다, 왔어, 왔어, 위험해—라며 당황하고 우왕좌왕해서는 안 된다.

"웁스…!"

쿠자크는 오직 뇌검 돌핀을 피하는 일에 전념해주고 있다. 메리도 위험 부담을 무릅쓰고 방어에 전념하고 있고 란타는 결정타를 날릴 틈이 없다. 한 방을 노리며 그 기회를 살피고 있는 건가? 하루히로는 오로지 스와트다. 버티기만 하다가는 언젠가는 실수를 할지도 모르지만, 슬슬 올 것이다. —이것 봐.

화살이 날아왔다. 저건 맞는다. 트리의 얼굴에. 아니, 트리는 옆으로 점프해서 피했다.

하루히로는 힐끔 돌아보았다. 유메. 계곡에서 올라온 것이다. 유메는 이미 두 번째 화살을 활에 겨눴다. 쏜다. 그것과 거의 동시였다.

"옴 렐 엑트 네문 다슈…!"

유메 바로 뒤에서 시호루가 엘리멘탈 문자를 지팡이 끝으로 그리면서 주문을 읊었다.

유메의 제2발째는 빗나갔다. 트리가 피한 것이다. 하지만 화살에서 도망쳐 발을 앞으로 내딛은 그 지면에 그림자 엘리멘탈이 달라붙었다. 섀도 본드(그림자 속박). 트리의 오른발이 그림자 엘리멘탈에 붙어서 떨어지지 않는다. 트리는 분명히 당황했다. 그때 쿠자크가 승부를 걸었다.

"이야아아아아아아아아아아아아아아아아아아아앗…!"

배니시먼트(징벌의 일격). 모구조의 장기였던 통칭 참으로 베기, 전사의 스킬 레이지 블로(분노의 일격)와 기본적으로 같은 것이다.

비스듬히 힘껏 내리친다. 그러나 성기사의 경우에는 방패로 몸을 지키면서 이것을 한다. 원래는.

쿠자크는 방패를 내팽개칠 기세로, 진짜 팽개치지는 않았지만, 혼신의 힘을 담아 롱 소드를 트리의 뇌검 돌핀에 때려 넣었다. 당연히 뇌검 돌핀에 닿으면 찌르르 온다.

"—읏…!"

쿠자크는 몸을 떨더니 그 자리에 웅크리고 앉았다. 그렇게 될 것은 쿠자크도 알고 있었을 것이다. 그래도 알면서도 했다.

트리의 손에서 뇌검 돌핀을 튕겨내기 위해서.

쿠자크의 의도는 성공했다.

트리는 떨어뜨린 뇌검 돌핀을 주우려고 몸을 굽히며 손을 뻗었다. 살짝 못 미친다. 섀도 본드 때문이다.

그래도 트리는 더욱 몸을 뻗어 뇌검 돌핀을 붙잡으려고 했다. 그 시도는 방해가 들어오지만 않았다면 성공했을지도 모른다.

메리가 재빨리 쇼트 스태프로 뇌검 돌핀 손잡이를 탕—하고 쳐서 멀리 날려버리지 않았다면.

"—최고야…!"

쿠자크가 일어서서 롱 소드를 흔들었다. 트리는 미러 실드로 머리를 방어하려고 했다. 그러나 쿠자크는 롱 소드를 내리치지 않았다. 페인트였다.

"으랏…!"

쿠자크는 미러 실드를 발로 차버리고 무방비해진 트리의 머리에 롱 소드를 때려 넣었다. 한 발이 아니다. 두 발, 세 발, 네 발 정수리를 마구 때렸다. 폰초 때문에 베지는 못해도 저렇게 두들겨 맞으면 견딜 수 없을 것이다. 트리가 앞으로 푹 쓰러진 후에도 쿠자크는 두세 발 공격하고는 확실히 결정타를 때렸다.

"이그저스트! 이그저스트! 이그저스트으으으…! 쿠후후하하하하하하하하…!"

한편, 뇌검 돌핀 쪽은 란타가 뒤로 폴짝폴짝 뛰는 기분 나쁜 몸짓으로 고속 이동해서 회수했다. 비트레이어 MkⅡ를 왼손으로 바꿔들고 오른손에는 뇌검 돌핀을 든 이도류—는 란타 따위의 근력으로는, 특히 뇌검 돌핀이 길고 꽤 무거우니 좀 무리 아닐까…?

"으랴앗! 쿠아아…! 영차아아…?!"

예상대로 란타가 아무리 열심히 뇌검 돌핀과 비트레이어 MkⅡ를 휘둘러도 상대방에게 맞지는 않았다. 반돌이는 쉽게 쓱쓱 피해버린다. 바보다. 망할 바보다.

"하나만 해라…!"

하루히로는 여전히 창 두 개를 스와트하느라 바쁜 것이다. 그런 짓을 하며 놀고 있을 때가 아니라고 말해주고 싶다. 보면서 해야 하니까 나름대로 힘들다고. 비교적 아슬아슬하다고. 냉큼 해치우고 거들어줘. 뭐, 안 거들어줘도 되지만.

"차앗…!"

다른 사람이 와주었고. 유메다. 유메가 맹렬하게 달려왔다. 앞으로 공중제비를 돌아 헌팅 나이프로 강렬한 일격. 하루히로를 공격하던 반돌이 둘 중에 한 명이 왼쪽 어깻죽지를 정통으로 맞고, 쓰러지지는 않았지만 고꾸라졌다. 맹호. 헌팅 나이프 스킬이다.

"타우! 타웃! 타우… 웃!"

유메는 알 수 없는 구령을 발하면서 잡초 베기, 사선 십자, 잡초

베기의 콤보를 연결시켜 반돌이를 몰아붙였다. 여전히 배짱이 두둑하다. 방패 역할 버금가는 담력이다. 아니, 방어가 허술한 것을 생각하면 방패역 이상이겠지. 보고 있는 입장으로서는 무섭다. 엄호해야 한다.

하루히로는 창을 스와트 함과 동시에 반돌이의 무릎을 발로 찼다. 셔터(무릎 깨기)로 상대의 움직임을 한순간 멈추고, 품으로 파고들자마자 놈의 턱에 삽을 쑤셔 박았다.

히터(턱빼기)는 본래 스와트에서 턱에 손바닥을 날리는 스킬인데, 이 정도의 응용은 하루히로도 연구해뒀다. 하루히로는 줄곧 수비를 하던 입장이었기 때문에 갑자기 역습을 하니 반돌이도 대응하기 힘들었을 것이다. 물론 그것까지 계산한 후에 과감하게 반격으로 돌아서본 것이다. 스와트, 셔터, 히터까지 깔끔하게 들어가면 발을 걸어 넘어뜨리는 것은 간단하다. 하루히로는 그렇게 했다. 쓰러진 반돌이에게 덤벼들어 올라타자마자 외눈을 대거로 찔렀다. 파헤치는 것처럼 비틀자 반돌이는 금방 움직이지 않게 되었다.

"하루히로 군…!" 시호루가 주의를 준다.

돌아보니 반돌이 넷과 트리 한 명이 더 이쪽으로 오고 있다.

하루히로는 후—하고 숨을 내쉬고 반돌이에게서 대거를 뽑고 일어섰다.

현 상황은 란타와 유메가 각각 한 명씩 반돌이를 맡고 있다. 쿠자크와 메리가 둘이서 반돌이 하나. 적의 증원은 합쳐서 다섯 명. 게다가 트리가 들어 있다. 이쪽에서 손이 빈 사람은 하루히로와 시호루뿐. 시호루에게 육탄전은 무리고 하루히로도 반돌이 둘의 공격을 스와트해내는 것이 고작이다.

"옴 렐 엑트 엘 크롬 다슈…!"

하지만 시호루에게는 이것이 있다.

검은 안개 같은 그림자 엘리멘탈이 증원된 교단원들에게 휘몰아쳤다. 섀도 미스트(그림자 안개). 대상에게 강렬한 졸음을 불러일으키는 슬리피 섀도(수마의 환영)의 상위 버전이다.

보통은 슬리피 섀도든 섀도 미스트든 저런 식으로 정면에서 다가오는 상대에게는 우선 통하지 않는다. 허를 찌르지 않으면 효과가 없는 마법이다. 그런데 시호루는 우연한 계기로 교단원에게 다슈매직이 잘 듣는다는 사실을 발견했다.

그림자 엘리멘탈에 휩싸여 교단원들이 우수수 졸도했다. 반돌이는 전원 잠재우는 데 성공했으나 트리는 휘청거리기만 할 뿐 버텼다. 저항한 건가?

트리는 발치에 쓰러진 반돌이들을 발로 찼다. 깨우려는 모양이다.

"…옴 렐 엑트 엘 벨 다슈!"

곧바로 시호루가 섀도 에코를 발동시켰다. 부웅, 부웅, 부웅. 특징적인 소리와 함께 튀어나간 세 개의 검은 해초 같은 그림자 엘리멘탈이 트리를 향해서 날아갔다. 단, 맞아도 아마 쓰러지지는 않을 것이다. 하루히로는 뛰면서 외쳤다.

"쿠자크…!"

"오케이…!"

쿠자크는 반돌이를 메리에게 맡기고 하루히로를 따라왔다. 그림자 엘리멘탈은 세 개 중 두 개가 트리를 직격하고 다소는 타격을 준 모양이지만 치명상과는 거리가 멀었다. 게다가 트리의 발에 차인 반돌이가 잠에서 깨어났다.

만약 이 상황에서 새로운 적이 온다거나 하면 완전히 끝장이다.

그런 생각이 하루히로의 뇌리를 스쳤다. 사실 지금은 그런 생각을 할 경황도 없지만.

집중이다. 집중해. 집중. 집중. 집중. —하루히로는 그렇게 마음속으로 외치며 트리와 반돌이를 향해서 돌진했다. 그리 무섭지 않은 것은 의욕이 없기 때문이다. 정면으로 맞서 싸우는 건 애초에 무리고.

먼저 반돌이가 창을 내밀었다. 하루히로가 왼쪽으로 뛰어 피하자 이번엔 트리가 공격한다. 아직 사정거리 밖에 있으니까 괜찮아—라고 생각한다. 트리가 뇌검 돌핀으로 베려 해도 하루히로에게는 닿지 않는다. 분명.

"와라, 와라, 오너라…!"

상대를 부추긴다기보다 자신을 격려하기 위해 목소리를 내면서 하루히로는 트리의 뇌검 돌핀을, 그리고 반돌이의 창을 피했다. 곧바로 쿠자크가 와서 반돌이의 창을 배시했다. 그러면 트리가 쿠자크에게 덤벼든다. 하루히로는 그렇게 예측했다. 예측했다고나 할까, 기대했었는데 그렇게는 되지 않았다. 쿠자크가 반돌이를 스러스트로 공격하는 동안에 트리는 다른 반돌이를 발로 차기 시작했다.

큰일이다. 이대로 두면 나머지 세 명도 잠에서 깨어나고 만다. 하지만 그걸 막기 위해서는 트리를 공격해야 한다. 트리에게 정면 승부를 감행하게 되면 하루히로는 목숨을 걸어야 한다. 지금이 도박을 할 국면일까?

망설인 시점에서 결단할 타이밍은 지났다. 이미 늦었다. 반돌이들이 눈을 뜨고 몸을 일으키려고 했다. 이미 적과 우리 편이 뒤섞여 있기 때문에 시호루의 마법에도 기댈 수가 없었다.

"이야아아아아아아아아앗…!"

쿠자크가 힘껏 반돌이를 밀쳐 쓰러뜨렸으나 숨통을 끊을 수는 없었다. 트리가 개입했기 때문이다. 뇌검 돌핀으로부터는 피하는 수밖에 없다.

란타는? 유메는? 메리는?

보고 확인하려고 했다. 틀렸다. 트리가 두들겨 패서 깨운 반돌이들이 다가온다. 심박수가 훌쩍 올라가 숨쉬기가 답답하다. 압박감이 심상치가 않다. 패닉을 일으킬 것 같다. 자각이 있으니 그나마 나은가? 시야가 좁다. 창. 온다. 스와트. 스와트. 스와트. 안 된다. 왠지 실수할 것 같다. 부상을 입을 수는 없다. 아아—.

우와아….

하루히로는 스와트하지 않고 굳이 뛰어서 물러났다. 이 정신 상태로 스와트는 할 수 없다. 분명 실패한다.

하얀 거인이다. 4미터급이 아니다. 그보다 위. 6미터급의 하얀 거인이 접근한다. 어떻게 해? 저거.

창이 다가온다. 잇달아.

피할까? 피해야 해. 하지만 채 피하지 못한다. 하루히로는 반사적으로 땅바닥에 몸을 던져 굴렀다.

"뭐—하는 거야…!"

란타가 휙 날아왔다. 두 개의 창을 뇌검 돌핀으로 한꺼번에 쳐냈다. 당연히 두 명의 반돌이는 감전되어 무너졌다. 란타는 비트레이어 MkⅡ를 칼집에 넣고 뇌검 돌핀을 두 손으로 쥐었다.

"—처음부터 그렇게 하라니까…!"

하루히로는 다른 한 명의 반돌이의 창을 스와트하고 셔터에서 슬랩(손바닥 치기)으로 연결시켰다.

대거도, 삽도 사정거리가 짧은 무기라서 상대방의 손을 공격하는 건 상당히 힘들다. 별로 쓰지 않던 스킬이지만, 잘 들어갔다. 반돌이는 창을 두 손으로 쥐고 있었다. 그중 한쪽, 오른손을 삽으로 아프도록 치자 창 손잡이에서 오른손이 떨어졌다.

사이를 두지 않고 곧바로 대거 손잡이로 히터. 무릎이 툭 꺾였을 때 재빨리 뒤로 돌아가 결박하고 스파이더(거미 죽이기). 반돌이의 외눈에 대거를 파묻었다.

"닥—쳐! 애송이 파루피로링이이이이…!"

란타는 감전시킨 반돌이의 숨통을 끊으려고 뇌검 돌핀을 크게 휘둘러 치켜 올렸다.

그때 손이 멈췄다.

"—이런, 하얀 거인이 오잖아아아아아아아아아아아아아아…?!"

"란탓…!"

"오웃…?!"

란타는 이그저스트로 뿜어 나가는 것처럼 뒤로 물러났다. 찌리리 상태에서 복귀한 반돌이들이 창을 내지르기 시작한 것이다.

쿠자크는 트리와 반돌이로부터 도망쳐 다녔다. 메리와 유메도 한 명씩 반돌이를 상대하고 있어 움직일 수가 없다.

시호루는 하얀 거인의 접근을 알아차리고 마법으로 어떻게든 해 볼 수 없을지 생각하는 것 같다. 그러나 유감스럽게도 어떻게도 되지 않겠지. 6미터급의 하얀 거인쯤 되면 시호루의 마법으로는 발을 묶는 것조차 거의 불가능하다.

란타를 찔러 죽이지 못한 반돌이들이 하루히로를 노렸다. 하루히로는 놈들의 창을 스와트하면서, 스와트에 전념함으로써 현실에서 도피하려는 자신을 발견하고 어이가 없었다. 하지만, 아아아아아아아아아아아아아아아아아아아아…무것도 떠오르지 않는다. 아니, 전혀 떠오를 것 같지 않은데.

싸우는 건 무모하다. 승기가 없다.

그럼, 도망쳐? 적에게 등을 보인 순간 당할지도 모른다. 적어도 몇 명은.

사면초가다.

그래서, 스와트, 스와트, 스와트에 전념하고 있다. —이걸로 괜찮은 건가?

괜찮을 리가 없다.

결단을 내리는 수밖에 없다.

이 자리에 버티고 서서 전투를 계속한다면 전멸은 틀림없다.

도망치면 몇 명은 살아남을지도 모른다.

당연히 하루히로는 마지막까지 남아서 한 명이라도 많이 도주시키기 위해 전력을 다할 것이다. 이래 봬도 리더다. 그 정도는 하지 않으면 안 된다. 하긴 죽겠지만. 죽고 싶지 않지만. 각오는 되어 있다—무슨, 그런 훌륭한 말은 할 수 없지만, 해야 할 일은 한다.

나는 괜찮다. 하루히로 한 명의 목숨으로 동료가 전원 살아남는다면 좋다.

그러나 그렇게는 되지 않겠지. 몇 명은 희생될 것이다. 시호루는 특히 위험하다.

게다가 여기를 헤쳐 나갔다고 해도 그 뒤—아니, 어디까지나 지금이다. 이 순간, 뭐가 최선인가? 나중 일까지 생각하다가는 아무것도 결정할 수가 없다.

한 명이라도 좋으니 살아남아줬으면 좋겠다.

하얀 거인은 10미터 근처까지 다가와 있다. 여유는 없다.

하루히로는 창을 스와트하자마자 외쳤다.

"도망…."

말하려다가 황급히 입을 다물었다.

말도 안 돼.

이런 건. 지나치게 멋있잖아.

하루히로는 또 반돌이의 창을 스와트하고는 다른 말을 외쳤다. 그 이름을 불렀다.

"타다 씨…!"

"—토네이도 슬램(선회파참, 旋回破斬)…!"

다다다다다다다다다다다다다다다다다다다다다다다닷. 엄청난 기세로 질주해 다가온 타다는 빙글빙글 옆으로 회전해서 하얀 거인의 왼쪽 복사뼈 부근에 워 해머를 내질렀다. 그 충격으로 하얀 거인은 휘청거리며 멈춰 서서 타다를 내려다보았다.

"고, 고…."

"어이, 잡어." 타다는 워 해머를 어깨에 걸치고 왼손 가운뎃손가락을 세웠다. "내가 상대해주지. 덤벼봐."

"…옴 렐 엑트 네문 다슈!"

섀도 본드. 시호루가 그림자 엘리멘탈을 지면에 고착시켜, 반돌이를 거느리고 쿠자크를 공격하던 트리의 움직임을 멈추게 했다.

"츠아앗…!" 곧바로 쿠자크가 반돌이를 유인해서 트리에게서 떼어놓고 요리를 시작했다. 반돌이의 창을 블록. 스러스트에서 앞으로 내디디며 반돌이의 안면에 배시를 날린다. 그대로 밀어 쓰러뜨리고는 외눈에 롱 소드를 찔러 넣었다.

"—란타, 트리를…!"

하루히로가 말하자 란타의 대답은 "죽어랏!"이었다. 죽으라니, 뭐냐?

그래도 란타는 트리와 칼부림을 하기 시작했다. 뇌검 돌핀끼리 맞부딪치면 전기가 통하지 않는다. 트리에게는 미러 실드도 있으니 그리 손쉽게 제압할 수는 없겠지만, 망할 바보 란타(쓰레기)라도 시간을 버는 정도는 할 수 있을 것이다. 쿠자크는 하루히로가 말할 필요도 없이 메리와 유메를 지원하러 가주었다.

하루히로는 눈앞의 반돌이 두 명의 창을 스와트하고, 스와트하고, 스와트한다.

6미터급 하얀 거인이 타다를 쫓아다니며 둥—하고 주먹을 내리치거나, 쿵—하고 밟아 뭉개려고 하지만 성공하지 못한다. 타다는 워 해머를 어깨에 걸친 채로 유유히, 최소한의 동작으로 하얀 거인의 공격을 피했다. 특별히 몸이 날렵한 것은 아니지만 담력이 보통이 아니다. 타다는 자기를 불사신이라고 생각하기라도 하는 건가? 자신감이 지나칠 정도의 몸놀림이다. 죽여도 죽을 것 같지 않다.

"살아 있었네…!"

곧이어 하얀 이를 빛내며 토키무네가 왔다. 킷카와도 있다. 이누이에 미모링, 안나 씨도.

타다와 토키무네가 하얀 거인을 전후, 혹은 좌우로 사이에 끼고 번갈아가며 도발해서 교묘하게 유인한다.

"야호, 란칫치! 나님이 질풍처럼 등장이야…!" 킷카와는 트리에게 검을 휘둘렀다.

"바보! 누가 란칫치야…!" 란타는 순식간에 공격으로 전환했다. "나는 빚을 졌다는 생각은 안 할 거다…!"

"솔직하지 않네, 란칫치는! 츤데레라서 귀여웟…!"

"지껄이지 말고 킬 뎀 올! 입니다?!" 안나 씨는 역시 응원에 전념할 모양이다.

이누이는 어째서인지 안대로 숨기지 않은 쪽의 눈을 이글거리며 "큭…" 하고 웃으면서 근처에서 어슬렁거리고 있다. 뭐하는 겁니까? 당신.

너무나 어이가 없어 하루히로는 그만 스와트를 실수할 뻔했다.

"—웃…."

"후아!"

그녀가 힘껏 지팡이로 반돌이의 머리를 뒤에서 퍽 때려주지 않았다면 부상 정도는 확실히 당했을 것이다.

미모링은 지팡이에 이어 검으로 반돌이의 정수리를 강타했다.

비범한 체격을 살린 미모링의 검기는, 사용하는 건 검뿐만이 아니지만, 호쾌 그 자체다. 테크닉과는 인연이 멀고 기본적으로 너무 크게 휘두르며 빈틈도 많다. 단, 맞으면 일격필살의 위력을 숨기고 있다.

참고로, 평소 상태에서는 인간의 눈에 보이지 않는 마법 생물 엘리멘탈은 대부분의 금속을 싫어하기 때문에 마법사는 철과 동을 멀리해야 한다. 하지만 엘리멘탈 코팅이라는 특수한 가공을 하면 괜찮다고 한다. 미모링의 검도 엘리멘탈 코팅이 되어 있어 상당히 값이 나가는 모양이다. 그런 것치고는 검 다루는 솜씨는 그야말로 엉성하다.

미모링은 2연속 공격을 맞은 반돌이에게 "흥" 하고 발차기를 날려 쓰러뜨리자마자 다른 한 명의 반돌이에게도 지팡이와 검을 휘두르며 덤벼들었다.

"하루히로를 괴롭혔지…! 못써…! 절대로…!"

혹시나 미모링—화난 거야?

그런 모양이다.

무표정인데도 얼굴이 빨갛다. 반돌이가 창을 휘두르려고 하든, 찌르려고 하든 미모링은 아랑곳하지 않고 지팡이로, 검으로 때린다. 퍽퍽 때린다. 무시무시한 기세로 마구마구 때린다.

이윽고 반돌이는 서 있을 수 없게 되어 그 자리에 주저앉고, 그래도 때리고, 때리고, 때리고, 마침내 찌부러지는 것처럼 쓰러졌다. 빈사 상태랄까, 이미 살아 있지 않은지도 모른다.

미모링은 하루히로 쪽으로 몸을 돌렸다.

"걱정했어."

"…그건, 저기—미안… 합니다…?"

"아니야." 미모링은 고개를 도리도리 흔들었다. "무사해서, 또 만나서, 다행이다."

"…그러게."

"응. 다행이야."

"아, 아아아아아, 그보다, 저, 적이 아직 있는데…!"

"있어."

"해치워야지."

"해치울 거야."

"해, 해치우자."

"할 거야."

"그, 그래도…."

하루히로는 주위를 둘러보았다. 쿠자크, 메리, 유메는 셋이서 두 명의 반돌이를 해치운 모양이다. 란타와 킷카와도 트리를 압도하고 있다. 저 상태라면 늦든 빠르든 정리해주겠지.

이누이는 아직 어슬렁거리고 있다. 그러니까 도대체 뭐냐고? 당신은.

영문을 모를 변태 녀석은 내버려두기로 하고, 문제는 말할 필요도 없이 하얀 거인이다.

"컴온…!" 토키무네가 검으로 방패를 두드렸다.

"고, 고…!" 하얀 거인이 몸을 낮추고 오른팔을 돌린다.

"—샤샥…!" 토키무네는 하얀 거인의 닥쳐오는 오른팔 밑을 지나 근사하게 피했다.

"이쪽이다…!" 이번엔 타다가 손짓을 해서 하얀 거인을 부른다.

하얀 거인이 타다를 찾다가 발견했다. 손이 아니다. 발이다. 하얀 거인은 타다를 발로 차려고 했다. 아슬아슬한 순간이었다. 타다는 왼쪽으로 굴러 하얀 거인의 오른발을 피했다.

처음으로 타다가 하얀 거인의 오른쪽 복사뼈를 워 해머로 때렸다. 그 부분은 확실히 찌그러지긴 했지만 놈의 움직임을 봐서 대미지 같은 것은 느껴지지 않았다.

"해치워! 조져버려입니다…?!" 안나 씨가 아무리 목이 터져라 응원을 해봤자 저건 좀 어떻게 하기 힘들지 않을까?

시호루도 지팡이를 꽉 쥐고 두리번거리면서 마법으로 끼어들려고 해도 끼어들 수 없는 모양이다.

4미터급이라면 또 몰라도 6미터급 하얀 거인은 정말로 힘들다. 뭔가 장애물이나 발판으로 삼을 만한 것이라도 있으면 좀 어떻게든 해볼 텐데—과연 그럴까? 아무튼 현 상황에서는 공격의 실마리를 붙잡는 것조차 좀처럼 힘들다.

"하루…?!"

메리가 이름을 불렀다. 어떻게 하지? 하고 묻는 것이다. 나한테 물어봤자. 그만 짜증이 치밀었다. 침착해, 침착해, 침착해. 봐라, 생각해라. 그렇다. —본다.

갑자기 몸이 떴다.

아니다.

실제로 하루히로가 허공에 뜬 것이 아니다. 당연하다. 그런 일은 일어날 리 없다. 말하자면 의식이 뜬 것이다. 하루히로의 의식만이 육체에서 이탈해서—유체 이탈 같은? 경험한 적이 없기 때문에 이게 바로 유체 이탈의 감각이라고 단언할 수는 없지만—지면 위에서 있는 하루히로에게는 보일 리가 없는 풍경이 보였다.

불과 한순간이다.

그러니까 착각인지도 모른다. 아니, 착각이겠지…?

그래도, 보인 것이다. 적어도 보인 것 같다.

그 순간 하루히로는 6미터급 하얀 거인을 비스듬히 내려다보고 있었다.

많은 교단원과, 다른 하얀 거인들, 그리고 의용병들에 더해 주변 일대의 지형도 보였다.

기묘한 느낌이었다. 분명히 목시(目視)했다는 느낌이 아니고 그렇다고 흐릿한 것도 아니다. 뭐랄까, 마치 그림, 혹은 상세한 지도 같았다.

어쨌든 덕분에 아이디어가 떠올랐다. 어째서 좀 더 빨리 생각해내지 못했을까? 그렇게 생각할 수밖에 없는 아이디어다. 어쩔 수 없나? 그 부분은.

"…하긴, 난 평범한 사람이니까."

"하루히로는 특별해." 미모링이 발끈한 얼굴로 말했다. "나한테 있어서는."

"…고마워."

자기도 모르게 고맙다고 대답해버렸다. 좋지 않다고 생각하지만, 이런 건. 매몰차게 내쳐야 해. 앞으로는 주의하자. 우선은 해야 할 일을 하자. 그러자.

"저놈을 계곡에 떨어뜨린다."

하루히로가 말하자 미모링은 끄덕이고 나서 고개를 갸웃거렸다.

"어떻게 해서?"

"응. 그게 문제인데…."

"하면 된다."

격려받았다. 미모링의 분위기는 여느 때와 다름없어서 묘하게 진정이 된다.

하루히로와 미모링이 움직이기 시작하자 쿠자크, 메리, 유메도 따라왔다. 란타와 킷카와는 트리를 쓰러뜨리려면 좀 더 걸릴 것 같은가? 안나 씨는 어느 틈엔가 시호루 옆에 있다. 그리고 이누이도.

토키무네와 눈이 마주쳤다.

"계곡에…!"

하루히로는 짧은 말에 제스처를 섞어서 전해봤다. 토키무네는 하얀 이를 반짝 빛내며 웃음을 지었으니, 이해해준 것—일까…?

아마, 괜찮을 거다.

"컴온, 컴온, 컴온…!"

토키무네는 아까까지와 마찬가지로 검으로 방패를 두느려 하얀 거인을 유인하려고 했는데, 분명히 거류지의 계곡으로 가는 코스를 선택했다. 타다도, 이상하지만 둔한 사람은 결코 아니니까 알아차려줄 것이다.

"미모링은 안나 씨를…!"

하루히로는 그 말을 남기고 발걸음을 빨리했다. 먼저 가서, 괜찮은 지점을 알아둬야 한다. 대충 찜은 해뒀다. 샘을 끼고 있는 그 계곡에는 그렇게 고생하지 않아도 올라가고 내려갈 수 있는 경사면도 있고, 절벽이라 해도 좋을 만한 급경사면도 있다. 먼저 절벽 가장자리까지 몰아붙이는 거다. 가능할까…? 미모링 왈, 하면 된다고 한다. 하는 거다.

예상했던 절벽 지점을 자기 눈으로 보고 확인했다. 깊이는 10미터 정도일까? 모자라지는 않아. 뭐, 충분하다.

토키무네와 타다의 유도로 하얀 거인이 다가온다.

란타와 킷카와는 트리를 쓰러뜨린 모양이다.

새롭게 일고여덟 명의 교단원과 4미터급 하얀 거인이 이쪽으로 오려고 했다. 오지 않아도 돼. 오지 말아줘—라고는 생각했지만 동요는 별로 없었다. 엄청나게 크구나, 토키즈라는 존재가.

새삼 하루히로네만으로는 역부족이라고 통감한다. 그것도 약간, 다소, 얼마간이 아니다. 상당히 부족하다.

그런 인식은 물론 있었다. 그래도 착각할 뻔했던 것 아닐까? 무슨 일이 생길 때 늘 토키즈가 있어줄 거라는 보장은 없다. 아까도 절체절명이었다. 때마침 토키즈가 와주었다. 그래서 살았다. 행운이었다. 반대로 말하면, 좀 운이 없었다면 희생자가 생겼을 것이다.

생과 사는 종이 한 장 차이다.

뭔가 하나만 실수하거나, 잘못하지 않아도 운이 없다거나 하는 이유만으로 저쪽으로 굴러 떨어져버린다.

그렇게 마나토는, 모구조는 멀리 갔다. 하루히로네의 손이 닿지 않는 장소로 가버렸다.

누가 그들의 뒤를 따라간다 해도 이상할 것 없다. 지금까지도 기로는 여러 번 있었다. 어떻게든 간신히, 그 모든 갈림길에서 '생'의 길을 걸어온 덕분에 하루히로 팀은 여기에 있다. 앞으로도 마찬가지다. 실패해서 '죽음' 쪽으로 발을 들이면 두 번 다시 되돌아올 수 없다.

정신이 아득해진다. 이런 것, 그만두고 싶다. 평화롭게 살고 싶어. 분명 하려면 못할 건 없을 것이다. 오르타나에서 뭔가 일을 찾아서 돈을 벌고. 하루히로도 견습 의용병이 되었던 무렵과는 다르다. 지금이라면 분명 불가능이 아니다.

진지하게 생각해보자.

나중에, 말이지만.

무사히 살아서 돌아갈 수 있으면.

"하루히로…!" 토키무네가 달려왔다. "거기에서 비켜…! 나한테 맡겨…!"

"네…!"

하루히로는 오른쪽 방향으로 달렸다. 상인이 방치해둔 천막 사이를 빠져나가면서 절벽 가장자리에 도달하려는 토키무네의 모습을 시야에 담는다.

"고, 고, 고…!"

하얀 거인이 토키무네를 쫓아간다.

토키무네는 급정지해서 하얀 거인 쪽으로 몸을 돌렸다. 이제 토키무네 바로 뒤는 절벽일 것이다.

"자—! 할 수 있으면 이 나를 잡아봐—라…!"

"고…."

하얀 거인은—그러나 멈췄다.

아….

들켰나?

"바—보. 뻔히 보인다고…!" 란타가 하루히로에게 욕을 퍼부었다.

다른 사람이라면 몰라도 저 쓰레기한테서 바보라는 말을 들으면 상처를 입는다. 아니, 상당히 쇼크다.

하지만, 아직이다.

"플랜 B다…!"

그가 외쳤다. 그렇다. 이쪽에는 그가 있다. 전사 출신 신관. 거의 전사. 중량급 워 해머잡이. 초월급으로 겁이 없는 토키즈의 미스터 파괴력. 타다.

타다가 바로 뒤에서 하얀 거인에게 돌진하더니 공중제비를 돌았다.

"서머솔트 보오오오오오오오오오오오오오오오오오오오오옴…!"

워 해머는 하얀 거인의 오른쪽 아킬레스건—하얀 거인에게 아킬레스건이 있다면 말이지만—에 작렬해서 살점인지, 파편인지 모를 것을 흩날렸다.

플랜 B.

—라니, 뭐야…?

추측컨대 아마도 절벽으로 유인해서 떨어뜨리는 것이 플랜 A였고, 무작정 절벽에서 떨어뜨린다, 억지로 밀쳐 떨어뜨린다가 플랜 B였겠지. 하루히로는 솔직히 플랜 A밖에 생각하지 않았었다. 그러나 타다의 힘이 있다면.

"고 고…!"

하얀 거인은 휘청대면서도 방향을 틀려고 했다. 그 도중이었다.

"데름 헬 엔 바르크 젤 아르부!"

"제스 인 사르크 카르트 프람 다르트…!"

하얀 거인 가슴 부분에서 섬광과 연기가 폭발하고 안면에서 어깨까지 몇 줄기의 벼락이 쏟아졌다. 블래스트와 선더 스톰. 미리 입을 맞췄던 건가? 우연인가? 미모링과 시호루에 의한 동시 마법 공격이다. 제아무리 6미터급 하얀 거인이라도 이것에는 몸을 뒤로 젖혔다. 그런가. 그렇구나. 개인의 마법으로 위력이 부족하다면 합치면 된다. 그런 방식도 있는 건가?

"슛…!"

더욱이 유메가 연사—연거푸 화살을 날려 하얀 거인의 외눈을 저격했다. 몹시 드문 일로 이누이도 이에 호응해서 화살을 쏘았다.

"아이이이이이이이이이이!" 안나 씨가 점프했다. "●오프…!"

"토키무네 씨…!"

하루히로가 말할 필요도 없이 토키무네는 절벽 가장자리에서 벗어났다.

"데름 헬 엔 바르크 젤 아르부…!"

"…제스 인 사르크 카르트 프람 다르트!"

한 발 더. 아니, 두 발. 미모링의 블래스트와 시호루의 선더 스톰에 확인 사살당하듯이 하얀 거인은 더욱 상체를 젖히게 되었다. 이렇게 되면 이젠 버틸 수 없을 것이다. 서 있을 수 없다. 하얀 거인은 절벽을 인식했던 모양이지만, 몸을 지탱하기 위해서 왼발을 그쪽으로 내딛을 수밖에 없었다. 그러나 거기에는 바닥이 없다. 그야 절벽이니까.

떨어진다. 하얀 거인이 계곡으로 떨어진다.

"됐어…!" 쿠자크가 V자를 그렸다.

메리는 가슴에 손을 대고 하늘을 우러러 보며 한숨을 내쉬었다.

"읏싸…!" 유메는 만면에 미소다.

"그것 봐. 내 말이 맞잖아…!" 란타는 흥분한 나머지 의미 불명의 말을 지껄인다.

"어, 해피 뉴 이어! 워우…!" 킷카와는 더욱 이해를 못하겠다. 왜 새해가 밝아버리는 거야?

이러니저러니 기뻐하는 와중에 미안하지만, 이걸로 일단락이 아니다. 하루히로는 짧게 숨을 내쉬었다.

"다음…! 반돌이, 트리 둘, 4미터급 하나…! 온다…!"

"하하하하핫." 타다가 웃으면서 왼손 검지로 안경을 쓱 밀어 올렸다. "박살낼 상대가 모자라지 않다는 건 좋은 일이다."

"밝고 즐겁게 가는 거지!" 토키무네는 정말로 즐거운 것 같다. "해치운다, 다들! 안나 씨, 응원 부탁해…!"

"엄청 거대한 배를 탔다 생각하고 마음 놓고 해치워라입니다…!" 안나 씨는 가슴을 펴고 주먹을 치켜들었다. "하늘엔 태양! 땅에는 안나 씨가 있다—?! 약속된 빅토리…! 에브리바디, 안나 씨를 위해서 싸워라…?!"

안나 씨를 위해서인가? 아무래도 석연치 않지만, 우오라거나 예이라거나 으쌰라거나 와—라거나 기타 등등, 소리를 지르고 사기가 높아지는 것 같으니 뭐 상관없나?

"란타, 트리를 한 명…! 쿠자크는 반돌이를 가급적 많이…!"

"해줄 테니까 나를 숭배해라, 파루피로…!"

"—넵…!"

"메리, 유메, 시호루는 일단 뭉쳐!"

"알았어!"

"웅냐!"

"…응!"

"타다!" 토키무네가 뛰기 시작했다. "우리는 하얀 거인을 해치운다…!"

"나 혼자서 충분할 정도다."

"나님도 거들어버린다! 피스, 피스! 예이, 예—이…!"

타다, 킷카와가 토키무네의 뒤를 따른다.

미모링은 안나 씨를 호위할 모양이다. 이누이는 시호루 옆에서 얼쩡거리고 있다. 정말, 도대체 뭐지? 저 사람.

쿠자크가 반돌이 세 명을 간신히 유인하고, 나머지 세 명을 하루히로, 메리, 유메, 시호루가 재빨리 처치한다. 트리는 한 명은 란타, 또 한 명은 어떻게 할까?

하얀 거인은 토키무네, 타다, 킷카와에게 맡겨두면 되겠지.

하루히로는 계곡 쪽을 흘낏 돌아보았다. 6미터급 하얀 거인도 결정타를 때린 건 아니니까 조만간 올라올 것이 틀림없다. 우선 그때까지 새로운 적을 처리하고 이곳을 벗어나야 한다.

서둘러라. 하지만 당황하지 말고.

타다가 하얀 거인에게 돌진했다. 그런데 용케도 겁내지 않네.

쿠자크는 과감히 반돌이들의 창을 배시하고 롱 소드로 쳐냈다. 우리 파티의 성기사는 타다 같은 이상한 사람이 아니다. 그 때문에 하루히로는 더욱 쿠자크가 대단하다고 느꼈다. 멋있어, 진짜로. 메리 덕분인지도 모르겠네. 역시 좋아하는 사람 앞에서는 볼품없는 모습은 보이고 싶지 않다거나 그런 생각을 할 테고.

어쨌든 쿠자크의 노력을 물거품으로 만들지는 않겠다.

예의 선이 보였다.

흐릿하게 빛나는 한 줄기 선. 곧은 선이 아니다. 몇 겹으로 구부러져 있다. 그것은 관찰에 의한 현상 파악과 경험에 의한 예상이 이끌어낸 하나의 제안이다. 지금 이것을 이런저런 식으로 하면 잘되지 않을까? 10분의 1초라도 놓치면 쓸모가 없게 된다. 하루히로의 경우는 다행히, 버릇인지 뭔지, 선이 보일 때에는 주저하지 않고—라고나 할까, 보였을 때에는 이미 몸이 멋대로 움직인다.

쓱, 쓱, 쓱, 나아가서 스쳐 지나가면서 반돌이 한 명의 외눈에 대거를 꽂았다.

뽑으면서 옆의 반돌이에게 셔터를 먹이고, 더욱이 또 한 명의 반돌이에게 왼손의 삽으로 히터.

더욱이 더욱이, 다른 반돌이에게도 또다시 셔터.

그리고 이탈.

"오오오오오오오오오오…!"

쿠자크가 롱 소드와 방패로 반돌이들을 날려버렸다. 반돌이는 한 명이 죽고 셋은 하루히로의 기습을 당해서 자세가 무너졌기 때문에 쿠자크를 막을 수 없다. 다들 한꺼번에 해치워버려? 아니야.

"—읏…!"

쿠자크가 물러섰다. 상대방이 뇌검 돌핀을 휘두르면 피하는 수밖에 없다.

트리다. 게다가 두 명. 란타는 뭐 하는 거야?

"리프 아웃…!"

왔나? 이제야? 란타는 옆에서 한쪽의 트리에게 덤벼들었다. 뇌검 돌핀과 뇌검 돌핀이 끼잉—소리를 내며 충돌한다. 란타가 밀어붙여 트리를 휘청거리게 했다. 그러나 트리는 두 명이다. 다른 한 명이 란타를 향해서 찌르기를 퍼부었다.

"—이그저스트…!"

란타는 바로 뒤로 엄청난 기세로 펄쩍 뛰어 물러났다. 그 움직임에 트리가 낚였다면 란타의 의도대로 되었을 것이다. 안타깝게도 그렇게는 되지 않았다. 트리는 둘이서 쿠자크를 공격했다.

"이크… 이거, 두 명은…!"

쿠자크는 도망칠 수밖에 없었다.

그 틈에 반돌이들이 태세를 다시 갖추려고 했다.

"란타아아아!" 하루히로는 그만 고함을 치고 말았다.

"이제부터라니까…!" 란타는 온몸을 뒤틀어 뇌검 돌핀을 옆으로 눕혀 이상한 포즈를 취했다. "암흑이여! 악덕의 주여! 드레드 웨이브(암흑 파동)…!"

그 얼간이 같은 포즈에 정신이 팔렸는지, 하루히로 팀뿐만 아니라 반돌이와 트리도 란타에게 시선을 집중했다.

뭐, 아무 일도 일어나지 않지만.

당연하다. 광마법의 원천인 광명신 루미아리스뿐만이 아니라 암흑신 스컬헬의 힘도 이 더스크렐름에는 미치지 못한다.

"—어…." 하루히로도 이것을 보고는 놀라 멍해졌다. "뭐? 엉? 어째서…?"

"훗…." 란타는 고개를 숙였다. "…마법을 쓸 수 없는 걸 깜빡했다."

"바보 란타아아아아앗!" 유메가 외쳤다.

정말로 란타는 바보고 쓰레기고 어쩔 수 없는 녀석이지만, 적의 움직임은 멈췄다. 멍청한 행동으로 얻어낸 예기치 않은 부산물이라고는 해도 의용병으로서는 이걸 빈틈없이 유효하게 활용해야 한다.

"옴 렐 엑트 엘 네문 다슈…!"

섀도 폰드(그림자 연못). 시호루가 트리 두 명의 발밑에 그림자 엘리멘탈을 고착시켰다. 트리들은 한동안 거기에서 이동할 수 없겠지.

"반돌이를…!"

곧바로 하루히로가 지시를 내리자 쿠자크가 반돌이들에게 덤벼들었다.

"으랏차아…! 이야아아…! 으랴아아아아아아…!"

하루히로는 반돌이들의 뒤로 파고들었다. 유메가 헌팅 나이프를 뽑아들어 베려고 했다. 메리는 시호루 옆에서 떨어지지 않는다.

문득, 선은 보이지 않지만 한 명 죽일 수 있을 것 같았다. 죽일 수 있을 때 죽여놓지 않으면 안 된다. 좋아, 지금이다—하고 백 스태브(등 찌르기)를 먹이려고 했는데 갑자기 누가 새치기를 했다.

"크…!"

이누이의 짓이었다.

변태 이누이는 반돌이의 등에 뛰어차기를 날려 쓰러트리더니 그 놈의 턱을 힘껏 짓밟았다. 우둑. 위험한 소리가 나고, 목이 구부러질 리 없는 각도로 구부러졌다.

"내가 바로 이누이…! 하늘로부터 칠흑의 파멸을 초래하는 자로다…!"

아니, 대단하긴 하지만. 느닷없다고. 깜짝 놀랐다니까.

이누이는 시호루 쪽으로 얼굴을 돌리고 안대를 하지 않은 쪽 눈을 수상하게 빛냈다.

"숙명의 신부여, 나와 함께 피의 왕도를 걸어가자…!"

"싫어요."

즉답에 시호루치고는 강한 어조였다. 그야 그렇겠지.

"크…." 이누이는 발길을 돌렸다. "일단은 작별이다…!"

—어랏, 어…?

가버리는 거야?

도대체 어디로?

모르겠지만, 이누이는 달려간다.

뭐… 좋을 대로 하면 되지 않아? 뭣하면 영영 돌아오지 않아도 되고. 우리는 우리대로 바쁘고.

토키무네와 타다와 킷카와는 하얀 거인 주위를 빙빙 돌면서 공격을 하고 있다. 토키무네와 킷카와가 미끼가 되면서 약을 올리고, 타다가 쾅—하고 큰 것 한 방을 넣는 느낌이다. 이미 하얀 거인은 두 다리에 타격을 받았다. 저 세 사람이서 해치워버릴 것 같은 기세이긴 했지만, 금방 쓰러지진 않겠지.

트리가 섀도 폰드에서 빠져나오거나 섀도 폰드의 효과가 끊어질 때까지는 아직 시간이 있다. 그동안에 반돌이 네 명을—이라고 생각했더니.

"데름 헬 엔 바르크 젤 아르부!"

트리들이 펑—하고 날려갔다. 블래스트 마법이다.

바닥에 내동댕이쳐져 데굴데굴 구르는 트리들은—그러나 일어나려고 했다. 전혀 효과가 없고 상처도 없는 것은 아닌 것 같지만, 적어도 중상을 입은 것처럼 보이지는 않는다.

미—모링—.

놈들의 하얀 폰초는 정말로 상당히 튼튼하다니까.

"…어쩔 수 없지."

가만히 중얼거리고 하루히로는 전환하기로 했다. 이미 저지른 것은 어쩔 수 없다. 트리 두 명과 반돌이 네 명을 쿠자크, 하루히로, 란타, 유메, 메리, 시호루, 그리고 미모링이 해치운다. 안나 씨도 성원을 보내고 있고 머릿수로는 이쪽이 많다. 할 수 있다. 할 수 있을 것이다. 분명. 아마도.

쿠자크가 반돌이를 세 명 압박하고 유메가 한 명을 상대하고 있다. 란타는 트리를 노리는 모양이다. 그렇게 해주지 않으면 곤란해. 트리들에게 시선을 보내면서, 우선은 가급적 빨리 반돌이의 숫자를 줄이고—.

하루히로는 계곡 쪽을 힐끔 보았다. 어디까지나 만약을 위해서였다.

다시 본다.

"…벌써?"

웬일이람.

6미터급 하얀 거인이 계곡에서 기어 올라오려고 하는 것이 아닌가.

충격이긴 했으나 하루히로는 그리 심하게 당황하지는 않았다. 예상 범위 내의 일이었으니까—아니다. 반드시 그렇지는 않다. 다른 일에 정신이 팔려 있던 탓이다.

의용병들이 물러난다.

퇴각하고 있어?

도망치다니, 어디로?

그보다, 왜?

"저것 때문인가…?"

이번엔 당황하지 않을 수가 없었다.

남쪽에서다.

뭔가, 온다.

크고, 하얗고, 꾸물꾸물하다.

그야. 도망칠 만도 하지. 도망치고 싶을 만도 하다니까. 도망치는 수밖에 없겠지, 저건.

높이는 그리 높지는 않다—라고는 해도 6미터급 하얀 거인보다도 큰 것 같지만, 더 큰 문제는 몸의 길이였다. 20미터인가? 25미터인가? 어쩌면 30미터에 달할지도 모른다. 혹은 그 이상인가?

휴드라.

직경 2~3미터로 사이즈 감각이 이상한 하얀 뱀이 아홉 마리가 모여 서로 얽혀 있는 것 같은, 저 기분 나쁜 거대 생물이 다가온다면 어떻게 하지?

하루히로라면 물론 땅 끝까지 도망친다. 그것이 상식이겠지.

아이언 너클이니 버서커스니 오리온이니 그들도 보아하니 하루히로와 같은 의견인 모양이다. 그들도 인간인 것이다. 다행이다. 다행인 건가? 아니…?

별로 다행은 아니다.

어쩌지? 하고는 생각하지 않았다.

"토키무네 씨, 휴드라예요…! 도망쳐야 해…!"

"—이런…!" 토키무네의 판단도 빨랐다. "좋아, 달린다, 다들…! 안나 씨를 지켜…!"

"거의 다 해치웠었는데. 망할." 타다도 구시렁거리면서도 워 해머를 어깨에 걸치고 뛰기 시작했다.

"랄랄랄! 이네! 따란…!" 킷카와는 이런 때조차도 밝다.

"에이이이이잇…!" 안나 씨는 응원 담당인 주제에 이를 갈며 분해했다. "전략적 철수입니다—, 나무아미! 어쩔 수 없습니다…?!"

"가자." 미모링이 안나 씨의 목깃을 움켜잡고서 질질 끌고 갔다.

"냐웅…!" 유메는 몸을 돌렸다.

"이제부터 이 몸이 대활약하려는 때에…!" 란타도.

"—읏…." 메리는 망설였다.

"나는! 괜찮으니까…!" 쿠자크는 물러서지 않는다. 뭐랄까, 물러설 수가 없는 것이다. 무작정 물러나면 반돌이들한테 두들겨 맞는다.

"하루히로 군…?!" 시호루가 하루히로 쪽을 보았다.

"시호루는 가…! 메리도…!" 하루히로는 전속력으로 달리면서, 보여라, 보여라—라고 염원했다. —그 선. 이런 때야말로 나타나줘.

하지만, 당연하다고 하면 당연한 걸까? 그렇게 유리하게 일이 풀릴 리는 없고.

하루히로는 히어로가 아니다. 일개의 리더다. 그러니까 리더로서 해야 할 일과 할 수 있는 일을 그저 하는 수밖에 없다.

"쿠자크, 한바탕 소동을 피워…!"

"오케이…! 으랴아아아아아아아아아아아아아아아아아아아아아아아아아아아…!"

쿠자크는 롱 소드로 몇 개의 창을 떨궈버리고 눈앞의 반돌이에게 배시를 날렸다.

"타아아아아! 읏차아아아…! 으랴아앗! 으아아아아아아아…!"

거기에서 멈추지 않고 쿠자크는 방패로 몸을 지키면서 롱 소드를 슉슉 휘두르며 전진한다. 반돌이의 창이 갑옷에 닿아도 아랑곳하지 않고 전진한다. 쿠자크는 튼튼한 판금 갑옷을 입었다. 그렇기는 해도 갑주 위에서라도 힘껏 가격당하면 아플 것이다. 타박상 정도는 입을 수도 있겠지. 견뎌라. 견뎌줘, 쿠자크.

"에잇…!" 하루히로는 반돌이 한 명에게, 뒤에서가 아니다, 옆에서 덤벼들어 왼쪽 팔로 목을 조르면서 외눈에 대거를 쑤셔 박았다.

방금 그거, 상당히 억지스러웠던—것 같은? 조금이라도 타이밍이 빗나갔다면 위험했다. 무섭다…!

위장 안쪽에 차가운 점액 같은 공포가 철썩 달라붙어 있다. 그게 뭐? 그게 뭐 대수냐고. 하루히로는 다른 반돌이의 품안으로 뛰어들어 셔터, 히터의 콤보를 먹였다. 또 다른 반돌이가 창을 내질러 점프해서 피하고, 위험해. 위험해. 진짜 무서워—라고 가슴속에서 외치면서 창을 스와트, 스와트. 이제 싫다, 진짜 그만해줘 캬—하고 머릿속으로 비명을 지르면서도 앞으로 내딛어 어레스트(결박), 발을 걸어 넘어뜨렸다.

"앗쓰…!" 쿠자크가 의문의 기합소리를 발하며 배시로 반돌이를 한 명 날려버렸다.

지금이다, 도망치자.

굳이 말하지 않아도 통했다. 하루히로와 쿠자크는 동시에 도망치기 시작했다.

"하핫!" 쿠자크가 달리면서 웃었다. "굉장해! 하하하! 굉장해…!"

아니, 저기, 자네 말이야, 웃고 있을 때가 아니라니까. 하긴, 그 마음은 모르지 않아. 쿠자크도 상당히 무서웠을 것이다. 해방되었으니 흥분할 만도 하다. 하지만 그것뿐일까? 너무나 위험한 이 상황이 즐거워서 견딜 수가 없다. 그런 부분도 다소 있다거나? 스릴은 마약이다. 평화롭게 살고 싶다. 그것은 솔직한 심정이지만, 그게 가능하냐 이거지. 이런 것이 전혀 없는 생활이란, 어떨까? 수수하고 의외로 아무 재미가 없다거나…?

반돌이들이, 트리들이, 4미터급 하얀 거인이 쫓아온다. 그 뒤에는 의용병들이 있고, 교단원들도, 하얀 거인도 있고, 더욱이 휴드라까지 있다.

맞은편에는 계곡이 있고 잠시 후 거기에서 6미터급 하얀 거인이 기어 올라올 것 같다.

최악이다. 최악의 기분이다. 꿈이라면 좋을 텐데. 누군가 대신해주지 않을래? 뭐랄까, 도와줬으면 하는데? 농담 아니고, 도와줄 수 있다면, 나와 동료의 안전을 확보해준다면, 거짓말이 아니라 뭐든지 한다. 어떤 일이든.

이런 꼴을 당하고 싶지 않아. 울트라급 스트레스 아닙니까? 이제 싫어—진짜. 진심으로, 싫은데. —즐겁지… 않다고.

죽는 건가? 라고 생각하고. 이번만큼은 무리일까? 죽으면 어떻게 되는 거지? 천국에 가나? 아니면 지옥행? 아무것도 없어지나? 무로 돌아가버려?

죽고 싶지 않아. 죽는 건 무서워. 싫다. 너무나, 너무나, 너무나 싫다.

응. 역시. 필요 없어. 이런 것은. 적당한 스릴이라면 좋지만, 사느냐 죽느냐, 이런 극단적인 건 필요 없어. 하루히로는 통렬히 생각했다. 평화롭게 살고 싶어!

앞서가는 토키무네 팀은 계곡을 우회해서 시작의 언덕 방면으로 갈 모양이다. 저 코스라면 어떻게든 6미터급 하얀 거인과 접촉하지 않고 갈 수 있는 걸까? 갈 수 없을까? 어느 쪽이지? 애매한가…?

뒤의 적에게 따라잡힐 것 같은 기척은 아직은 없다.

애매하지만, 가는 수밖에 없다.

6미터급 하얀 거인은 이미 허리까지 계곡 위로 올라와 있다. 왼팔로 거체를 지탱하고 오른팔을 흔든다.

"고, 고, 고, 고, 고…!"

역시 토키무네와 타다에게 오른손을 날리려고 했다.

"―피해…!"

하루히로가 말할 필요도 없이, 토키무네와 타다, 킷카와는 반사적으로 땅바닥에 몸을 던져 하얀 거인의 오른손에서 벗어났다.

하얀 거인은 두 손으로 버티고, 버티고, 몸을 들어 올린다. 그동안에 미모링과 안나 씨, 란타, 유메, 시호루, 메리가 하얀 거인 앞을 지나갔다.

이누이는 행방불명이다. 변태 새끼는 상관없다.

하루히로와 쿠자크는 멈춰 섰다.

"우오오아아아아아아아아아아…?!"

"어, 어어어…?!"

눈앞에 6미터급 하얀 거인이 우뚝 서 있다. 정확히 말하면, 계곡에서 지금 막 올라와서 한쪽 무릎을 꿇은 것 같은 자세인데, 그래도 크다. 하지만 여기에서 멈추면 뒤에 있는 적에게 붙잡힌다. 하얀 거인에게도, 네―마음대로 공격해주세요―라고 비는 것이나 마찬가지다. 하루히로는 쿠자크의 등을 때렸다. 이판사판이다.

"가, 가! 어서 가! 가는 수밖에…!"

"갓스…!"

뭐야? 갓스가. 모르겠지만, 쿠자크는 삐거덕거리면서 달리기 시작했다. 뛰는 자세가 다소 뻣뻣했다. 하루히로도 비슷했다. 원활하게 달릴 수 있겠냐고!

"고 고…!"

하얀 거인은 한쪽 무릎을 꿇은 채로 왼손으로 쿠자크와 하루히로를 때리려고 한 건지, 아니면 쥐어 뭉개버리려고 한 건지.

"큭…!" 쿠자크는 머리부터 땅바닥에 미끄러져 하얀 거인의 오른손을 피했다.

"—웃…!" 하루히로는 공중제비를 돌았다.

"고, 고, 고…!"

이번엔 왼손이다. 내려온다.

"우오아아아아아아아아아아아아…?!" 쿠자크는 방패를 버리고 기어간다. 필사적이다.

물론 하루히로도 꽁무니에 불이 붙은 것처럼 정신없이 질주했다.

"우우우우웃…!"

맞을까? 맞아버리나? 박살이 나나?

땅바닥이 격렬하게 흔들린 순간, "히약" 하고 이상한 소리가 흘러나왔다. 보아하니 하루히로도, 쿠자크도 빠져나온 모양이다.

"나, 나, 방패가…!"

"모모모모, 목숨이 붙어 있어야 물건도 필요하잖아아아아아아아아아아아…?!"

섰다!

하얀 거인이 섰다!

"고…! 고, 고…! 고…! 고, 고…! 고…! 고, 고, 고…!"

일어선 6미터급 하얀 거인이 춤춘다. 아니, 춤을 추는 건 아닌지도 모르지만, 스텝을 밟는 것처럼 하루히로와 쿠자크에게 덤벼든다. 이제 뭐가 뭔지. 우왕좌왕이다. 아무튼 하얀 거인의 오른발에서, 왼발에서, 도망쳐야 해. 한계, 한계다. 동료들을 쫓아가야 한다. 그러고 싶은 마음은 굴뚝같고 아까보다도 계곡에서 떨어져 있지만, 어느 방향으로 가고 있는 건가? 아니, 가고 있긴 개뿔—.

"—서머솔트 보오오오오오오오오오오오오오오오오오옴…!"

엥…?

하얀 거인의 움직임이 멈췄다. 뭐랄까, 비틀거렸다. 축이었던 왼발 발꿈치에 워 해머가 박힌 탓이다. —타다.

왜 타다가?

타다뿐만이 아니다.

"으야아아압…!"

타다가 서머솔트 봄을 때려 넣은 곳에 토키무네가 배시를 먹였다. 배시라기보다는 태클인가? 하지만 상대는 6미터급 하얀 거인인데? 약간 흔들리지도 않았겠지. 타다의 서머솔트 봄 때문에 비틀거리지 않았었다면. 숨도 쉬지 않고 연속 공격을 했기 때문에 통했다. 그리고 더욱이, 더욱이.

"데름 헬 엔 바르크 젤 아르부…!"

하얀 거인의, 어째서인지 가랑이에서, 섬광과 화염이 폭발했다.

미모링의 블래스트다.

하얀 거인은 이것으로 완전히 자세가 무너져 한 발자국, 두 발자국 뒷걸음질을 쳤다.

"하루히로…!" 토키무네가 돌아보며 하얀 이를 반짝 빛냈다. "너한테는 빚이 있으니까! 버리고 갈 수는 없지!"

"지껄이지 말고…!" 타다는 빙글빙글 옆으로 회전을 해서 하얀 거인의 왼쪽 종아리를 워 해머로 힘껏 때렸다. "—마구 공격해! 서머솔트 보오오오오오오오옴…!"

"고오오오오…?!"

하얀 거인이 또 휘청거렸다. 엄청난 위력이다.

"…멋있다." 쿠자크가 중얼거렸다.

하루히로도 동감이지만, 아무쪼록 동경하거나 하지는 말아주길 바란다. 파티의 동료가 저런 짓을 한다면 심장이 몇 개 있어도 부족하다. 심장은 기본적으로 하나밖에 없기 때문에 분명 눈 깜짝할 사이에 심장 발작으로 죽어버릴 것이다. 그리고 하루히로와 쿠자크 입장에서는 목숨을 건진 셈이 되지만, 정말로 이게 잘하는 일일까?

토키무네, 타다뿐만이 아니다. 아까 마법을 쓴 미모링에 안나 씨. 킷카와도 되돌아온다. 란타와 유메, 시호루, 메리도. 이누이는? 뭐 놈은 아무래도 상관없지만. 이것으로 도주할 기회를 잃었다. 교단원들과 4미터급 하얀 거인도 잠시 후 나타난다. 의용병들과 휴드라도. 난전이 되겠지. 뒤죽박죽이 되겠지.

도망친다고 해도 그 뒤의 보장은 없었다. 그래도 여기에서 끝나는 것과 미래가 있는 것과는 상당히 다르다. 밀려오는 적과 아군의 파도에 휩싸이면 십중팔구 끝장이다. 그렇게 생각할 수밖에 없었다. 아무래도 끝나버릴 모양이다. 힘이, 빠진다. 그야 힘듭니다. 여기에서 다시 일어서는 건. 운 좋게 다시 일어선다고 해도 말이죠. 어차피 틀렸다니까요.

내던져버리고 싶다.

GAME OVER

그런 글자가 뇌리에 떠올랐다.
뭐지?
어디선가 본 것 같은…?

GAME OVER
G A M E O V E R
—GAME OVER—
Game Over Continue? Yes/No
컨티뉴하겠습니까? 네/아니요
GAME OVER RETRY?
game over
GAMEOVER
G A M E O V E R
게임.
—게임… 인가?
하지만 이건 게임 같은 게 아니라고.
"그렇지? 마나토, 모구조."
그러니까 내던져버릴 수는 없다. 최후의 최후까지. 포기하는 건 논외다.
우선은 본다. 그렇다. 봐라. 봐, 제대로 봐, 좀 더 보는 거다.
아이언 너클과 버서커스는 어느 정도 뭉쳐서 이동하고 있다. 오리온은 비교적 뿔뿔이 흩어졌지만 고립된 하얀 망토는 없다. 파티별로 행동하는 모양이다.
적은 교단원이 수십 명, 아니, 백 명은 족히 넘는다. 수백 명이다. 하얀 거인도 대충 본 것만으로도 4미터급이 열 대 정도, 6미터급은 두 대, 8미터급으로 보이는 황당하게 큰 놈도 있다. 그리고 휴드라. 위험하네, 진짜.

"쿠자크. 방패가 없으니까 무리하지 마."

"옙. 하라고 해도 할 수도 없고."

"이리 와!"

하루히로는 우선 쿠자크를 데리고 란타, 유메, 시호루, 메리와 합류했다. 킷카와와 안나 씨, 미모링도 함께였다. 그 직후에 교단원들에게 따라잡혔다.

"킷카와, 메인 방패 역할을 부탁한다…!"

"오케이! 나님한테 맡기고 워리 돈…!"

"전원, 떨어지지 마…!"

다들 제각각 대답해주었다. 듣는 것보다는 봐라. 봐야 해.

킷카와가 검을 돌리며 적을 유인한다. 쿠자크와 란타가 그 양옆을 굳히고 적을 공격한다. 세 사람이 미처 막지 못한 적을 유메와 메리, 미모링, 하루히로가 제압한다. 안나 씨까지 동료를 응원하면서 스틱 같은 무기를 들고 있다. 시호루는 상당히 호흡이 거칠다. 호흡을 가다듬으면서 마법을 펼칠 타이밍을 노리고 있다. 다른 의용병들도 하루히로 일행이 있는 근처까지 와서는 도망치는 것을 그만두었다. 휴드라다. 의용병들의 제일 뒤가 드디어 휴드라에게 따라잡혔다. 다키가 빨간 머리를 헝클어뜨리며 뭔가 외치고 있다. 버서커스의 의용병 한 명이 하얀 거인에게 얻어맞고 허공에서 춤을 춘다. —아아. 죽는구나, 저 사람. 하지만 남의 일에 신경 쓸 때가 아니다.

"하웃…!"

유메가 몸을 부르르 떨었다. 트리다. 트리의 뇌검 돌핀을 헌팅 나이프로 쳐내버린 것이다.

트리는 앞으로 내딛으며 유메를 한바탕 찔러대려고 했다. 죽는다. 유메가. 아니, 죽게 하지 않는다.

하루히로는 두 사람 사이에 끼어든다기보다, 트리의 허리에 태클을 거는 느낌으로 돌진했다. 뇌검 돌핀을 쥐고 있는 오른손을 삽으로 슬랩.

맞았다. 어때? 트리는—하지만 뇌검 돌핀을 떨어뜨리지는 않았다. 검을 뒤로 뺀 것뿐이다. 게다가 동시에 미러 실드를 내민다. 우와. 위험해. 피할 수 없어.

"—우욱…!"

하루히로는 배시를 정통으로 맞고 자빠졌다. 죽는 건가? 잠시 생각했다.

"에잇!"

"야앗…!"

동료 덕분에 죽지 않았다. 아슬아슬했다. 미모링과 메리가 둘이 한꺼번에 트리에게 맹공을 퍼부어 물러서게 한 것이다. 그 사이에 유메가 하루히로를 부축해 일으켜주었다.

"하루 군, 미안해…!"

"괜찮다니까…!"

실수는 있다. 어떻게 해도 실수를 제로로 만들 수는 없다.

중요한 것은, 누군가가 실수하면 다른 사람이 도와줘서 가급적 다치지 않고 살아남는 일이다. 이미 생긴 실수를 일일이 덮어버리거나 눈에 띄지 않도록 숨기거나 한다. 소박한 작업을 반복하며 어떻게든 생환한다. 그거라면 뭐, 하루히로의 장기까지는 아니더라도 도전할 수는 있을 것 같은 목표다.

당연히 한계는 있지만.

토키무네와 타다는 여전히 6미터급 거인과 싸우고 있다. 킷카와, 쿠자크, 란타의 전위조는 잘해주고 있고 하루히로, 유메, 메리, 미모링 후위조도 그런대로 안정되기 시작했다. 덕분에 안나 씨와 시호루가 나갈 차례는 아직까지는 없다. 이 상태라면 여차할 때 시호루의 마법에 의지할 수도 있을 것이다. 이 체제로 한동안은 버틸 수 있다.

보는 바로는 아이언 너클과 버서커스, 오리온, 그 외의 의용병들도 각각 대형을 짜고 그룹별로 적을 물리칠 수 있을 것 같다.

적에 6미터급 하얀 거인까지밖에 없다면, 어쩌면 각개격파를 해서 섬멸하는 것도 불가능하지는 않을지도 모른다.

문제는 8미터급 하얀 거인과 휴드라다.

8미터급 하얀 거인은 다른 하얀 거인과 비교하면 특히 움직임이 느린 것처럼 보이지만, 앞에서 얼쩡거리는 것만으로도 방해다. 물론 위협이기도 하다.

휴드라 쪽은 다섯 개의 촉수를 휘릭휘릭 흔들며 의용병을 습격하면서 네 개의 촉수를 꿈틀거려 서서히 침공한다.

8미터급 하얀 거인과 휴드라의 촉수가 다가오면 의용병 입장에서는 싸울 상황이 아니다. 그 때문에 교단원이며 다른 하얀 거인까지 파고들어올 빈틈을 허용하게 되는 것이다. 저놈들이 이 전장을 휘젓고 있는 것이다.

구도는 단순하다. 8미터급 하얀 거인과 휴드라를 어떻게든 하면 의용병들은 이길 수 있다. 어떻게 할 수 있다면 말이지만.

적어도 하루히로네는 무리다. 토키즈로도 힘들다고나 할까, 역시 불가능하겠지. 아이언 너클, 버서커스, 오리온이어도. 가능하다면 그렇게 했을 것이다. 못 하니까 이렇게 된 거다.

그래도 아직까지는 크게 무너지지는 않았다. 때때로 휴드라의 촉수에 붙잡히거나 8미터급 하얀 거인의 발에 차여 날아가거나 하는 의용병이 있지만, 우왕좌왕하는 파티가 있으면 곧바로 누군가가 서포트하러 들어간다. '타이맨' 맥스와 '레드 데빌' 다키, 시노하라 팀이 종횡무진으로 뛰어다니며 동료들을 엄호하고 있는 것이다.

악전고투해서 전선을 유지하면서 의용병들은 서서히 물러나고 있다. 하루히로네도 그렇다. 조금씩 계속 후퇴하고 있다.

밀리고 또 밀리면서도 버티고 또 버티고 있다.

어딘가에서 끊어지겠지.

언젠가는 더 이상 견디지 못하게 되어 붕괴한다.

하지만, 신기하다. 분명히 몰리고 있는데도, 선배 의용병들은 담담히 최선을 다하고 있는 것처럼 보인다. 자포자기한 심정도 아니고 비장감 같은 것을 풍기지도 않는다.

모두 쓸데없는 생각은 하지 않고 집중하고 있는 건가?

인간은 어차피 할 수 있는 일만 할 수 있다. 할 수 있는 일을 있는 힘껏 한다. 그 이상은 스스로 컨트롤할 수 없다. 이렇게 되었으면 좋겠다거나, 저렇게 되어라—라거나 그런 식으로 바라봤자, 기원해봤자, 기도해봤자 그렇게 될 때에는 되고, 되지 않을 때에는 안 되는 것이겠지.

"집중. 집중. 집중…."

중얼거리면서 하루히로는 본다. 보고 상황을 파악한다. 반돌이의 창을 스와트. 전위조 세 명과의 사이에 약간 공간이 비어서 후위조를 내보낸다. 뒤에서 다른 반돌이가 다가와서 유메와 메리를 안나 씨와 시호루 뒤쪽으로 물러가게 했다. 쿠자크는 상당히 지쳐 있다. 쉬게 해주고 싶지만 그럴 수도 없다. 힘내라—라고 말해준다. 반돌이의 창을 스와트. 셔터로 연결시키고 싶었으나 그것은 그저 바람일 뿐이다. 지금이라면 될 것 같다는 판단과는 다르다. 자중해라.

8미터급 하얀 거인은 아직 괜찮지만 휴드라는 가까이 오고 있다. 6미터급 하얀 거인 주위를 뛰어다니는 토키무네와 타다는 괜찮을까?

"휴드라가 온다…!"

일단 주의를 주고, 반돌이의 창을 스와트. 킷카와, 란타, 쿠자크에게 왼쪽, 왼쪽—이라고 위치를 바꾸도록 지시하고, 스와트, 스와트, 스와트. 주위로 시선을 돌려, 서쪽이다—라고 생각했다. 서쪽으로 진행한다. 시작의 언덕 방향이다. 그쪽에는 거신이 있다.

요컨대 이대로 가면 언젠가는 휴드라와 거신 사이에 끼어 협공당하는 건가? 그때까지 버틴다면 말이지만. 아니지, 아니야. 생각하지 마. 마음을 흐트러뜨리지 말고 집중, 집중, 집중, 집중, 집중.

"—응갓…!" 킷카와가 트리의 뇌검 돌핀에 검이 맞부딪쳐 감전되었다.

"바보…!" 란타가 킷카와를 지키려고 뇌검 돌핀으로 뇌검 돌핀을 쳐냈다.

전위조의 대형이 무너지고 교단원들에게 밀릴 것 같았다. 한순간 간담이 서늘해졌으나, 이 정도는 버틸 수 있다.

"킷카와, 그대로 란타와 교대해…! 미모링, 킷카와를…!"

"—오케이…!" 킷카와는 머리를 흔들고 란타 옆으로 나섰다.

"아잇!" 미모링은 킷카와의 비스듬히 뒤에 위치를 잡고 반돌이의 창을 지팡이로 튕겨냈다.

트리는 저것 말고도 더 있었을 텐데—. 있다. 뒤로 이동했다.

"메리…!"

"읏…!" 메리는 몸을 틀어 뇌검 돌핀을 피했다.

"옴 렐 엑트 엘 벨 다슈…!"

시호루의 섀도 에코. 세 개의 그림자 엘리멘탈이 트리를 향해서 날아갔다. 비교적 근거리다. 맞는다. 아니, 트리는 미러 실드로 두 개를 막아냈다. 하지만 하나는 안면에.

세게 얻어맞은 것처럼 트리가 몸을 뒤로 젖혔다. 메리가 쇼트 스태프로 미러 실드를 찔러 더욱 물러서게 만들었다. 그러나 트리한테만 달라붙어 있을 수는 없다. 메리와 유메가 원래 두 명의 반돌이를 압박하고 있었던 것이다. 거기에 트리가 끼어들어 더욱 대처하기 힘들어졌다. 안나 씨가 참전해봤자 새 발의 피만큼도 도움이 안 될 테고 시호루에게 접근전은 무리다. 하루히로도 반돌이를 두 명 스와트로 막아내고 있다. 미모링을 물러나게 할까? 혹은 전위조를 한 겹 줄여서 그쪽으로 돌릴까? 결정해라. 바로 판단해야 한다.

"쿠자크, 뒤로…!"

"—넵…!" 쿠자크는 곧바로 물러나기 시작했다.

분명 쿠자크도 메리가 몹시 걱정되었을 것이다. 곁에 있는 편이 싸우기 편하겠지. 쿠자크가 빠져나간 구멍을 어떻게 해서 메울까? 란타는 앞의 트리에게 달라붙어 있고 킷카와도 몇 명을 담당하고 있다. 미모링은 현시점에서는 반돌이 한 명뿐인가? 그 한 명을 하루히로가 이어받고 미모링을 자유롭게 하면.

집중, 집중이다, 집중, 집중하자.

휴드라.

가깝다.

상당히 가까이 왔다. 그렇지도 않은가? 잘 모르겠다. 그래도, 가까운… 것 같은.

"우왓…!"

토키무네가 6미터급 하얀 거인의 허리 부근에 검을 쑤셔 박아 거기에 매달렸다가 내동댕이쳐지려고 했다. ―뭐하는 거야? 뭐랄까, 하얀 거인의 몸은 상당히 딱딱할 텐데 용케 검을 꽂았네…?

안 되지. 냉정하게, 냉정하게. 스와트, 스와트.

"―헤이즈(아지랑이)…!"

타다가 하단에서 비스듬하게 워 해머를 치켜 올려 하얀 거인의 왼쪽 종아리를 때렸다. 하얀 거인의 거체가 흔들렸다. 왼쪽 종아리. 그러고 보니 타다는 집요하게 저 부분을 노리고 있다. 작정한 것이다. 타다는 끝까지 6미터급 하얀 거인을 쓰러뜨릴 생각이다. 토키무네와 둘이서. 저 사람들이라면 가능성은 있다. 좀 더 시간이 있다면 정말로 둘이서 6미터급 하얀 거인을 해치워버릴지도 모른다.

그 순간. 무슨 일이 일어났는지 하루히로는 이해할 수 없었다.

아니, 그보다, 왜 그런 일이 일어난 건가? 일어날 수 있는 일인가?

눈을 의심했다.

왜냐하면 6미터급 하얀 거인의 머리가 갑자기 파열한 것이다. 마치 막대기로 강타한 수박 같았다. 수박이라면 깨져도 이상하지 않지만, 저건 하얀 거인의 머리다. 저런 식으로 터지고 사방에 내용물이 튀어나가는 건 이상하지 않아? 이상하지? 아니면 그렇게 생각하는 하루히로가 이상한 건가?

"…하아아아아아아아아아아아아아아아아아아아아아아아아?!" 타다가 외쳤다. "내 사냥감…! 누가 가로챈 거야…?!"

그렇다.

설마 자연 현상은 아닐 테니 틀림없이 누군가가 그렇게 한 것이다. 마법… 인가? 누구 짓이지?

곧바로 판명되었다.

"오오오오…?!" 란타가 펄쩍 뛰었다.

그야 놀랄 만도 하지.

트리의 목이 없다.

도끼. 도끼다. 키는 작지만 다부지다. 수염이 북슬북슬한 드워프가 뒤에서 트리에게 육박해서 도끼로 목을 친 것이다. 그럴 수가. 폰초는 벨 수 없는 것일 텐데. 저 드워프—브랑켄에게는 상관없는 건가?

"고앗핫핫하아아아아아아아…!"

브랑켄은 걸쭉한, 음산한 웃음소리를 내면서 손에 든 무시무시한 도끼로 잇달아 교단원들을 동강 냈다. 어떤 교단원도 쉽게 베어 버린다. 단순한 의문인데, 저 도끼라는 건 가벼운가? 무거워 보이는데? 브랑켄은 자기 몸보다도 큰 도끼를 어떻게 저렇게 가볍게 다루는 걸까? 엄청나게 힘이 세니까? 그런 문제인가?

브랑켄에게 눈길을 빼앗겨 깨닫는 게 늦었지만, 그뿐만이 아니었다. 조금 떨어진 곳에서 체격이 큰 여성이 대검을 휘둘러 역시 폰초의 내검성을 완전히 무시하고 교단원들을 베어버리고 있다. 저건 카요다.

잘리지도 않았는데도 교단원들이 우수수 쓰러지는, 의문의 사건도 연이어 발생했다. 도대체 뭔가 했더니 화살이었다. 그들은 화살에 외눈을 찔렸다. 화살은 어디에서? 서쪽인가? 아마도 서쪽에서다. 그쪽을 보니, 있다. 엘프 미소녀이 활을 들고 있었다. 타로다.

타로 바로 뒤에는 키가 작은 전 마법사 고호와 초 미인 마법사 미호가 유유히 서 있다. 혹시 아까 그 마법은 고호가 한 건가? 아니면 미호인가?

그리고—.

"미안하다. 늦었다."

그 남자가 걸어온다.

검을 뽑으면서, 지난 세대 최강이라 불리던, 틀림없는 전설의 사나이가.

"아우라가 장난 아니야…." 란타가 신음하듯이 말했다.

정말 그렇다.

종종 아우라가 있다는 표현을 쓰기도 하는데, 저거야말로 진짜 아우라인지도.

"아키라 씨…!" 누군가가 그의 이름을 불렀다.

"아키라 씨다…!"

"아키라 씨가 왔다…!"

"아키라 씨…!"

"우오오오! 아키라 씨…!"

"아키라 씨가 왔다아아아아아…!"

공기가 돌변했다. 아키라 씨. 아키라 씨다. 주변 일대의 공기가 아키라 씨 색으로 물들었다. 아키라 씨의 아우라 색으로!

교단원들은 브랑켄과 카요, 타로에게 일방적으로 당해서 지금은 완전히 우왕좌왕하고 있다. 어라라? 저 4미터급 하얀 거인은 어떻게 된 거지? 아키라 씨 쪽으로 가고 있는데요?

아키라 씨는 늠름한 대장부지만, 그렇다고 해도 하얀 거인과 비교하면 어른과 아이보다 더 체격 차이가 난다. 그런데도, 크네, 아키라 씨. 어째서인지 아키라 씨가 하얀 거인보다 커 보인다.

무모하다—고 하루히로는 생각했다. 하얀 거인이 어리석게도 아키라 씨에게 덤벼든 것이다.

물론 맞을 리가 없다. 아키라 씨는 팔랑팔랑 날아온 나비라도 피하는 것처럼 몸을 움직여 하얀 거인의 오른손 주먹을 피했다. 살짝 움직인 것만으로, 어떻게 된 일인지 아키라 씨는 하얀 거인의 바로 뒤까지 이동했다.

"영… 차—."

아키라 씨는 하얀 거인의 몸 위로 올라갔다. 기어 올라간 것이 아니다. 언덕길을 걷는 것 같은 요령으로 아키라 씨는 순식간에 하얀 거인의 어깨 위에 도달했다. 두 눈으로 똑똑히 봤는데도 이해할 수가 없다. 수직까지는 아니어도 상당한 급경사였다. 그것을 저렇게 올라가버리다니, 이상하지 않아…?

"편히 잠들어라."

아키라 씨는 하얀 거인의 외눈에 검을 깊이 박았다. 그것도 또한 유난히 대충 하는 것 같았다. 저항 정도는 해보라고—라고 하얀 거인에게 말하고 싶다. 말해봤자 소용없나? 이미 늦었다.

하얀 거인이 뒤로 쓰러진다.

아키라 씨는 하얀 거인의 등이 바닥에 닿기 직전에 훌쩍 뛰어 유유히 착지했다. "…어이가 없네." 토키무네가 하하—하고 정말 어이없다는 듯이 웃었다. "차원이 다르다는 거?"

그야말로 차원이 다르다.

그렇다 해도 이렇게까지 다른 건가?

"그래서, 어쨌다고…?!" 타다가 왼손 검지로 안경을 밀어 올리면서 제일 가까이에 있던 트리에게 달려가 워 해머로 내리쳤다. "나는 새로운 차원을 만들어주지…!"

트리는 몸을 지키려고 들어 올렸던 미러 실드와 함께 머리가 박살이 나 앞으로 쓰러졌다.

"야호—!" 킷카와가 펄쩍 뛰었다. "다른 차원이 아닌 새로운 차원이 오는 거야—?!"

그 말이 신호가 된—것은 절대로 아니라고 생각하지만, 의용병들의 반격이 시작되었다. 단순한 반격이 아니다. 대반격, 맹반격이다.

그야 아키라 씨, 브랑켄, 카요, 타로, 그리고 고호, 미호의 진성 전설 팀만으로도 마치 잡초를 베는 것처럼 교단원과 하얀 거인을 쓸어버리니까. 하얀 거인은 어떨지 모르지만 교단원에게는 감정 같은 것이 있는 모양이라서 놀라기도 하고 동요하기도 하는 것 같다. 교단원들은 저자세가 되었다. 거기에 아키라 씨 팀의 등장으로 용기가 생긴 의용병들이 대거로 공격한 것이다.

반돌이들의 창이 잇달아 부러졌다. 트리의 뇌검 돌핀도 다 함께 돌격하면 그리 무섭지 않다. 뇌검 돌핀은 쳐서 떨어뜨리고 미러 실드는 짓밟았다. 4미터급, 6미터급의 하얀 거인도 속속 쓰러졌다.

하루히로 일행도 교단원을 몇 명인가 해치웠다. 특히 란타와 킷카와는 신이 나서 날뛰었다. 지금까지의 악전고투는 도대체 뭐였단 말인가? 적은 이제 전혀 무섭지 않아진 건지? 흐름이라는 건 무섭다—고 하루히로는 생각하지 않을 수가 없었다. 일단 바람 방향이 바뀌면 이렇게도 모든 것이 다 급변해버린다. 그렇다면, 이 압도적인 우세에서 돌변해서 단숨에 만회하기 힘들 정도의 열세로 몰리는 경우도 있다는 뜻이다.

이걸로 괜찮은… 건가? 하루히로는 무작정 흐름에 탈 수 없는 자신을 주체하기 힘들었다. 그건 뭐, 응, 괜찮은… 거지? 나쁘지 않은 흐름에는 적극적으로 올라타야 하는 걸 테고.

"무사한 모양이구나, 하루히로."

바로 옆에 아키라 씨가 있어서 깜짝 놀랐다.

아키라 씨는 검을 칼집에 넣고서 무덤덤한 얼굴로 팔짱을 끼고 있다.

"…앗, 어, 네, 무, 무사합니다, 전원. 저희는, 말입니다만…."

"거신을 어떻게든 할 수 없을지, 소우마 팀과 여러 가지를 시험했었다."

"…그렇습니까? —그래서요?"

물어보자 아키라 씨는 살며시 고개를 가로저었다.

"시작의 언덕 바로 앞에 버티고 앉아서 거의 움직이지도 않아.

만만치 않아, 그건."

"아키라 씨 팀이어도… 그렇습니까…?"

"우리도 자네들과 같은 의용병이다. 나는 자네들보다 꽤 오래 살긴 했지만. 두 배 이상 살았으니 다소는 잘 처신하게 되는 면도 있지."

"…그런 문제인가요?"

"물론이다."

아키라 씨는 미소 짓고는 끄덕였다.

하지만 이 사람, 아까는 주위 일대를 압도하는 것 같은 아우라를 발산했었는데 지금은 그저 체격과 인상이 좋은 평범한 아저씨로 보인다.

물론 그럴 리는 없지만.

"나는 그저 늙은이야. 늙어서 그만 쓸데없는 참견을 하게 된다. —쿠자크 군, 좀 보고 있어."

아키라 씨는 그렇게 쿠자크에게 말하자마자 방패를 들고 검을 뽑았다.

앞으로 나가 방패로 몸의 반을 가리면서 가까이에 있던 반돌이를 검으로 비스듬히 내리쳤다. 하루히로도 안다. 성기사의 스킬인 배니시먼트(징벌의 일격)다. 하지만 아키라 씨는 굳이 검을 도중에서 멈추고 도로 넣었다. 반돌이는 얼어붙은 것처럼 몸을 움츠리고 있다.

"봤나? 이것을 몇 번이고 반복하는 동안에 이렇게 된다."

"오…." 쿠자크는 우두커니 서서 홀린 듯이 보았다.

과연 그렇구나.

아키라 씨는 다시금 아까 그 반돌이에게 배니시먼트를, 이번엔 확실히 직격을 때렸다. 아마도 배니시먼트라고 생각하긴 하는데, 전혀 다르다.

뭐랄까, 전부가 일체였다.

방패로 방어하고, 전진하고, 검을 내리친다. 그 전부가 완전히 하나의 움직임으로 녹아들어서 하나가 되었다.

아키라 씨의 검은 반돌이의 왼쪽 어깨부터 오른쪽 허리까지를 싹둑 베었다. 브랑켄도, 카요도 그렇지만, 아키라 씨네의 수준쯤 되면 벨 수 없는 폰초 같은 건 없는 모양이다.

정말 몇 번씩 반복하는 동안에 그렇게 되는 건가? 다소 믿을 수 없지만, 대충 건성으로 말해서 젊은이를 속일 만한 사람은 아니겠지.

"요는, 축적하는 것이다." 아키라 씨는 또 검을 칼집에 넣어버렸다. "경험이다. 스스로 느끼면서 쌓아 올린다. 익힌 것만으로는 기술은 기술이 아니야. 힘은 그 뒤에 있다. 그것을 실감하고 움켜잡는 방법은 역시 실전에서 반복하는 것밖에 없어."

"흐흥. 잘난 척하네."

코웃음을 치며 그런 말씀을 하시는 당신은 고호 씨 아닙니까? 초미인 마법사 미호도 있었다. 아무리 형세가 유리해도 아직 혼전 상황인데 왜 이 사람들은 자기 집 정원을 산책하는 것 같은 태도로 편안하게 구는 걸까?

"설교 따위 어울리지 않아, 아키라. 이론가도 아닌 주제에. 그래도 젊은 애들에게 말하고 싶어하는 걸 보면 나이를 먹었다는 증거인지도."

"뭐, 그렇지." 아키라 씨는 어깻짓을 했다. "나도 안다."

"아직 젊어." 미호는 키득 웃었다.

"—우호옷!" 란타는 이상한 상상이라도 한 건지도 모르겠다.

"마, 마법, 은…!" 시호루가 지팡이에 기대는 것 같은 자세로 앞으로 고꾸라질 뻔했다. "마, 마법은, 어떤가… 요…?! 뭔가, 비결 같은 게…."

"알고 싶어." 미모링이 끄덕인다.

"…그보다 말입니다—." 안나 씨는 두리번거렸다. "빈둥대도 오케이입니까?! 아직 우글우글 왁자지껄인데요—?!"

"그럼, 잠깐 일을 좀 해볼까." 고호는 시호루와 미모링을 힐끔 보았다. "하는 김에 질문에도 대답해주지. 마법은 길드에서 돈을 내고 배운 엘리멘탈 문자를 완전히 습득하는 것부터가 출발선이다. 거기부터는 자기가 하기 나름이지. —미호."

"응."

"한다."

고호와 미호가 걸어갔다. 그 뒤에 소리도 없이 아키라 씨가 따라붙었다. 만약 두 사람에게 덤벼드는 적이 있으면 곧바로 아키라 씨가 베어버리겠지.

세 사람은 잠시 후 발을 멈췄다.

그 시선 앞에는 8미터급 하얀 거인이 있었다.

고호와 미호가 나란히 지팡이 끝으로 엘리멘탈 문자 같은 것을 그리기 시작했다.

"데 헤 르 엔 바 젤 루브 다그 나 미투 라 웨 쇼 봐."

"네 붸 르 샤 라스 페 데에 게 히 미나 셰 퀘 두 일."

"…본 적… 없어." 시호루가 중얼거렸다.

확실히 하루히로도 저런 엘리멘탈 문자는 본 적이 없었고, 들어 본 적 없는 주문이었다. 시호루와 미모링이 사용하는 마법의 그것과는 발음의 느낌이 다른 것 같은…?

8미터급 하얀 거인이 그들이 있는 것을 알아차린 듯, 내려다보았다. 그러자마자 그 머리 부분이 두우우우우우우우우우우우우우우우우우우우우우…웅—하고, 높은 건지 낮은 건지 모를 이상한 소리를 내며 폭발했다.

"…한 방에." 메리는 입을 쩍 벌렸다.

"호냐아아…." 유메는 몇 번이나 눈을 깜빡거렸다.

"이렇게, 뭐, 요점은 수없이 많지만…." 고호는 빙글 몸을 돌려 예술가 같은 헤어스타일의 머리카락을 쓸어 올렸다. "신관으로 전직한 나라도 마스터하면 이 정도는 할 수 있어. 방금 것은 나 혼자서는 무리지만. 엘리멘탈을 해방시켜 다른 힘을 발휘한다. 이런 마법은 길드에서는 가르쳐주지 않아. 자기 스스로 추구하고 발견하고 향상시키는 수밖에 없는 거야. …지쳤다."

고호는 갑자기 고개를 숙이고 이마에 손을 댔다. 당장이라도 주저앉을 것 같다.

"하긴." 미호가 눈을 가늘게 뜨고 손을 입에 댄다.

"둘 다 나이를 먹었으니." 아키라 씨가 고호를 부축해주었다. "아니, 네 경우에는 몸이 약한 건 옛날부터 그랬지."

"…시끄러워. 상관 마."

"허니이이이이이이이이이…!" 카요가 피의 안개를 흩날리면서 달려온다. "왜 그래?! 괜찮아?! 허니—?! 나를 두고 죽어버리면 가만 안 둘 거야…!"

"아버지…?! 무슨 일이 있었어요? 아버지…?! 죽지 마요…!" 타로도 표정이 변해서 달려왔다.

"어이! 이 정도로 죽긴 누가 죽어…!"

고호의 호통은 머리를 파괴당한 8미터급 하얀 거인이 쓰러지는 굉음에 거의 묻혀버렸다.

현안이었던 8미터급 하얀 거인을 이토록 쉽사리 보내버리다니.

의용병들 사이에서 환성이 솟아올랐다.

"구앗하앗하앗하앗하아앗…!" 브랑켄이 무시무시한 웃음소리를 내며 도끼 끝으로 또 하나의 현안의 대상을 가리켰다. "다음은 네놈 차례다…! 각오해라…!"

하루히로는 침을 삼키려고 했으나, 입이 말라서 목구멍이 그저 무의미하게 움직일 뿐이었다.

휴드라도 뭔가 느끼는 것이 있는지 그 자리에서 움직이지 않고 다섯 개의 촉수를 꿈틀거리고 있다. 그저 꿈틀거리는 것뿐만이 아니다. 촉수를 크게 벌리고, 안 그래도 커다란 몸을 더욱 크게 보이게 하려는 것 같았다.

"자, 그럼." 아키라 씨가 고호에게서 떨어져 검을 뽑았다. "우선은 솜씨를 보도록 할까?"

아이언 너클에 버서커스, 오리온. 쟁쟁한 인물들이라고 해도 과언이 아닌 의용병들이, 움직이지 않는 건지, 움직이지 못하는 건지.

아키라 씨와 카요와 브랑켄만이 휴드라에게 다가갔다.

다섯 개의 촉수가 일제히 아키라 씨네를 공격했다. 세 개가 아키라 씨를, 카요와 브랑켄에게는 하나씩.

빠르다. 저 촉수, 저 크기에 저렇게 빠른 건가?

하루히로의 눈에는 인간이 검을 휘두르는 것 같은 속도로 보였다. 저건 피할 수 없어—순간적으로 그렇게 생각했다.

그러나 아키라 씨는 타닷—하고 두 걸음 이동한 것만으로—카요는 앞으로 쑥 전진하고 브랑켄은 옆으로 빙글 돌아서 각각 촉수를 피해버렸다.

아키라 씨는 휴드라의 오른쪽으로, 브랑켄은 왼쪽으로. 카요는 정면에서 거리를 좁히려고 했다.

휴드라가 촉수를 내민다. 촉수에 의한 공격은 두 종류인 모양이다. 휘두르는 것과 내리치는 것. 내리치는 건 그나마 피할 수도 있을 것 같지만 휘두르는 건 힘들다. 직경 2미터가 넘는, 너무나 두껍고 긴 것이 맹렬한 속도로 다가오면 도망갈 곳 따위 없지 않아? 아키라 씨네는 어떻게 피할 수 있었던 거지? 하루히로는 짐작도 할 수가 없었다. 미리 간파한 걸까? 하는 느낌도 든다. 여기까지는, 이곳에는 촉수가 닿지 않는다—는 판단을 할 수 있는 것이겠지. 아마도. 하지만 어떻게 간파할 수 있는 걸까? 의문이다. 지나치게 수수께끼다. 그런 건 오랫동안 찬찬히 관찰하고 검토를 거듭하거나 하지 않는 이상은 무리 아니야?

"세상에 극소수만 존재하는 천재가 아니면…." 고호가 하루히로의 생각을 꿰뚫어본 것처럼 말했다. "결국은 지금까지 겪은 경험이 결정한다. 처음 맞부딪친 적에 관해서는 물론 우리도 알지는 못해. 단, 지금까지 상대했던 적이라면 반드시 어딘가에 공통점, 유사점이 있다. 어디가 비슷하지? 어디가 같지? 고민할 정도라면 대처할 수 없다. 이런 때에는 어떻게 할까? 어떻게 하면 좋은 결과가 나올

확률이 높을까? 이것도 아니고 저것도 아니고—그렇게 생각하기 전에 몸이 멋대로 움직여줘야 하는 거다."

"저, 저런 것과…." 란타는 신음했다. "저런 괴물들과, 지금까지 엄청나게 싸웠던 건가? 그러니까 태연한 얼굴로 싸울 수 있다는 건가…?"

"내 느낌으로는 저건 그런대로." 고호는 자기 어깨를 주무른다. "분명 고생할 거야. 광마법을 쓸 수 없으니 아무래도 적극적으로 파고들기 힘들어질 테고."

"그렇게 남의 일처럼." 미호는 눈썹을 찡그렸으나, 그렇게 말하는 당신도 완전 여유 있어 보이는데요—라는 감상을 품을 수밖에 없었다.

"…노릴 곳이 없어." 타로는 활을 내리고 단정한 얼굴을 찌푸렸다. "큰 적은 싫어. 어머니를 엄호하고 싶은데…."

그도 보기엔 하루히로 팀보다도 젊어 보이지만, 상당한 경험을 쌓은 것이겠지. 아키라 씨네와 함께 행동하고 있으니 당연한건가?

"질문해도… 됩니까?" 쿠자크가 조심스럽게 물었다.

고호가 쿠자크를 힐끔 보더니 표정으로 말하라고 재촉했다.

"…천재가 아니면—이라고 말씀하셨는데." 쿠자크는 그야말로 하루히로도 궁금해하던 것을 물었다. "아키라 씨가 천재가 아니라는 뜻은 물론 아니겠지요…?"

브랑켄과 카요도 그렇지만, 아키라 씨는 도저히 믿기 힘든 일을 해냈다. 처음엔 공격하는 촉수를 회피하는 일에 전념했으나 지금은 그뿐만이 아니다. 피한 뒤에 검으로 베고 있다. 게다가 서서히 휴드라에게 접근하고 있지 않아? 아마도 접근하고 있다. 아니, 아마도가 아니라 확실하게 육박하려고 한다.

"아키라는 천재가 아니야."

그런데 고호는 그렇게 단언하고 나서 짓궂고 의미심장한 웃음을 흘렸다.

거짓말.

그건 지나친 저평가 아닌가…?

"그래."

그러나 미호가 곧바로 동의하는 걸 보면 그런 것도 아닌가?

"처음 만났을 무렵의 저 사람은, 정말로 어쩔 수도 없는 겁쟁이였어."

"녀석은 지금도 꽤 소심하잖아?"

"그럴지도."

"동년배 중에도 저 녀석보다 힘이 센 놈은 쌔고쌨으니까."

"카요 쪽이 훨씬 용감했었지."

"그건 지금도 변함없어."

"어머니는 세상에서 제일가는 용사고 아버지는 세상에서 제일 현자예요." 타로가 지나치게 진지해서 무서운 눈길로 단언했다. "그리고 나는 세상에서 제일 행복한 사람이야."

"정말 좋아하는구나…." 유메가 진심으로 감동한 듯이 말했다.

"당연하지!" 타로는 눈을 크게 뜨며 외쳤다. "아버지와 어머니에 대한 내 사랑은 그 무엇에도! 결코! 지지 않아…!"

"그런 건 이기고 지는 문제가 아니라고 생각하는데." 고호는 쓴웃음을 지으면서 타로의 머리를 쓰다듬었다. "—아무튼 아키라가 천재 스타일이 아니라는 것만은 분명해. 하지만 저 녀석은 살아남았다. 나와 카요, 미호, 브랑켄과 타로, 지금은 죽고 없는 동료와 친구들 덕분이기도 하지만. 천부적인 재능이 있던 전사와 성기사가 몇 명이나 떠나버리고 저 녀석은 남았다. 강했기 때문에 살아남은 것이 아니야. 무엇이 행운으로 작용한 걸까? 대충 말하자면 운이라고 해야겠지. 운이 좋은 덕분에 저 녀석은 살아남고 강해진 거다."

한두 해가 아닌 20여 년분의, 무수하다고 해도 좋을 만한 행운들이 쌓이고 또 쌓여 아키라 씨를 형성한 것이다.

얼마나 운이 좋은 거야? 단 한 번의 불운으로도 마나토와 모구조처럼 목숨을 잃었을지도 모르는 건데.

반대로 말하면, 마나토와 모구조도 그때 죽지만 않았다면 아키라 씨네 같은 의용병이 될 기회가 있었다. 실제로 마나토도, 모구조도 하루히로보다 훨씬 소질이 있었다고 생각한다. 그렇다고 해서 대성할 수 있을 거라는 법은 없다. 운이 나쁘면, 아주 잠깐 운이 나쁜 것만으로도 탈락한다. 죽어버린다.

어느 쪽이든 아키라 씨는 선택받은 인간인 것이다.

"…나는, 아니야."

아키라 씨가, 브랑켄이, 카요가 벌써 휴드라에게 밀착하려고 했다. 다섯 개의 촉수는 전혀 세 사람을 붙잡지 못한다.

―그때 이동용 촉수 네 개가 갑자기 아키라 씨네한테 공격을 감행했다.

하루히로는 허를 찔린 심정이었으나, 아키라 씨네는 예상하고 있었던 모양이다. 슥슥 촉수 밑을 빠져나가 브랑켄과 카요는 후퇴했는데―아키라 씨는 촉수 뿌리 쪽에 검을 박았다.

그것을 발판 삼아 올라간다.

아까처럼 언덕길을 뛰어올라가는 것 같은 방식이다.

촉수 위를 달려간다.

"아아" 하고 고호가 생각이 났다는 듯이 손가락을 딱 튕겼다. "딱 하나, 아키라에게는 장점이 있었다. 균형 감각이다. 그것만큼은 평균 이상이었지."

"높은 곳도 좋아했지." 미호가 키득키득 웃었다.

"바보니까." 고호는 입술 한쪽 끝을 올렸다. "—슬슬인가?"

"응. 그러네."

뭐가 슬슬이라는 거지?

촉수가 아키라 씨를 떨어뜨리려고 했다. 아키라 씨는 뛰었다. 다른 촉수를 발로 차고 또 다른 촉수로. 아키라 씨의 모습이 촉수와 촉수 너머로 사라졌다.

"괘괘괘괘괘괜찮은 건가…?!" 킷카와가 외쳤다.

휴드라가 온몸을 떨었다. 캬아아—하는 것 같은, 엄청난 소리가 솟아올랐다. 만약 키가 수십 미터인 여자가 비명을 지른다면 어쩌면 저런 느낌의 큰 소리가 울려 퍼질지도 모른다. 그 소리는 공기와 함께 휴드라의 하부에서 발생해 촉수를 부채질해서 펄럭거리게 했다.

아키라 씨가 촉수와 촉수 사이에서 굴러 내려왔다.

고호와 미호가 엘리멘탈 문자를 그리면서 주문을 영창한다.

"에아 즈 파 눼 메우 호아 라히 퀘 바 제 사이 레 크투."

"니 파우 신 즈아 와오 이키 레 부 두마 기스 쿠와 즈."

"—앗, 뜨거…?!"

하루히로는 자기도 모르게 두 손으로 얼굴을 가리고 무릎을 구부렸다. 열풍이 불어 닥친 것이다. 휘몰아쳤다—고 말하는 것이 좋을지도 모른다.

그 중심은 휴드라다.

휴드라가 불타고 있—지는 않았다. 불꽃은 솟지 않는다. 하지만 뜨겁다. 엄청난 열기가 소용돌이치며 휴드라의 촉수를 훑고 있다. 그 소용돌이는 아무래도 휴드라의 중심으로 향하고 있는 것 같다. 하루히로 일행은 어디까지나 그 여파를 맞은 것에 불과했다. 그런데도 뜨겁고, 무섭다. 어떻게 된 거야? 뭐가 어떻게 되는 거야? 이거. 여파의 흐름이 갑자기 변했다. 불어오는 것이 아니다. 빨려간다.

끌어당긴다.

"우히에에에에에에에에에에에에에에에…?!"

"이얏하아아아아아아아아아아아아아아아아아아아아아아아…?!"

란타와 킷카와. 시끄러워.

그 심정은 이해하지만.

"…꺄아아아아아아아아아아아아…?!"

"후뇨오오오오오오오오오오오오오오오오…?!"

"아아아아아아아아아아…?!"

시호루와 유메, 메리가 서로를 부둥켜안고 있다.

"—뭐야…?!" 쿠자크는 그 자리에 엎어졌다.

"왓 더 헤에에에에에에에에에에에에에에에엘…?!"

떠들어대는 안나 씨를 꽉 껴안은 미모링이 어째서인지 하루히로까지 같이 붙잡아버렸다.

"아니, 나는 괜찮으니까…!"

"만약을 위해서!"

정말로 괜찮다고나 할까, 안기면 오히려 괴로운데. 그러고 보니 토키무네나 타다는 괜찮은 건가? 그리고 이누이는 어디에?

"—웃…?!"

또 바람 방향이 바뀌었다. 이번엔 밀리는 것도, 끌리는 것도 아니다.

위에서 아래로.

뜨거운 공기 덩어리에 짓눌린다.

하루히로 일행은 그나마 머리를 감싸 쥐고 무릎을 꿇어야만 할 정도의 압박감을 느끼는 정도로 끝났으나, 중심에 있는 휴드라는 그런 정도가 아니었다.

진짜야?

휴드라가 찌그러졌다.

이동용까지 합쳐 아홉 개의 촉수가 땅바닥에 납작하게 붙어 있고, 그것들에 의해 감춰졌던 중앙 부분—본체? 인가? 아니면, 동체? 아무튼 하얗고 거대한 다육식물 같은 부위가 노출되어 있는데, 그 꼭대기가 투둑, 찌지직, 시시각각 함몰하는 것이 아닙니까? 뭐야? 이 마법. 아르부 매직? 카논 매직은 아니지? 팔츠 매직도, 다슈 매직도 아닌 것 같다. 그럼, 뭐지? 엘리멘탈을 해방시켜 다른 힘을 발휘한다, 그런 비슷한 말을 분명히 고호가 했었다. 그것이 이 초절 열풍 소용돌이 찌그러뜨리기 마법의 정체인 건가…?

이윽고 열풍이 멎었다.

하얗고 거대한 다육식물 비슷한 것은 반 정도 크기로 쪼그라든 것처럼 보인다. 여기에서는 확인할 수 없지만, 특히 한가운데 부분은 상당히 움푹 들어간 것 같다.

휴드라는 미동조차 하지 않는다.

"—죽은… 건… 가?" 란타는 엉덩방아를 찧고 반쯤 넋이 나간 상태 같았다.

"지쳤다…." 고호가 비틀거렸다.

"아버지! 업혀요!" 타로가 활과 화살 통을 옆구리로 돌리고 몸을 굽혀 고호 앞에 등을 내밀었다.

"너 말이야… 나는 아버지라고…." 고호는 불평 비슷한 말을 하면서도 타로에게 업혔다. 상당히 힘든 것 같다.

"후훗." 미소 짓는 미호는 그렇지도 않은 모양이다. 초 미인인데다가 터프하기까지? 아니면 고호가 너무 허약한 건가?

"…끝났… 다…?" 시호루는 유메에게 달라붙어 떨고 있다.

"그런가?" 유메는 시호루의 등을 어루만져준다.

"그럼 좋겠는데…." 메리도 유메와 함께 시호루의 몸을 어루만져주고 있다.

"…후오오…." 쿠자크는 놀란 얼굴을 들었다.

"이제 안전?" 미모링이 묻는다.

"무무우…?" 안나 씨는, 어째서인지 미모링의 지나칠 정도로 풍만한 가슴을 주무르면서 고개를 갸웃거렸다. 여자끼리는 그런 것도 괜찮은 건가? 별로 부럽거나 하진 않지만.

"그, 글쎄…."

하지만, 어떻게 된 걸까?

하루히로는 아무 말도 할 수 없지만, 우선 놔줬으면 좋겠다는 마음? 미모링의 가슴에 압박감을 느끼면서 그 뜻을 말하기도 전에, 조금 떨어진 곳에서 타다가 절규했다.

"농담이 아니라고, 까불지 마…! 이런 걸로 끝내면 어떻게 해…! 나는 아직 아무것도 하지 않았다…! 뒈지지 말고 냉큼 되살아나…!"

캬아아아…!

"꺄아아아아아아아아아아아아아아아아아아아아아아아!"

미모링이 웬일로 비명을 지르며 하루히로와 안나 씨를 꽉 껴안았다. 몸이 조여 숨을 쉴 수가 없다. 사람 살려. 하지만 뭐, 깜짝 놀라는 것도 무리는 아니다. 하루히로도 놀랐다. 죽은 건가 싶었던 휴드라의 하얗고 거대한 다육식물 같은 부위 밑에서 갑자기 또다시 소리가 솟구쳐 올라온 것이다. 그것도 첫 번째보다도 크고 격렬한 소리였다. 그러더니 촉수가 발작을 하기 시작했다. 아키라 씨와 브랑켄, 카요가 후퇴한다. 그야 그렇겠지. 보기에도 위험해 보이잖아? 그들 외의 의용병은 하루히로네와 마찬가지로 패닉 상태가 되었다.

"하하하하하하하하하…!" 타다는 크게 기뻐하는 것 같지만. "그래야지! 그래야 돼! 좀 더 나를 즐겁게 해다오…!"

"좋—았어! 이제부터 제2라운드다…!" 토키무네도 기쁜 모양이다.

바보 아니야…?

"콰 도 로우 오 스 에크 뤠 라아 봐 레."

그 와중에 미호가 마법을 발동시켰다.

색으로 말하자면 보라색. 보라색 불꽃인지, 벼락인지 구별이 안 가는 것이 찢어지는 것 같은 소리를 내며 거대하고 하얀 거대 다육식물 같은 부위에 작렬했다. 끊어지고 찢어지고 하더니 무슨 점액 같은 것이 흩어지기도 했고, 휴드라는 부르르 경련했으나, 그것뿐이라고 하면 그뿐이었다. 그래도 미호는 고집이 있었다. 물러서기는커녕 앞으로 전진했다.

"아 롸 데 무오 스 뷔 과 파 레 투 키아."

이번엔 거무스름한 녹색이었다. 암녹색의 빛이 잇달아 번쩍이더니 거대하고 하얀 다육식물 같은 부위를 때렸다. 관통한다. 휘젓는다. 촉수가 몸부림친다. 휴드라는 그르릉 신음하더니 점액이 질척질척—.

"타 투 롸 화 예크 니에 셰 라 스토아 류 쿠에 와나."

어? 더? 공격하는 거야? 하는 겁니까…?

핑크색 점이 희고 거대한 다육식물 같은 부위 바로 위에 생겨났다. 그것이 떨어진다. 시시…. 뭐야? 이 소리? 뭡니까? 알 수 없지만, 아무래도 핑크색 점이 거대하고 하얀 다육식물 같은 부분과 접촉한 곳이 그 소리의 원천인 모양이다. 애초에 핑크색 점이란 게 뭐야? 커진다. 그 핑크색 점이. 이제 점이 아니다. 구가 된다. 점점 커진다.

촉수가 부르르, 부르르, 부르르. 끝자락이 철썩철썩, 철썩철썩 바닥을 때리고 있다. 마치, 타임, 타임—잠깐, 진짜로, 진짜, 진짜 좀 기다려봐, 기다려줘, 기다려—라고 일시 중단을 요구하는 것 같다. 물론 기다려주지는 않는다. 중단 같은 건 있을 수 없다. 핑크색 구체가 하얗고 거대한 다육식물 같은 부위를 깎는다. 녹이는 것처럼 깎아버린다.

핑크색 구체는 마침내 거대하고 하얀 다육식물 같은 부위 안으로 쏙 돌입해서 보이지 않게 되었다.

아홉 개의 촉수가 축 늘어졌다.

거대하고 하얀 다육식물 같은 부위도 축 늘어진 것처럼 보인다.

미호는 발을 멈추고 한숨을 쉬었다.

그리고 피식 웃었다.

"끈질기고 건방지기에 벌을 좀 줬어."

하루히로는 오싹해져서 자기도 모르게 미모링에게 달라붙었다.

—초 S입니까…?

"그러—니—까아아아아앗!" 타다가 미호에게 고개를 돌리고 소리쳤다. "이제야 해보려고 했는데 쓸데없는 짓을…!"

"어머나, 미안."

"미안으로 끝날 줄 알아…! 무엇보다—음…?!"

…우아.

이제 일일이 놀라다간 한이 없겠다. 그래도 역시 놀라게 된다.

갑자기 휴드라의 촉수에 힘이 차 올랐다. 아홉 개의 촉수로 바닥을 밀며 휴드라는 뛰었다.

점프다.

오호, 점프할 수 있구나…?!

"이런…! 물러나…!"

절박한 아키라 씨의 목소리를 들은 것은 이번이 처음이다. 아키라 씨도, 브랑켄도, 카요도, 그리고 미호도, 고호를 업은 타로도, 도망치려고 마음먹자 한 치의 망설임도 없었다. 정신이 멍해질 정도로 근사한 스피드다.

휴드라는 뛴다. 펄쩍 뛰고 촉수를 휘두른다.

토키무네와 타다도 뒷걸음질을 쳤다.

"미모링, 놔줘…!" 하루히로는 미모링의 구속을 뿌리치려고 했다. "서서서서서, 서둘러. 도망쳐야 해…!"

"그렇지요…?!"

"흠." 미모링은 안나 씨만 안아 들고 두다다다 달리기 시작했다.

다른 사람들도 도망친다. 앞을 다투어 도망친다. 아무튼 휴드라에게서 떨어져야 해.

아니, 말도 안 돼. 저건 아니다. 하루히로는 언어화할 수 없는 심정을 머릿속에서 내뱉으면서 다리를 계속 움직였다. 란타, 메리, 쿠자크, 유메, 시호루. 전원 무사하다. 킷카와와 토키무네, 타다도. 이누이는 여전히 행방불명이지만, 알 게 뭐야. 아이언 너클, 버서커스, 오리온은 어떻게 되었지? 뿔뿔이 흩어진 것 같은데? 하루히로는 일단 아키라 씨네를 쫓아가고 있다. 이걸로 되는 건가? 안 되나? 모르겠다. 판단을 할 수가 없다.

갑자기 휴드라가 펄쩍펄쩍 뛰기를 멈췄다.

온다.

아홉 개 전부의 촉수로 철썩철썩 바닥을 때리며, 그 지나칠 정도로 맹렬한 기세로 돌진한다.

"우와와와와와와와와와와와와와와…?!"

위험하지 않아? 위험한 거지? 어라? 실패? 잘못한 거야? 왠지,

휴드라, 이쪽으로 오잖아. 혹시나 아키라 씨네를 노리는 거야? 그렇다면 아키라 씨네한테서 떨어져야 하는 것? 인지도…?

"데 헤 르 엔 바 제아 르부 아 투 라…!"

고호가 타로에게 업힌 채로 돌아보며 엘리멘탈 문자 비슷한 것을 그리면서 주문을 읊었다.

콰아아아아아아아아아아아아아아아앙…. 휴드라 바로 밑에서 폭발이 일어나 대량의 잡초며 모래가 휘말려 올라갔다.

휴드라의 자세가 무너졌다. 마법 때문에 발밑이 엉망진창이 된 탓이다. 이틈에 조금이라도 거리를 벌려야 해. 하지만 거리를 벌린 후엔 어떻게 하지? 어떻게 되나? 조만간 따라잡히는 것 아닌가? 따라잡히면, 어떻게 하지?

아무튼 무작정 전력 질주다.

휴드라가 노리는 것이 아키라 씨 팀이라면, 좀 그렇지만.

뭐랄까, 해볼 만하다고나 할까, 내 몸의 안전을 생각한다면 취해야 할 방법은 하나밖에 없다고나 할까.

까놓고 말해서, 아키라 씨 팀은 따라가지 않는 편이 좋다. 현 상황에서 하루히로네는 아키라 씨네와 휴드라를 잇는 직선상에 위치하는데, 여기에서 벗어나야 한다. 방향을 전환해서 아키라 씨네와 달리 행동하는 편이 좋겠지.

좀 찜찜하긴 하지만.

게다가 아키라 씨네가 표적이라고 정해진 것도 아니다. 그게 아니라면? 아키라 씨네한테서 떨어지자마자 이쪽으로 온다면 눈도 마주칠 수 없다. 아키라 씨네한테 도움을 청할 수도 없으니 그걸로 끝이다.

그렇긴 해도, 휴드라는 아마도 아키라 씨네를 노리는 거겠지—라고 생각한다.

도박을 해볼까?

그리 승산이 없는 승부는 아닌 것 같은 느낌도 들지만, 좀처럼 실행할 용기가 없다. 결단을 내리려면 빨리 하는 게 좋을 것 같은데. 우유부단하다. 싫어진다. 결국 아키라 씨네가 어떻게 해주지 않을까? 그런 생각이 있다거나 한 거야? 털끝만큼도 없다고는 말할 수 없다. 남한테 기대기만 하잖아. 문제라고 생각해. 그래도 괜찮은 거야? 괜찮다고는 말할 수 없을 것 같은…?

망설이면서도 열심히 다리를 움직이고 있노라니 뭔가가 스쳐 지나갔다.

"엇…?"

스쳐—지나갔어?

그렇다. 틀림없다.

앞쪽에서 뭔가가 달려와서 하루히로 바로 옆을 지나갔다.

하루히로는 돌아보았다.

그 뭔가는 검은 갑옷을 입었다. 딱 달라붙고, 가벼워 보이고, 색깔은 검은데 여기저기에서 흘러나오는 저 오렌지색 빛은 도대체 뭐지? 어떻게 만들어진 거지? 허리에 작고 흰 검이랄까, 칼을 차고 등에는 상당히 긴 칼을 짊어지고 있다. 등에 진 칼 손잡이에 손을 대고 그 인물은 오로지 달린다.

휴드라를 향해서 똑바로 질주한다.

"소우마…."

그만 함부로 이름을 부르고 말았다.

하루히로는 자기도 모르게 멈춰 섰다.

소우마.

—소우마다.

휴드라는 이쪽으로 돌진해 다가오고 소우마는 저쪽으로 달려가는 거니까, 어떻게 해도 둘은 부딪친다.

괜찮은… 건가?

걱정하지 않았다면 거짓말이 되지만, 어째서인지 소우마가 당할 것이라는 생각은 전혀 들지 않았다.

휴드라가 촉수로 거체를 들어 올려 소우마에게 덤벼들었다.

소우마는 멈추지 않는다. 속도를 늦추지도 않는다.

칼을 뽑았다.

거기까지는 보였다. 그런데 뭘 어떻게 한 건가?

하루히로는 눈을 크게 뜨고 제대로, 똑똑히 보고 있었는데도 알 수 없었다.

그저 휴드라의 촉수 두 개가 잘려 날아가 허공에서 춤을 췄다.

휴드라는 땅울림을 내며 착지하고—소우마는 어떻게 되었나?

그제야 불안감이 엄습했다. 짓눌린 건 아니겠지…?

휴드라는 촉수를 꿈틀거려 방향을 바꾸려고 했다. 그렇다는 건, 소우마는 그쪽에 있는 건가? 휴드라 밑으로 빠져나갔다거나…?

확신을 가질 수 없어 가슴을 졸이고 있노라니 휴드라가 왼쪽 방향으로 펄쩍 뛰었다.

있다.

소우마다.

칼을 흔들고 있다. 길다. 저 칼. 등에 지고 있을 때보다 훨씬, 유난히 길게 보이는 것은 어째서인가?

아무튼 소우마의 공격이 휴드라를 겁먹게 만들었다. 저렇게 큰 생물한테 일대일로 백병전을 감행해서 몰아붙이고 있다니.

이상해.

이상하다고.

어떻게 된 거야…?

"봐라. 천재라는 건 말이지…."

정신이 들고 보니 타로에게 업힌 고호가 옆에 있었다.

"저런 녀석을 말하는 거다. 저 녀석의 커리어는 우리의 5분의 1 정도밖에 안 돼. 그런데도 저거다. 재능이라는 것은 생각할수록 잔혹하고 무시무시한 거다."

대단하다—고는 생각했었다. 평판뿐만이 아니다. 소우마가 목숨을 구해준 적도 있다. 최강이란 이름은 허울이 아니다. 알고 있었다. 알고 있다고 생각했다. 그러나 알고 있던 것이 아니었을 것이다.

저 칼도 특별한 건지도 모른다. 갑옷도 상식을 초월한 힘을 감추고 있을 것 같다. 그렇긴 해도 소우마 본인은 살아 있는 인간인 것이다. 아마도 그럴 것이다.

정말로 같은 인간일까? 믿을 수가 없다.

소우마는 칼 한 자루로 휴드라를 물러서게 만들었다. 직경 2미터가 넘는 촉수를 어떻게 해서 베어버리는 걸까? 짐작도 못 하겠다. 보통으로 생각하면 무리다. 그런데 소우마는 그것을 해낸다. 하루히로가 환상을 보고 있는 건 아닌 것 같으니 현실이겠지. 현실이 하루히로의 이해를, 상상을 초월했다. 뭐랄까, 상상할 수도 없

잖아, 저런 건. 예를 들어, 내가 언젠가 칼을 휘둘러 2층집보다도 더 큰 괴물을 해치우게끔 되고 싶다고 말하면 확실하게 비웃음을 살 것이다. 하루히로도 당연히 그런 말을 지껄이는 녀석이 주위에 있다면 바보네—라고 생각할 것이다.

바보 같은, 꿈같은 일을 실현시켜버리는 소우마 같은 사람이야말로 틀림없는 천재인 건가?

확실히 잔혹하다. 이 차이를 메울 수는 없고, 뛰어넘을 수도 없다. 천지차이다. 비교하는 것이 애초에 잘못이다.

너무나 다르다.

떠오른 그런 감상까지도 너무나 평범해서, 차라리 꺼져버리고 싶다. 원래부터 하루히로는 평범함을 자인하고 있고, 전혀 분하지는 않지만, 그래도 허탈해진다. 만약 자신을 비범한 인물이라고 생각하고 있고 톱을 목표로 하고 있었다면, 충격이 너무 커서 제대로 서 있을 수도 없었을지도 모른다.

자타 공인 평범한 사람이라서 다행이다. 덕분에 무력감에 시달리는 정도로 끝났다.

"소우마…!"

—이렇게 외치며, 인간과는 다른, 우아하고 아름다운 생물이 하루히로 옆을 빠져나갔다. 인간과 다른 것도 당연하다. 인간이 아니다.

그녀는 엘프다. 타로도 빼어난 미소녀인 것을 보면 엘프는 미형일 수밖에 없는 종족인 걸까? 그렇다고 해도 그녀의 아름다움은 독보적이다. 저 흰 피부는 반칙이다. 은발이고. 눈동자의 빛 같은 건 완전히 보석이고. 체형이랄까, 골격과 근육이 붙은 방식부터 애초에 인간과는 다른 것이겠지. 머리는 요만———한 정도로 작고. 달리는 방식까지 다른 생물이다. 인간보다 훨씬 가볍고, 지면을 박차고 나아간다기보다 지면 위를 미끄러지는 것 같다.

"또 혼자서 먼저 가고…!"

리리야는 그녀에게 어울리는 가느다란 검을 뽑더니 휴드라에게 정면으로 돌진했다.

검무사. 그야말로 무도다. 리리야는 촉수와 촉수 사이를 빙글빙글 돌면서 검을 춤추게 한다. 검 그 자체로 벤다기보다, 신체와 검의 움직임으로 베고 있는 건가? 소우마처럼 촉수를 베어 날릴 수는 없어도 리리야를 공격하는 촉수는 반드시 다친다. 그녀에게 닿는 일은 물론 가능할 리가 없다. 그녀는 그 무엇도 접근시키지 않는다.

숨을 멈추고, 화려하면서도 처절한 엘프의 검기에 사로잡혀 보고 있노라니 누군가가 "하아아…" 하고 하품 같은 한숨을 내쉬었다.

소리가 난 쪽을 보니 드레드 헤어의 덩치 큰 남자가 흔들흔들, 하지만 엄청나게 보폭이 큰 발걸음으로 하루히로 옆을 지나갔다.

케무리도 아키라 씨와 토키무네, 쿠자크와 같은 성기사다. 당연히 방패를 짊어지고는 있는데, 그보다도 비스듬히 찬 길고 거대한 검이 눈길을 끈다.

두 손으로 천천히 그 검을 뽑으면서 케무리는 휴드라에게 다가갔다.

아무리 그래도 너무 거만한 것 아니야…?

촉수 하나가 케무리를 표적으로 삼았다.

비스듬히 위에서, 휘둘렀다고나 할까, 내리쳤다.

"영…."

케무리는 피하지 않는다. 촉수에 검을 맞댄다.

"차…!"

검과 충돌해서 촉수가 찢어졌다. 그런 게 어디 있어? 직경 2미터가 넘는 촉수를 힘으로 이기다니.

"저런 일을 하고도 용케 허리를 안 다치네." 아키라 씨는 멀리서 구경하는 태세로 접어들어 턱을 쓰다듬고 있다.

그런 문제…?

"당신은 요통이 있으니까요." 미호가 아키라 씨의 허리를 문질렀다.

"흥! 나도 저 정도는…!" 브랑켄도 커다란 도끼를 어깨에 걸치고는 잠시 쉬겠다는 태도다.

"나는 사양할래." 카요는 타로에게 다가가더니 아들에게서 남편을 재빨리 낚아채 공주님처럼 안아 들었다. "수고했어요. 마법을 잔뜩 사용해서 지쳤지? 허니?"

"…그렇지도 않고, 이렇게 안는 건 하지 마."

"그 나이에 부끄러울 게 뭐가 있어?"

"이 나이니까 더 창피한 거다. 내려놔."

"싫—어."

"젠장…!"

보고 있는 사람이 부끄러워질 정도로 금슬 좋은 부부를 엘프 아들이 그야말로 행복한 듯한 웃음을 띠고서 바라보고 있다.

"어머, 시마." 미호가 눈길을 향한 쪽으로 시선을 옮겨보니, 요염한 누님이 사뿐사뿐 걸어왔다.

"안녕하세요." 시마는 웃는 얼굴로 고개를 숙였다. "상황은 어떤

가요?"

"생각했던 것보다 만만치 않아." 아키라 씨가 살짝 고개를 갸웃거렸다. "급소를 찔러 단숨에—는 끝나지 않을 것 같다. 조금씩 깎아내는 수밖에 없을 것 같아. 핑고 군은?"

"거신에게 달라붙어 있어요. 젠마이도 휴드라를 유도할 수 없게 되어 되돌아온 후에는 핑고와 함께예요."

"라라와 노노는 도망쳤나?"

"글쎄요. 그 두 사람의 행동은 예측을 할 수 없으니까."

"우선 휴드라를 처리해볼까."

"만에 하나, 무슨 일이 생기면 제가 고쳐드리지요. 그럴 일은 없겠지만."

"아니야, 의지하고 있어. 그야 나이를 먹었으니까. 실수를 하는 경우도 있어."

"무슨 그런 농담을."

"진짜야. —브랑켄, 카요, 한바탕 더 뛰자."

"좋지." 브랑켄이 눈을 번쩍번쩍 빛내며 수염을 훑었다.

"허니, 기다리고 있어." 카요는 고호를 내려놓더니 천천히 두 팔을 돌렸다.

"나도 거들게요!" 타로는 활을 들었다.

아, 하는구나. 하긴 뭐. 소우마와 리리야와 케무리 세 사람이서 해치워버릴 것 같은 기세이고. 하루히로네가 끼어들 상황은 없을 것 같으니 관전 모드로 끝까지 함께 있으면 되겠지—라고나 할까, 그 이상의 일은 할 수 있을 것 같지 않다.

"녀석들보다 훨씬 많이 없애버리자구, 토키무네."

"해볼까나? 타다!"

타다와 토키무네는 의욕이 충만한 모양이고, 아이언 너클과 버서커스, 오리온도 지금은 역습으로 전환할 타이밍이라는 기척을 풍기고 있지만, 하루히로는 끌려갈 생각은 털끝만큼도 없었다.

"조, 조, 조, 조, 좋았어, 그럼 나도…!"

그런데도 란타가 떨리는 목소리로 그런 말을 꺼냈다. 할 수 없네.

"해, 마음껏 해. 하고 와."

"—이런, 안 말리냐? 졸린 눈을 하고 자빠져서는!"

"눈은 상관없잖아…."

"완전히 상관있다, 멍청아! 기분이 나쁘다고, 그 눈!"

"아키라 씨네, 가버리는데?"

"우옷, 진짜네…! 늦었다! 아니—늦어버렸네—. 안타깝지만 늦어버렸어. 이거야 어쩔 수 없네. 전부 파루피로 탓이다!"

"내 탓이냐…?"

정말로 너 한 번 휴드라에게 돌격해보고 오라고 생각하면서 하루히로는 주변을 둘러보았다. 휴드라와 싸우는 것은 단연코 무리지만, 교단원과 하얀 거인도 또 올지도 모른다. 필요에 따라서는 그쪽이라면 얼마든지 맡아줄 수 있다.

그렇다. 정신을 차리자. 평범한 사람은 평범한 나름대로 할 수 있는 일을 한다. 그걸로 좋다. 뭐랄까, 그것밖에 없다. 평범하지만 썩어빠지지는 않았거든. 그야, 썩거나 하면 평범한 사람 이하가 되어버린다.

"…어라? 그런데—어…? 잠깐… 유메?"

"호냐아?"

"있잖아, 저쪽…." 하루히로는 남쪽을 가리켰다. "뭔지, 그러니까, 내 기분 탓인지도 모르지만…."

"후앙? 후유—. 뭔가 있네. 확실치는 않지만, 휴드라인가?"

"그렇지? 그렇게 보이…." 하루히로는 당황해서 눈을 부릅떴다. "보, 보이지?! 휴, 휴, 휴드라 같지…?! 역시…?!"

"다른…?!" 메리의 얼굴이 긴장했다.

"…말도 안 돼…." 시호루는 덜덜 떨고 있다.

"어…? 위험하지 않아…?" 쿠자크는 피로 때문인지 다른 때보다도 더 자세가 나쁘다.

"또… 또…." 안나 씨는 미모링의 팔에 안긴 채로 손을 눈 위에 차양처럼 대고 먼 곳을 보았다. "—왓 더 퍽…! 노 웨이…!"

"어이, 어이, 어이, 어이, 어이, 어이, 어어—이!" 란타는 하루히로에게 뇌검 돌핀 끝을 들이댔다. "모든 게 다 너 때문이야…! 네 잘못이야…!"

"어째서?" 미모링이 억양 없는 목소리로 말하며 란타의 뒤통수를 지팡이로 때렸다.

"끅…." 란타는 쪼그리고 앉았다.

"이야—!" 킷카와는 어째서인지 익살을 떤다. "난감하네, 이건! 아무리 나님이라도 난감틱! 난감틱이 뭘까?! 그런 느낌—?!"

"흠…." 고호는 생각하는 얼굴이다.

"난처하네." 미호의 말투가 그다지 심각성이 없는 것처럼 들리는 것은 그녀가 지나치게 미인이기 때문일까? 그건 상관없나?

"더 있었네." 눈썹을 찡그린 시마는, 뭐랄까, 한마디로 말하자면 요염 그 자체다.

—그보다, 왜 이 사람들은 이렇게 느긋하게 행동하는 거야? 경험 덕분? 이 정도의 위기는 아무것도 아니야? 어차피 자기들은 괜찮다고 생각한다거나…?

"아, 아, 아키라 씨…!"

하루히로는 달려갔다. 아키라 씨는 이미 휴드라를 공격하려 하고 있었다. 그래도 금방 하루히로가 온 것을 알아차리고 돌아보았다.

"왜 그래? 하루히로 군."

"크, 큰일입니다! 휴드라가…!" 하루히로는 다시 한 번 남쪽을 보고, 그리고 동쪽과 서쪽으로도 시선을 옮겼다.

말문이 막혀버릴 것 같았다.

아니, 아니, 말문이 막혀 있을 때가 아니라고, 이건.

남쪽뿐만이 아니다. 동쪽과 서쪽도 보길 잘했다. 잘한 건가? 뭐라 판단하기 힘들다. 단, 사실은 사실이다.

"더더더더, 더 옵니다…! 하나, 둘, 셋—세 마리?! 정도…!"

"뭐라고?"

천하의 아키라 씨도 놀란 모양이지만, 간담이 서늘해지는 정도까지는 아닌 모양이다. 휙 주위로 시선을 옮기더니 검을 높이 치켜들었다.

"미호, 고호! 계속해서 상황을 알려줘. —실력에 자신 있는 의용병들이여! 소우마와 내 뒤를 따르라…! 늦지 마라! 승리는 쟁취하는 자의 손에 있는 것이다…!"

전설의 사나이가 부추기자 의용병들이 일제히 포효했다. —어?

그걸로 된 거야…?

하루히로는 이번에야말로 말문이 막혀 멍하니 서 있었다.

아니, 뭐… 아키라 씨가 그렇게 말한다면? 옳은 것—이겠지. 분명.

최초의 휴드라는 소우마네한테 공격당해 이제 멀쩡한 촉수는 세 개밖에 없다. 그 세 개의 촉수를 구사해서 펄쩍 뛰고 도망쳐 다니고 있다. 나머지 촉수를 베어버리면 그마저도 할 수 없게 되겠지. 저 휴드라는 머잖아 잠재울 수 있다. 새로운 휴드라가 와도 마찬가지다. 한 마리? 마리로 세기에는 지나치게 크긴 하지만, 한 마리씩 해치우면 된다. 아키라 씨는 자신이 있는 것이겠지. 소우마네가 있으면 해치울 수 있다. 그런 계산으로 결단을 내린 것이 틀림없다.

하루히로는 손등으로 입가를 문지르면서 둘러보았다. 휴드라. 남쪽에서 한 마리, 동쪽에서 한 마리, 남서쪽에서도 한 마리. 보이는 범위에는 세 마리인가? 단, 더 없다고는 단언할 수 없다. 게다가 예상대로라고나 할까, 휴드라뿐만이 아니었다. 하얀 거인의 모습도 보인다. 교단원들도. 그 일부는 머지않아 의용병들에게 공격당하겠지.

이용할 생각인가… 갑자기 하루히로는 생각했다.

휴드라는 소우마 팀과 아키라 씨 팀이 쓰러뜨릴 수 있다. 다른 의용병들의 힘은 필요 없다. 그런데도 아키라 씨는 그들을 선동해서 이 자리에 머물러 있게 했다. 휴드라 이외의 잡어가 섞여 있으면 번거롭다. 그들에게 잡어를 상대하게 하기 위해서—라거나…?

아니야, 아니다. 아키라 씨는 그런 사람이 아닌—것 같다.

아키라 씨는 위대하고 좋은 사람이다. 남을 버리는 패로 이용하는 짓은 하지 않는다. 그야 도량이 있고 배려심이 있는 인격자고, 분명 완벽한 사람이니까—정말로…?

옛날에는 겁쟁이였다—고 미호가 말했다. 그렇게는 전혀 보이지 않지만.

아키라 씨는 착해 보인다. 강하고, 믿음직하고, 무슨 일이 있어도 지켜주는, 예를 들면 아빠 같은—. 하지만 정말로 그럴까?

아키라 씨는 천재 타입은 아니었다. 더 재능 있는 사람은 있었는데, 다들 죽었다. 살아남아서 아키라 씨는 강해졌다. 그렇게 고호가 말했다. 아키라 씨는 어떻게 해서 살아남은 건가? 때로는 가혹한, 혹은 냉철한 결단을 내린 적도 있었던 것 아닐까? 그게 가능한 사람이니까 살아남아서 강해진 것 아닐까…?

하루히로는 발길을 돌려 가급적 아무렇지도 않은 것처럼 고호에게 물었다.

"…어느 정도 피해가 생길까요?"

"너, 그런 타입이냐?" 고호는 한쪽 눈썹을 치켜 올렸다. "좀 의외네."

"무슨 뜻입니까?"

"이러니저러니 해도 정에 휩쓸리는 녀석일 거라고 생각했었다. 잘 모르니까, 인상만으로. 침착하고 손익을 계산하려고 하는 걸 보니 의외로 지휘관에 맞는 것 같아."

"…아직 질문의 답을 듣지 못했는데요."

"운이야." 고호는 검지를 돌려 보였다. "운이 나쁘면 우리도 죽는다. 그런 거다. 몇 명이 죽을지 그런 걸 알 수 있을 리가 없지. 물론 이런 곳에서 뒈질 생각은 나한테는 없지만. 너도 살아남고 싶으면 우리 옆에 붙어 있어."

"안 됩니다, 그건."

"엉?"

"안 됩니다."

하루히로는 한 번 숨을 쉬었다. 머리에 피가 솟구칠 것 같다. 감정적이 되지 마. 화가 난 것이 아니다. 단지, 그건 아니야—라고 하루히로는 생각하는 것이다.

"운이 좋아서 살아남았다는 건 결과론이지요. 실제로는 여러 가지 요소가 있는 것 아닙니까? 누군가에게 버리는 패로 이용당하는 것도 운인가요? 저는 그렇지 않다고 생각합니다. 저도 지금까지 오면서, 죽지 않은 것은 그 녀석 덕분이라거나, 그때 이랬다면 위험했었을 거라거나 그런 일은 있었습니다. 운이 아닙니다. 누군가의, 뭔가의 덕분입니다."

"그래서, 뭐냐?" 고호는 희미한 웃음을 띤다. "무슨 말을 하고 싶어?"

"…뭐랄까, 이런 거, 말로는 잘 표현하지 못하겠지만."

"요점을 말해. 나는 빙빙 둘러말하는 걸 싫어한다."

"그, 그러니까—가급적 사람을 죽게 하지 않는 방법은 없을까 하고. 그야 강한 사람은 살아남을지도 모르죠. 살아남은 사람이 강하다는 뜻인지도 모릅니다. 하지만 약해도 운이 나빠도 사람은 살아 있는 것 아닙니까?"

"왜 우리가 그 약하고 운 나쁜 놈들을 돌봐줘야 하지?"

"돌봐줘야 하는 건 아니지만…."

"당연하지. 우리는 독지가도, 자선 사업가도 아니야."

"그, 그래도 할 수 있는 만큼은 해주십시오."

"무엇 때문에?"

"왜냐하면, 죽으면 끝이잖습니까."

하루히로는 입술을 깨물고 고개를 저었다. 좀 더 머리가 좋았다면 논리정연하게 고호를 설득할 수 있었을까? 아니면 하루히로의 생각이 애초에 잘못된 것일까?

"죽으면 아무것도 없어지죠. 적어도 그 사람에게는 모든 가능성이 거기에서 닫혀버리는 것 아닙니까? 그러니까 가급적 죽게 하지 않도록 하고 싶다는 것, 그게 그렇게 이상합니까? 다른 방법이 없다면 어쩔 수 없지만, 뭔가 방법이 있다면 해야 한다고 생각합니다. 자기와 관계없는 사람들을 이용하고 버려도 된다는 발상은 안이하지 않습니까?"

"굳이 험난한 길을 선택하라고?"

"저는 그러는 편이 좋다고 생각합니다."

"젊네." 시마가 킥킥 웃었다. "싫지 않아, 그런 것."

"하지만 하루히로 군." 미호는 하루히로를 빤히 보았다. "네가 뭘 할 수 있어? 희생자가 나오게 만들고 싶지 않다, 그건 좋지만, 그러기 위해서 할 수 있는 일은?"

"아니, 그게…."

묘하게 박력 있는 눈빛이다. 하루히로는 고개를 숙여버릴 것 같았으나, 간신히 참았다. 눈을 치켜뜨고 간신히 미호의 시선을 계속 받았다. 고작 그것만이 겨우 할 수 있는 일이었다.

"—없… 습니다. 딱히. 있다면 이미 했을 거라고나 할까. 그래서 우선 고호 씨한테 부탁하고 있는 건데요."

"어머나." 미호는 살짝 눈을 감았다.

"어이없는 놈이군." 고호는 얼굴을 찡그리고 어깻짓을 했다. "솔직함이 미덕이라고는 조금도 생각하지 않지만, 언제부터인지 우리도 많이 닳긴 했어. 가끔씩은 초심으로 돌아가는 것도 좋겠지."

"소우마의 감이 정확했던 건지도."

시마가 수수께끼의 말을 하면서 몸을 기대온다.

뭔지 유난히 좋은 냄새가 났다.

—그보다, 너무 다가온 것 아닙니까…?

"우리는 원래 세계로 돌아갈 방법을 찾고 있어."

숨결 같은 속삭임이었다.

하루히로는 자기도 모르게 귀를 손으로 가리며 뒷걸음질을 쳤다.

"…네? 원래—돌아간다니…?"

"지금은 잊어버려." 시마는 앞으로 내민 입술에 검지를 댔다. "그 이야기는 다음에 다시. 먼저 이 상황을 타개해야지?"

"네가 말을 꺼냈으니까." 고호는 하루히로의 이마를 손가락으로 튕겼다. "아무것도 할 수 없더라도 혼자 살겠다고 도망쳤다간 가만 안 둔다. 끝까지 같이 있어. 적어도 그 정도는 해내봐."

"네…."

곧바로 긍정하려고 하다가 퍼뜩 깨달았다. 이것은 하루히로 한 사람의 문제가 아니다. 동료가 있으니까. 하루히로는 파티의 리더인 것이다.

돌아보니 란타가 "쳇" 하고 씁쓸한 얼굴을 했다.

"네가 말 안 했으면 내가 똑같은 말을 하려고 했단 말이다. 멍청아."

“분—명히 거짓말이야.” 유메는 한쪽 볼이 불룩 튀어나왔다.

“나는 따라가기로 정했으니까.” 쿠자크는 이젠 키가 너무 큰 충견 같다.

“나도.” 메리는 미소 지으며 끄덕였다.

“…그걸로, 좋다고 생각해.” 시호루도 어색하지만 웃어주었다.

“그럼, 그럼—우리는…?!” 킷카와는 미모링과 안나 씨를 보고 나서 두리번거렸다. “어라라라라—?! 이누잇치는 어디—?!”

“그 멍청이 돌망치는 한참 전부터 없었잖습니까—?!”

“진짜로?! 나님은 전혀 눈치 못 챘었어—. 뭐, 됐어! 살아 있겠지! 그럼 우리는 토키무네 씨한테 달린 건가?”

“바라던 바는 아니지만.” 미모링이 끄덕—고개를 끄덕였다.

“참 내. 성가시군.”

고호는 하루히로 일행을 훑어보았다. 진저리치는 것 같은 표정을 띠면서도 왠지 눈은 아까까지보다 훨씬 생생하게 빛나는 것 같았다.

“너희는 당분간은 나와 미호, 시마의 호위역이다. 우리한테서 떨어지지 말고 내 지시에 따라. 가시밭길을 걷는다는 것이 어떤 것인지 가르쳐주지. —앞으로 피해를 극력 줄이면서 후퇴. 거신을 어떻게든 빠져나가서 더스크렐름을 나간다.”

9. 거기에 빛이 있다면

하루히로 팀은 거의 아무것도 하지 않았다. 그저 고호 일행을 따라 돌아다닐 뿐이었다. 그런데도 처절한 체험을 했다.

고호가 방침 변경을 요구하자 아키라 씨는 즉시 아까 했던 말을 취소하고 의용병들을 시작의 언덕으로 가게 했다. 그래도 아키라 씨 팀과 소우마 팀은 도망치지 않았다. 도망칠 수는 없었다. 처음 나타난 휴드라는 얼마 못 가서 촉수가 전부 갈가리 찢겨 움직일 수 없게 되었으나, 새롭게 휴드라가 세 마리나 등장했다. 교단원이며 하얀 거인도 밀어닥쳤다. 이들 적을 초장에 제압하면서 후퇴해야 했다.

의용병들을 벽과 방패로 이용하면서 성가신 적을 섬멸한다. 어느 정도 해치운 뒤에 상황이 진정이 되면 도망친다. 그것이 아키라 씨의 전략이었겠지.

그런데 180도 방침을 전환해서 의용병들을 도망치게 하기 위해서 아키라 씨가 제일 뒤를 담당하게 되었다.

하루히로가 반론을 제기하지 않았다면 이렇게 되지는 않았겠지. 아니, 않았겠지가 아니다. 분명히 이렇게 되지 않았을 거다.

결국 아키라 씨 팀과 소우마 팀은 하루히로 때문에 사서 고생을 짊어지게 되고 만 거다.

아키라 씨도, 브랑켄도, 카요도, 타로도, 소우마도, 리리야도, 케무리도 누구 하나 불평 한 마디 없이 적을 때려눕히고는 약간씩 후퇴하고, 베어 쓰러뜨리고는 후퇴하고, 활로 쏘아 날려버리고는 조금 후퇴하는 일을 묵묵히 반복하고 있다. 미호와 고호도 때때로 마법을 날려 적을 해치우는데, 그 부분은 다소 자제하는 느낌이다. 상기전이 될 것을 예측하고 마법을 절약하고 있는 것이리라.

토키무네와 타다는 희희낙락해서 아키라 씨 일행에 가세하고 있는데, 하루히로 팀과 미모링, 안나 씨, 킷카와는 고호와 미호, 시마 앞에서 몸으로 벽을 만드는 정도밖에 할 수 없었다.

하루히로는 답답할 뿐 아니라 미안한 마음을 떨쳐버릴 수 없었다.

그리고, 무서웠다.

그야 휴드라 세 마리에 하얀 거인이 우선 열 대 정도, 더욱이 수십 명 이상의 교단원들이 계속해서 덤벼드는 것이다.

아키라 씨와 소우마 팀은 교단원 정도라면 검이나 칼이나 도끼로 한 번 휘두르고 화살을 한 대 날려 해치워버린다. 그러나 과연 하얀 거인쯤 되면 그렇게 쉽게는 안 된다. 휴드라도 촉수로 직접 공격을 하는 것뿐만이 아니라 지면을 때려 함몰시키거나 흙을 날리거나 해서 이쪽의 이동을 방해한다. 이것이 수수하게 얄밉다.

후퇴하면서 험난하기 그지없는 싸움을 강요당하는데도 아키라 씨 팀은 적을 전혀 접근시키지 않는다. 덕분에 아직까지는 하루히로네한테 적의 손길이 미치는 일은 없지만, 쏟아진 흙이 눈에 들어가 눈물이 나고 발이 걸려 고꾸라질 뻔하는 등, 힘들다고나 할까, 창피하고 한심하다.

“좀 피곤하다.” 아키라 씨가 하얀 거인의 주먹을 피하자마자 덤벼든 반돌이를 단칼에 동강내며 중얼거렸다. “노구에는 힘들어.”

“엇….” 소우마는 휴드라의 촉수를 잘라버리고 아키라 씨한테 얼굴을 향했다. 경악하는 것 같다. “그런 나이였습니까? 아키라 씨.”

"아무리 생각해도 단순한 자학의 뉘앙스를 담은 과장된 표현이 잖습니까…?!" 리리야는 소우마를 꾸짖으면서 교단원을 두 명, 세 명 베어버렸다.

"쿠앗핫핫핫…!" 브랑켄이 도끼를 휘둘러 4미터급 하얀 거인의 왼쪽 무릎을 박살 냈다. "과연 엘프야…! 보기보다 무신경해…!"

"수염으로 뒤덮인 드워프한테서 그런 말을 들을 거라고는 생각지 못했습니다…!"

"싸우지 마, 리리야!" 소우마는 또 촉수 하나를 베어 날려버리고 리리야를 다독였다. "수염이 없는 드워프는 드워프답지 않아. 그 점을 좀 생각해봐."

"아—. 확실히…." 케무리는 놀랍게도 6미터급 하얀 거인의 펀치를 길고 거대한 검으로 막아냈다. "드워프에게 수염이 없으면 그건 좀…!"

"꽤나 여유 넘치네…!" 카요는 검을 별로 휘두르지 않고 적 사이를 펄쩍펄쩍 뛰어다니며 적들끼리 서로 치게끔 유도하는 것 같았다. "쓸데없는 수다를 떨 기운은 나한테는 없는데!"

"어머니, 아무쪼록 좀 쉬세요…!" 타로는 잇달아 화살을 쏘아 교단원의 외눈에 명중시켰다. "뭐든 나한테 다 맡기고…!"

"—이야, 하지만 계속 몰려오네. 적이…!" 토키무네는 하얀 이를 반짝반짝 빛내고는 있으나, 카요보다도 훨씬 더 지친 기색이다. "즐겁긴 하지만…!"

"무리하지 마…!" 타다는 반대로 워 해머를 휘둘러 적을 쓰러뜨리면 쓰러뜨릴수록 움직임이 좋아지는 것 같다. "내가! 내가, 죽인다…! 하하하하…! 이런 놈들! 한꺼번에 내가! 깡그리 전부…! 박살

내고 몰살시켜주겠다…!"

하루히로는 이미 오랫동안 한 마디도 하지 않았다. 뭔가 말을 해야 한다고도 생각하지 않는다. 납덩어리 같은 것이라도 삼킨 것처럼 위장이 더부룩하고 아프다. 그리고 몸도 무겁다.

어째서지? 어째서 아키라 씨네는 하루히로의 의견을 받아들여준 걸까? 별로 들어줄 필요는 없었을 것이다. 들어주지 않아도 괜찮았다. 만약 그때 고호가, 무슨 말이야? 하며 단번에 무시했다면 하루히로는 곧바로, 앗, 건방진 소리를 해서 죄송합니다—라고 사과하고 주장을 굽혔을 것이다. 그러는 편이 좋았—던 걸까? 그렇지는 않은가? 잘은 모르지만, 아무튼 심정적으로 힘들다. 여기에 있는 것이. 있을 자리가 아닌 곳에 있는 것 같고. 그래도 책임감은 있으니까.

아아아아아아아아아아아아아아아아아아아아아아아아아아아아아아,

정말, 돌격하고 싶다. 적을 향해 돌격해서 당해버리면 차라리 후련할지도. 물론 실제로 그런 짓은 하지 않지만. 대담해지고 싶다고 진심으로 생각한다. 몇십 초마다 자기 자신이 여기에 있는 의미를 자문하고 있다. 만약 이러다가 누군가 죽거나 하면 나는 할복하는 수밖에 없다. 아니, 누가 부상을 입는 순간에 발작적으로 대거로 내 배를 찔러버릴지도 모른다.

"왜 그래? 애송이." 갑자기 고호가 목덜미를 붙잡았다. "아까부터 눈에 초점이 안 맞아. 컨디션이라도 안 좋은가?"

아니요—라고 대답하려고 했으나 제대로 목소리가 나왔는지 아닌지 분명치가 않다.

"—정말이지이이!" 란타가 자기 투구를 쾅쾅 때렸다. "위축되지

말라고, 파루피로. 너 말이야…! 나까지 이상해지잖아…!"
"미, 미안하다. 그래, 위축되어서…!"
"아주아주 미안해야지, 당연히…?! 우리는 어엿한 새벽 연대의 이, 일원이니까…?! 기. 기기기기, 기죽지 말라고, 멍청아…!"
"네 말투도 묘하게 기가 죽은 것 같은데…."
"은근히 무례한 너와는 달라서, 이 몸은 엄청나게 겸허하단 말이다…!"
"일원—음냐…." 유메가 중얼거렸다.
"마, 맞잖아? 왜?!" 란타는 미호와 시마를 힐끔힐끔 보며 말했다. "—맞지요…?!"
미호도, 시마도 피식 웃었을 뿐 대답하지 않았다. 분명 일부러 대답하지 않은 것이겠지. 놀리는 줄도 모르고 란타는 "에, 에헤, 에헤헤헤…"라고 음침한 웃음을 짓는 바보이고. 기분 나쁘다.
—일원… 이라.
그렇긴 하지만.
그럴 그릇이 못 된다고 하루히로는 결국 생각한다. 현시점에서는 너무나 미숙하고, 역부족이고, 소우마와 아키라 씨의 동료라고 말하는 건 너무나도 뻔뻔한 짓이다. 장래에도 그들과 어깨를 나란히 할 수 있는 의용병은 될 수 없겠지. 이 소심함이 사라지는 일은 미래에도 영원히 없지 않을까…?
허세를 부려서라도 일원이라는 느낌을 표현하는 것이 좋을까?
언제까지고 나는 나일 뿐. 끝까지 이 주의를 관철하는 수밖에 없는 건가?
위가 아프다. 빵빵하게 부풀어 오르는 정도가 아니라, 딱딱하게 굳어버린 것 같다. 토할 것 같다. 소우마와 아키라 씨 팀의 선열하고 맹렬하고 치열하고 예술적일 정도로 근사하다고밖에 말할 수 없는 싸움을 직접 두 눈으로 보고 있는 것이 괴롭다. 보고 싶지 않지만 안 볼 수도 없다. 울며 하소연하고 싶다. 정말 이제 용서해주세요. 용서하라니, 뭘? 하루히로도 모른다. 아니야, 알고 있다. 요컨대, 도망치고 싶은 것이다. 이 상황에서 도망치고 싶다. 여기에 있고 싶지 않다. 단 1초도. 몸에 직접 다가오는 위험은 없다. 위험을 무릅쓰는 것은 하루히로가 아니라 소우마와 아키라 씨 팀이다. 그것이 더욱 괴롭다.

"뒤에서 보고 있는 건 그것 나름대로 짜증 나는 일이지." 고호가 목을 울리며 웃었다. "나는 몸이 약한 마법사였고 신관이 된 후에도 계속 그렇다."

퍼뜩 놀랐다.

생각해보면 시호루와 메리는 언제나 이런 비슷한 심정인지도 모른다. 뒤쪽에 위치해서 동료에게서 보호받는 자에게는 최전선에서 죽음의 압박에 노출된 자와는 또 다른 스트레스가 있다. 그런 생각은 지금까지 하루히로에게는 없었다. 실제로 자기가 그 입장에 처해보지 않으면 좀처럼 모른다. 그런 것인지도 모른다.

어떤 경험도 다 도움이 된다는 것이다. 시야가 넓어진다. 플러스가 된다. 그렇다. 지금은 긍정적으로 생각하자. 응. 그렇게 생각할 수 있다면 좋을 텐데.

"…무리."

지금은 버티는 것만으로도 힘겹다. 참고 있는 동안에 시간이 지나간다. 점점 시작의 언덕에 가까이 가고 있다. 그것만이 위로가 된다. 이 괴로움도 끝난다. 그것이 유일한 희망이다. 다른 일은 끝나고 나서 하고 싶다. 후회도, 반성도, 사죄도 나중에 하자.

그 시작의 언덕에 최후의, 그리고 어쩌면 최대일지도 모를 관문이 기다리고 있다는 사실을 잊어버린 것은 결코 아니다. 단, 너무 그 생각만 하지 않으려고는 하고 있었다.

하루히로는 오랜만에 시작의 언덕 쪽을 보고, 하늘을 우러러 보았다.

아니, 우러러 본 것은 하늘이 아니다.

"거신…!"

전체 높이 추정 300미터. 하늘을 뚫는 정도가 아니라 하늘을 뒤덮은 것 같은 거구다.

시작의 언덕까지 앞으로 어느 정도 남았지? 1킬로미터인가? 그 정도? 생각했던 것보다 가깝다. 어느새 상당히 가까이까지 온 것이다.

거신은 그 바로 앞에 있다. 그저 우뚝 서 있는 것이 아니다. 움직이고 있다. 움직이는데요? 걷는다고나 할까, 제자리걸음을 하고 있어? 땅울림이 엄청나다. 마치 개미를 밟아 죽이려는 것 같다.

거신 입장에서 보면 개미 같은 인간들을.

먼저 도망친 의용병들이 밟힐 수는 없다는 듯이 도망쳐 다닌다.

간신히 거신의 발을 피해서 시작의 언덕 구멍에 돌입해서 더스크렐름 탈출에 성공한 의용병도 있기는 있을지도 모른다. 없을지도 모르고. 확실히는 말할 수 없지만, 거신을 우회하거나 발밑이나 가랑이 밑으로 빠져나가거나 하지 않으면 목적을 달성할 수는 없다. 하는 수밖에 없다.

소우마와 아키라 씨 팀과 토키즈도 그렇고, 하루히로 팀을 포함한 후방 부대에 이르러서는 적을 막아내면서, 혹은 단숨에 따돌리는, 그런 어려운 기술을 해내야만 한다.

가능성이 있는 건가? 어떨까? 있을 것 같지 않은데…?

"아키라 씨…!" 소우마가 칼로 적을 베어버리면서 외쳤다. "신호를 보내면 가세요…!"

"알았다! 호의를 고맙게 받아들이겠다…!"

"토키무네, 하루히로! 너희도 마찬가지다…!"

"오케이…!"

토키무네가 대답하자 타다는 혀를 차고는 교단원의 머리에 워해머를 먹였다.

"메인 디시에 디저트까지 다 먹어치울 생각인가…?! 욕심이 많네…!"

"이제 충분하잖아요—?! ●킹 타다! 안나 씨는 이미 헤비 지쳤습니다…!"

"—안나 씨가 그렇게 말하면 어쩔 수 없지! 이번엔 꺼져주지…!"

하루히로는 네—라고도 아니요—라고도 대답할 수 없었다. 아니, 물론 조금이라도 빨리 도망치고는 싶지만, 괜찮을까? 끝까지 붙어 있으라고 고호가 말했었다. 역시 그것이 의무 아닐까 하는 생각도 든다. 그렇긴 해도, 소우마 말을 따라야 하는 것 아닐까? 어느 쪽이지…?

망설이는 동안에 그 순간이 닥쳐왔다. 뭐랄까, 찾아와버렸다.

"지금이다, 가라…!"

소우마가 허리를 낮추고 칼등을 이마에 댄 자세를 취했다. 심상치 않은 힘이 그 온몸에 차오르고 있다. 갑옷 여기저기에서 흘러나오는 오렌지색 빛이 강해진 것처럼 보이기도 했다.

"패(覇)애애애애애애애애애애애애애애애애애애애애애애…!"

몇 명의 교단원이, 몇 개의 휴드라의 촉수가, 그리고 하얀 거인의 신체 일부가, 잘렸다기보다는 부서져서, 일부분이며 조각이며 파편이며 내용물이며 체액이며 그런 것들을 광범위하게 흩뿌렸다. 소우마다. 틀림없이 소우마가 한 것이다. 돌진해서 칼을 휘두른 것인가? 그랬겠지. 하지만 그것만으로 저렇게 되는 건가? 되지 않는다. 될 리가 없다. 그러나 현재 소우마의 단칼에 수많은 적이 파괴되었고, 운이 나쁜 놈은 목숨을 잃었고, 운이 좋아도 전투 불가능 상태에 빠졌다. 소우마는 공격을 해오는 적의 대열에 일격으로 큰 구멍을 뚫었다.

그 구멍에 곧바로 리리야가, 케무리가 파고들어 구멍을 넓히기 시작했다. 아니, 리리야와 케무리뿐만이 아니다. 시마. 시마까지 두 사람의 뒤를 이어 금속제 채찍 같은 무기를 휘두른다. 저 지나칠 정도로 요염한 누님도 저렇게 아찔한 차림으로 싸울 수 있는 건가? 그리고 또 한 사람, 유난히 팔이 길고 이상한 방호구를 걸친 가면의 남자가 시마를 추월해서 적진 한복판으로 돌입했다. 인조인간 젠마이. 그는 무기를 들지 않았다. 아니, 금속으로 보호받는 그의 두 팔이 검도 되고 철퇴도 되는 무기인 것이다.

"…웃 웃 웃… 도망치지 않는 건가? 쓰레기."

바로 옆에서 무시무시한 목소리가 들렸다. 움찔 놀라 그쪽을 보니 어린아이 같은 체격에 이목구비도 소년인데도 밑바닥 없는 늪 같은 눈을 한 사령술사가 장기 같은 기척을 풍기며 서 있었다.

"거치적거린다… 냉큼 꺼져…."

"네, 넷! 죄죄죄죄, 죄송합니닷…."

그렇다. 그랬었다. 소우마에게서 가라는 말을 들으면 도망친다. 그렇게 해야 하는 것이었다. 늦었다. 상당히 늦어버렸다. 소우마가 너무나 대단해서. 아니, 변명은 집어치우자.

"가가가가, 가자, 다들…!"

위험하다. 상당히 동요하고 있다. 동료의 얼굴도 제대로 보이지 않는다. 대답도 잘 들리지 않았다. 그래도 달려야 해. 다들 오고 있는 건가? 있는… 것 같다. 란타도, 유메도, 시호루도, 메리도, 쿠자크도. 토키즈는? 아키라 씨 팀은? 앞쪽에 뒷모습이 보인다. 꽤 먼 것 같은데? 역시 늦은 것이다. 뭐 하는 거야? 미모링이 돌아보며 뭔가 소리쳤다.

거신. 가깝다. 한없이 위쪽에 보일 뿐이다. 오른발을 들고 있다. 밟으려고 하는 거야? 피해야 한다. 도망쳐야 해. 전력이다. 풀 파워. 전속력으로 도망친다. 방향 같은 건 알 게 뭐야. 밟히고 싶지 않아. 그 일념으로 달렸다. 땅울림이 나고, 지면이 엄청나게 흔들리고, 고꾸라질 뻔하고—그래서 밟히지 않은 듯하다는 걸 알았다. 밟혔다면 고꾸라지고 뭐고 없다. 의용병들이 이리로 갔다가 저리로 갔다가 했던 것도 납득이 간다. 시작의 언덕의 구멍을 향해 가야 한다. 머리로는 이해해도 그게 안 된다. 거신이다. 거신, 무섭다. 거신에게서 도망쳐야 해. 그 사실만이 마음을 점령해버린다. 몸이 멋대로 그것을 최우선으로 치는 것이다.

거기에 더해서 시야도 좋지 않다. 거신이 지면을 밟으면 흙먼지가 피어오른다. 흙비—라는 표현이 있는데, 이거야말로 진짜 흙비다. 극단적으로 표현하자면, 몇 미터 앞도 보이지 않는다. 어느 쪽으로 가면 어디로 가는 건지? 시작의 언덕은 어디? 하루히로는 진작에 아키라 씨 팀과 토키즈를 놓쳤다. 길잡이가 없어졌다는 뜻이다. 발을 멈출 것 같다. 하지만 멈출 수는 없다. 멈추면 분명 밟힌다. 밟히면 죽는다—고 생각할 틈도 없이 찌부러져 죽는다.

"누구야…?!" 누군가가 어딘가에서 절규했다.

정말 그렇다. 누구야? 하루히로도 피를 토하는 심정으로 생각할 수밖에 없었다. 거신을 쓰러뜨린다는 생각을 한 게, 누구야? 그건 말이죠. 토키무네입니다. 이제 와서 그런 말을 해도 소용없지만. 정말로 소용없다. 어떻게 할 수도 없어.

"전원, 다 있는 거지…?!"

흙 맛을 입속에서 느끼면서 외치자, "오오…!"라는 란타의 목소리가 들리고, "있구먼!"이라고 유메가 뒤를 이어, 쿠자크가 "넵…!"이라고, 메리는 "괜찮아…!"라고 대답해주었으나, 시호루의 목소리가 들리지 않았다. 정말, 나한테 왜 이래?

"시호루?! 시호룻…?!"

"…응…!"

다행이다. 있다. 정말로 다행이다. 눈이 아프다. 흙이 지독하게 날린다. 숨도 못 쉬겠다. 달려라.

그래도 달리는 수밖에 없다. 거의 무턱대고 달리는 것밖에 할 수 있는 일이 없는 거다. 이제는 거신이 어디에 있는지도 잘 모르겠고. 쿵, 쿵 소리가 들리니 그리 멀리 떨어지지는 않았다. 아직 가까이에 있다는 건 우선 틀림없다고 생각하는데. 경사면과 하얀 기둥바위가 있기도 한 걸 보니 언덕을 올라가고 있는 것 같은데? 그렇다면, 운이다. 의도해서 여기까지 온 것이 아니다. 우연이다.

운 좋게 더스크렐름에서 탈출할 수 있을지도 몰라.

"구멍이야…!" 유메가 말했다.

분명히 흙비가 약간 약해지며 앞쪽에 구멍 같은 것이 보였다. 거기로 뛰어드는 의용병들의 모습도. 구멍이다. 구멍. 출구다. 갑자기 용기가 솟아올라, 살았다—고 생각했다. 이제 살았다. 죽지 않아도 된다. 살 수 있다.

하루히로가 발걸음을 빨리하려고 했다. 지금까지도 있는 힘껏 달렸다고 생각했다. 더 이상 빨리 달릴 수 있는 걸까? 달릴 수 있을 것 같다. 위급한 상황에서는 초인적인 힘을 발휘한다더니, 그건가? 인간이란 대단하네.

"우오, 위험…."

그런데 갑자기 누가 옷자락을 잡아당겼기 때문에 자신의 한계를 넘은 속도를 낼 수는 없었다. 란타. 란타다. 란타 탓에 하루히로는 넘어졌다. 아니다. 란타 탓이 아니다. 덕분이다.

란타 덕분에 하루히로는 목숨을 건진 것인지도 모른다.

그대로 내달렸다면 큰일이 났을 것이다. 하루히로는 전혀 깨닫지 못했었던 것이다. 나갈 수 있다, 도망칠 수 있다, 살 수 있다는 폭발적인 사고랄까, 감정 때문에 주의력을 빼앗긴 것이리라. 전혀 보이지 않았다. 거신이다.

거신의 오른발인지 왼발인지가 내려와 시작의 언덕의, 마침 예의 그 구멍, 출구가 있던 부근에 처박혔다.

"꺄아아아아아아아아아아아아아아아아아아아…?!" 시호루가 비명을 질렀다.

“없어졌….” 메리는 할 말을 잃은 것 같다.
“우옷….” 쿠자크는 엉덩방아를 찧었다.
“돌아갈 수 없게 되었잖아….” 유메는 멍하니 정확히 요점을 파악한 발언을 했다.
과연 사냥꾼이다.
…아니, 아니, 아니, 아니, 그게 아니지.
“도, 도, 도망가자…!” 란타는 달려가려고 하다가 어깨를 축 늘어뜨렸다. “—그런데, 어, 어디로…?”
“어딘가…!”
하루히로는 반사적으로 대답했다. 어딘가? 어디? 모르지. 이제 무리입니다. 하지만 여기에서 버티지 않으면 안 된다고나 할까, 버텨봤자 어떻게도 되지 않겠지만 그래도 아무것도 하지 않을 수는 없다고나 할까, 뭘 해도 소용없을 것 같지만, 이건. 절망적으로 눈물이 난다.
곧바로 또 흙비가 본격적으로 쏟아졌다. 아무것도 보이지 않는다. 아무튼 언덕을 뛰어 내려갔다. 발밑이 울퉁불퉁하다. 지독하게 길이 험하다. 너무 험하다. 다리가 꼬였다. 넘어진다고나 할까, 떨어졌다. 기어 올라간다. 손이 닿는 곳에 동료가 있으면, 누구든 붙잡고 잡아당기거나 밀어 올리거나 했다. 반대로 누가 하루히로를 끌어주거나 밀어 올려주는 일도 있었다. 가까이에 거신의 발이 직격하면, 동료의 이름을 불러 무사한지 확인했다. 우선은 흙비의 범위 내에서 벗어나야 한다. 그것이 목적이 되었다. 뒷일은 생각할 수도 없고 생각하지 않아도 돼.
거신은 보아하니 시작의 언덕에서 벗어날 생각은 없는 듯, 이윽고 하루히로 일행은 목숨이 간당간당하긴 했지만 목적을 달성했다. 그런데 이번엔 새로운 난관에 직면했다. 적이다. 교단원들과 맞닥뜨려, 싸울지 도망칠지 선택을 강요당해야 했다.

상대가 한두 명이라면 일제히 달려들어 순식간에 두들겨 패서 죽이는 걸 노린다. 그러나 교단원과 하얀 거인들은 더스크렐름 전 지역에서 거신을 향해서 속속 이동하고 있다—즉, 시작의 언덕에 집결하려고 하는 모양이다. 반대로 하루히로 일행은 시작의 언덕에서 멀리 벗어나려고 한다. 그렇다면 어떻게 해도 적과 부딪칠 수밖에 없고, 멈춰 서서 싸우다가는 계속해서 적이 나타나 이쪽이 두들겨 맞을 것이다.

하루히로는 도망치기로 했다. 적의 실루엣이 보이지 않는 방향으로 달리는 것이다. 잠시 뒤에는 실수였나 하고 원통해하는 지경에 처했다. 하루히로 일행을 뒤쫓는 교단원의 숫자는 서서히 늘어나 열 명이 넘어가려고 했다. 냉정하게 생각해보면, 이것은 패배랄까, 전멸을 면치 못할 정황이다.

자기 탓이라고 하루히로는 생각했다. 하루히로가 판단을 잘못 내린 탓에 다들 죽는다. 이런 장소에서. 무엇보다, 어디냐고? 여기는. 거신이 날뛰고 있는 시작의 언덕을 멀리 볼 수가 있으니 대충 위치는 짐작이 간다. 어디까지나 대충이다. 더스크렐름에는 길잡이가 될 만한 지형과 건물이 많은 건 아니니까, 현 지점을 정확히 아는 것은 어렵다. 어렵긴 하지만 추측하지 못할 것도 없다.

완전히 숨이 가빠져 뒤처지려는 시호루 뒤에, 제일 꼬리에 란타가 있다. 일부러 뒤에 있는 것이겠지. 시호루를 보호하고 있다. 좋은 점도 있잖아? 저 녀석.

선두는 하루히로였고 유메, 쿠자크, 메리 순이다. 이 순서로—라고 정한 것은 아니다. 정신이 들고 보니 이렇게 되었다.

교단원들은 그리 빠르지 않다. 하루히로 일행을 계속해서 쫓아오는 것을 망설이는 듯한 기척이 있다. 하루히로 일행이 좀 더 기운이 있었다면, 어쩌면 완전히 떨쳐버릴 수 있었을지도 모른다. 덕분에 살았다. 아직까지는.

시간문제다. 특히 시호루는 슬슬 한계겠지. 시호루가 아니라도 누군가가 발을 멈춘다면, 이제 싸우는 수밖에 없다. 싸우면 십중팔구는 양쪽 다 죽는다.

실은 복안이 딱 하나 있다. 단, 실현 가능성이 높다고는 할 수 없다. 상당히 낮다고 볼 수밖에 없다.

돌아보니 또 추적자가 늘어났다. 아마 열다섯 명 정도? 열여섯 명인가?

적어도 쿠자크가 방패를 들고 있었다면. 아니, 그래봤자 새 발의 피인가? 동료에게 말을 걸어주고 싶다. 조금이라도 기운을 차려야 한다. 뭐라고 말하면 좋아? 어차피 심적 위안 정도밖에 안 될 텐데? 하루히로와 쿠자크와 란타 셋이서 몇 분 동안이라도 좋으니 적의 발을 묶어놓을 수는 없을까? 그 사이에 유메와 시호루와 메리를 도망가게 하고—도망쳐봤자 어떻게 되지? 차라리 뭘 생각할 수 있는 동안에 건곤일척의 승부에 나서야 할까? 16대6. 반돌이뿐만이 아니라 트리도 한두 명 있다. 이길 수 없을까? 절대로? 1퍼센트 정도는 가능성이 있지 않나? 1퍼센트에 걸어봐? 죽는 건가? 여기에서. 아까 거신에게 밟혀 즉사하는 편이 차라리 편했겠다.

"—어이…!" 여자 목소리가 들렸다.

유메도, 시호루도, 메리도 아니다. 어디에서…? 하루히로는 주위를 둘러보았다. 왼쪽 앞에 움푹 들어간 지형이 있다. 거기에서 뭔가가 튀어나왔다. 사람이다. 두 명. 여자와 남자. 여자 쪽이 키가 크다. 둘 다 엄청난 복장을 하고 있다. 특히 여자는 뭐랄까, 아찔했다. 맨살을 드러낸 면적 자체는 작지만, 결정적인 건 아니지만, 하지만 거길 드러내는 거야? 싶은 부분이 보인다. 일부러 보이는 건가? 그리고 체형도. 가슴이며 엉덩이며 허벅지가 더할 나위 없이 살집이 좋다. 하지만 허리는 잘록하고 팔다리가 길다. 화려한 곱슬머리. 어디까지나 화려하기 이를 데 없는 얼굴. 날카로운 눈매에 커다란 눈동자. 새빨간 입술.

여왕님. 그런 단어밖에는 떠오르지 않는다.

"도와줄 테니 이쪽에 힘을 보태…!"

여왕님께서 그리 말씀하시고 갑자기 튀어나온 남자 쪽이 하루히로 옆을 스쳐 지나갔다.

남자는 백발에 얼굴 아래쪽 반을 검은 마스크로 가리고 있었다. 딱 달라붙는 거무스름한, 옷인지 갑옷인지 모를 것을 걸쳤고 마치 개처럼 네발로 질주한다. 저 남자, 왜 개목걸이를 차고 있는 거지? 진짜 개 같잖아.

낯선 남녀—는 아니었다. 말을 섞은 적은 없지만 본 적은 있다. 한 번이라도 보면 잊을 수 없는 두 사람이다. 이 업계에서는 그런대로 유명인이기도 하다.

라라 & 노노.

여왕님 쪽이 라라고, 백발에 개목걸이에 마스크를 한 남자가 노노다. 어째서 여기에? 그야 알 수 있을 리가 없지.

노노는 눈 깜짝할 사이에 란타 옆을 지나쳐 교단원들에게 덤벼들었다. 그 덤벼드는 방식도 그야말로 개였다. 노노는 교단원들이 내지른 창 밑을 빠져나가 반돌이 한 명의 목덜미를 물어뜯은 것—처럼 보였다. 애초에 노노의 입은 마스크로 가려져 있다. 저래서는 물어뜯을 수 없고, 게다가 개가 아니고 인간이다. 물어뜯은 것이 아니다. 덤벼들기 직전에 허리에서 뽑은 아주 짧은 나이프를 교단원의 안면에 꽂은 것이다.

호랑이굴에 들어가야 호랑이 새끼를 얻을 수 있다고 한다. 노노는 그것을 실천해 보였다. 적 한복판에 파고드는 것은 말할 필요도 없이 위험한 일이지만, 일단 파고들면 적도 대응하기 힘들어진다.

반돌이의 장기는 긴 창이다. 노노가 육박하면 좀처럼 반격을 할 수 없다. 게다가 노노는 개라기보다 고양이처럼 가볍고 민첩하다. 순식간에 접근한다고 할까, 접촉해서 오른손의 나이프로 치명적인 일격을 날린다. 혹은 왼손으로 타격을 날린다. 목에 팔을 감자마자 꺾어버린다. 결박한 반돌이를 방패 삼아 트리의 뇌검 돌핀을 막는다. 그대로 반돌이를 트리에게 밀어붙이고 다른 반돌이를 순식간에 죽였다.

"멍하니 보고 있지 마…!"

노노에게 정신이 팔려 있는 사이에 라라도 적에게 덤벼들었다. 여왕님은 노노와는 달리 육탄전이 아니었다. 활이다. 상당히 짧다. 짧은 활에, 역시 짧은 화살을 겨누고는 쏜다. 겨누고 쏜다. 겨누고 쏜다. 유메도 연사라는 스킬을 구사하는데, 그런 차원이 아니다. 빠르다. 너무 빠르다. 게다가 가깝다. 라라는 근거리에서 쏜다. 마구 쏜다.

"오?! 오옷?! 오오오오…?!" 란타가 뇌검 돌핀을 들고 적에게 돌격했다.

"아…?"

쿠자크가 하루히로 쪽을 보았다.

"해, 해치워! 가랏…!" 하루히로는 끄덕이면서 란타 뒤를 따라가 공격했다.

아무래도 석연치 않지만 그래도 이 기회를 놓칠 수는 없다. 적은 분명히 거품을 물며 당황하고 있다. 지금 하지 않으면 언제 하냐고. 밀어붙여라. 밀어붙여. 물론 지쳐 있긴 하지만, 힘을 쥐어 짜내어, 정신없이 밀어붙여버려.

아마도 열여섯 명 중에 노노가 너댓 명을 해치웠고 라라도 비슷한 정도로 쏴 죽였다. 나머지는 하루히로 팀이 기세를 몰아 단숨에 해치웠다. 최후의 한 명을 쓰러뜨리기 전부터 노노는 라라의 화살을 회수하기 시작했다. 적이 없어지고 노노가 회수한 화살을 받아 들자 라라는 곧바로 "뛰어!"라고 모두에게 명령했다. 무조건 따라야 하는 느낌이었다. 거역하면 분명 끔찍한 꼴을 당한다. 엉덩이를 맞는 정도로는 끝나지 않겠지.

"어, 어째서…?!" 하루히로는 라라와 노노의 뒷모습을 쫓아가면서 물었다.

"뭐가?" 라라는 돌아보지 않고 되묻는다.

"아니, 도망친 것 같다고, 아키라 씨가 말했었는데…."

"도망치다니, 무슨 그런 말을. 우리는 마룡이 쓰러져서 어쩔 수 없이 몸을 숨긴 것뿐."

라라와 노노는 그림갈에서 마룡을 데리고 더스크렐름에 들어와

타고 다녔다. 지금은 도보로 이동한다. 마룡이 움직이지 못하게 되어버렸거나 적의 손에 죽었거나 한 것은 사실이겠지.

"—어 그럼, 저… 이제부터, 어디로…?!"

"생각해둔 곳이 있어. 따라오지 못하면 버려두고 갈 거야. —노노, 마법사 아이를 업어드려."

노노는 말없이 끄덕이고 시호루에게 달려가더니 잽싸게 등에 업고 눈 깜짝할 사이에 라라의 뒤를 따라갔다. 말투는 험하지만 의외로 좋은 사람들인 건가? 하지만 여차할 때 버리는 패로 사용할 심산인지도 모른다. 그렇다고 해도 덕분에 살았으니 불평은 할 수 없지만.

그렇다. 살았다. 우선은. 생각해둔 곳이 있다고 라라는 말했다. 그 말이 사실이라면 희망이 없는 것은 아니다.

하루히로는 동료들을 쳐다보았다. 모두 한 명의 예외도 없이 땀이며 콧물이며 흙이 된 모래와 먼지투성이에 지칠 대로 지쳐 지독한 몰골이었다. 이런데도 살아 있다. 살아 있는 정도가 아니라 부상이라고 할 만한 부상조차 입지 않았다니, 다소 믿기 힘들다.

안도해서 힘이 빠질 것 같았다. —안 돼. 정신을 빼지 마. 아직이다. 이제부터잖아. 산다. 살아남는다. 살아남는 거다. 모두가. 그러기 위해서 어떻게 하면 돼? 뭘 해야 하나? 라라와 노노를 따라간다. 대안은 떠오르지 않았고 지금은 그렇게 하는 수밖에 없다. 조심해가면서, 쓸데없는 짓을 하지 말고, 가급적 체력을 보존해라. 달린다고 해도 지금은 종종걸음 정도의 속도다. 시호루는 노노에게 업혀 있고 충분히 따라갈 수 있다.

라라는 때때로 발을 멈추고는 쪼그리고 앉아 몸을 낮추라고 손짓으로 신호를 보냈다. 노노는 당연히 곧바로 그 말에 따랐고, 하루히로 일행도 따라서 몸을 낮췄다. 라라는 상당히 눈이 좋은 건지, 탁월한 위기 인식 능력을 보유한 것 같다. 상당히 멀리 있는 적도 제일 빨리 발견하고 지나갈 때까지 기다린다. 적에게 발견되지 않도록 지면이 솟아오른 곳은 피하고 낮은 장소를 선택해서 걸었다. 시호루가 자력으로 걸을 수 있게 되자 소수의 교단원은 기습을 감행해서 몰살했다.

아무도 쓸데없는 말을 하지 않았다. 낮은 지대를 빠져나가 하얀 거인과 교단원 무리와 맞닥뜨렸을 때, 란타가 오랜만에 입을 열고 "우옷"이라고 외쳤다. 라라는 싸우지 않고 도망가는 선택을 했다. 확실히 열 명도 채 안 되는 교단원은 둘째치고라도 4미터급이기는 해도 하얀 거인이 골치 아프다. 라라와 노노는 쑥쑥 속도를 높였다. 하루히로 팀을 미끼로 던져주고 자기들만 도망칠 생각일까? 그러나 화는 나지 않았다. 저 두 사람에게 하루히로 일행은 무슨 일이 있을 때를 대비한 보험 같은 것이겠지. 원래 그런 것이라고 생각했었다.

"라라 씨…! 저한테 생각이 있습니다…!"

하지만 하루히로도 아무 생각 없이 따라가기만 하는 것은 아니다. 라라는 한순간 돌아보았다. 대답은 없다. 가려면 가. 별로 상관없어. 라라와 노노에게는 감사한다. 두 사람 덕분에 숨을 돌릴 시간이 생겼다. 비록 버림받는다고 해도 이제는 어떻게든 할 수 있다. 적어도 마지막까지 발버둥을 쳐주겠다. 그렇게 생각할 수 있을 정도로는 기력이 회복되었다.

"이쪽입니다, 이리 와보세요…! 다들 나를 따라와! 힘내…!"

하루히로가 진로를 바꾸자 라라가 또 돌아보았다. 망설이는 건지도 모른다. 좋을 대로 해. 이래 봬도 주위를 살펴가며 현재 지점을 짐작해가며 여기까지 왔다. 하루히로가 착각하는 것이 아니라면, 이쪽이 맞을 것이다.

"젠장, 그 두 사람…!" 란타가 내뱉었다.

라라와 노노가 보이지 않게 되었다. 역시 도망쳤나? 낙담하지 않은 건 아니지만.

"신경 쓰지 않아도 돼…! 괜찮아…! 나한테 맡겨…!"

"전혀 어울리지 않는다고…! 파루피로, 너한테 그런 대사는…!"

시끄럽네. 알고 있어. 그런 건. 열받아. 하지만 뭐, 란타니까. 늘 있는 일이다. 평소처럼, 나중 일은 됐어. 지금이다. 이 순간에 전부 쏟아붓는다. 살겠다. 지금 이 순간을. 달리기 편할 것 같은, 별로 울퉁불퉁하지 않은 장소를 달렸다. 방향만은 틀림없다. 다들 따라오고 있다. 시호루는 힘든 것 같지만. 힘내라. 진짜로 힘내줘. 이제 금방이야. 운이 좋았어. 그렇게 멀지 않아.

"알았어…!" 왼쪽에 제방처럼 약간 높아지는 부분에서 갑자기 라라와 노노가 모습을 드러냈다. "그런 거로군…! 만약 성공하면 칭찬해주지…!"

도망친 것이 아니었나? 하루히로는 라라에게 히죽 웃어 보였다.

교단원들과 하얀 거인을 뒤에 달고 열심히 달렸다. 이 근방은 꽤 기복이 있어서 앞쪽이 그다지 잘 보이지 않는다.

"호와아…!" 유메가 외쳤다. 눈치를 챈 건지도 모르겠다.

평지가 되고 시야가 트였다.

하루히로는 두 팔을 벌리면서 왼쪽으로 몸을 돌렸다.

"흩어져…! 밟지 마…!"

망을 씌우고 들풀을 올려놓았지만, 가까이에서 보면 금방 알 수 있다.

도저히 완벽하다고는 할 수 없지만, 전혀 모르는 상태였다면 의외로 눈치 채지 못했을지도 모른다.

곧이어 뒤쪽에서 떨어지는 소리가 들렸다. 돌아보니 교단원 한 명이 그대로 걸려들어 함정에 빠진 듯, 망이 구멍 안으로 움푹 들어가고 들풀이 휘날리고 있었다. 하루히로, 쿠자크, 메리는 함정 왼쪽으로, 란타, 유메, 시호루는 오른쪽으로 걸었다. 또 한 명, 교단원이 함정에 빠져 굴러 떨어졌다. 다른 교단원들은 엉거주춤 멈춰 서 있다. 하얀 거인은 발을 멈추려고 했었는지도 모르지만 타이밍이 맞지 않아 쑥 빠졌다.

거신과 휴드라 토벌에는 도움이 되지 않았지만, 미리 파두길 잘했다. 물론 결과론일 뿐이다. 운이 좋았다. 정말로 그것뿐이다. 운이 생사를 가른다. 아주 아슬아슬한, 그러나 결정적인 차이로 하루히로 일행은 아직 이쪽에 서 있다. 간신히 살아 있다.

함정에 빠지지 않은 교단원들은 하루히로 일행을 계속 쫓아갈지 말지 결단을 내리지 못하는 것 같았다. 그 사이에 하루히로 일행은 망설이지 않고 질주해서 거리를 벌렸다.

교단원들이 보이지 않게 되었을 무렵에는 라라와 노노가 하루히로 앞에 있었다. 뭐 이런 놈들이 있담? 하지만 라라가 생각해둔 곳인지 뭔지가 있다고 했다. 상대방이 우리를 이용할 심산이라면, 우리도 이용해주겠다.

"칭찬해주는 거 아니었나…?!"

"백만 년 일러…!"

그렇게 나왔나? 겉보기와 마찬가지로 여왕님처럼 구시네요, 라라. 정말로 도대체 어떤 사람인지.

아무튼, 다른 함정은 멀고 똑같은 방법은 이제 사용할 수 없다. 하루히로는 또 위장이 아파지는 시간을 보내게 되었다. 서서히 적이 눈에 띄지 않게 된 것 같긴 하지만 방심은 할 수 없다. 란타가 다시 쓸데없는 말을 지껄이게 되어, 시끄러워서 스트레스가 쌓이기도 했다.

라라는 가끔씩 휴식을 취할 때면 놀랍게도 노노를 네발로 엎드리게 하고 그 등에 타고 앉았다. 그것뿐이라면 괜찮겠지만, 마치 여봐란 듯이 다리를 꼬거나 바꿔 꼬거나 하고 가슴을 강조하는 듯한 포즈를 취하기도 해서 눈에 독이다. 난처하다. 엄청나게 보고 싶은 건 아닌데도 나도 모르게 눈길이 가버리잖아요?

그런데, 라라와 노노의 관계는 도대체…?

물어볼 용기는 없었고, 그보다 더욱 알고 싶은 것이 있다.

어디로 가고 있는 건지.

물어봤지만 라라는 가르쳐주지 않았다. 잠자코 따라가는 수밖에 없는 모양이다.

각오를 하고 하루히로는 순순히 따라갔다. 이미 라라와 노노도 뛰려고는 하지 않았다. 그냥 걸었다. 걷고 또 걷고 그야말로 걸었다. 하루히로 일행은 시계를 갖고 있지 않았다. 라라는 휴식 중에 회중시계를 꺼내는 적이 있었다. 시간을 물어보면 매번 "알아서 어쩌려고?"라는 대답이 돌아왔다. 그래서 정확히는 모르지만, 아마도 하루 이상 걸었다고 생각한다.

그곳은 의용병단 거류지가 형성되었던 계곡과 좀 비슷했다. 단, 계곡 밑바닥에 샘은 없었다. 식물도 없다. 비올 때만 물이 흐르는 작은 계곡이라는 느낌이다.

"우리는 이 더스크렐름 안을 꽤 많이 돌아다녔다." 라라가 계곡 경사면을 내려가면서 노래하는 것 같은, 살짝 흔들리는 목소리로 말했다. "발견한 것은 여러 가지, 많아. 대개의 정보는 팔았지만 이곳에 관한 건 아무에게도 가르쳐주지 않았어. 정말로 흥미로운 것은 우리만의 비밀로 해두는 거야. 우리밖에 몰라. 근사하지?"

하루히로는 온몸의 털을 곤두세우며 대비했다. 라라와 노노가 갑자기 이를 드러내고 하루히로 일행을 죽이려 드는 것 아닐까? 그런 예감이 든 것이다.

기우였나? 라라와 노노는 담담히 계곡을 내려갔다. 그러나 경계해서 나쁠 건 없다. 하루히로가 일부러 걸음을 늦추자 동료들도 알아차린 듯 그에게 발걸음을 맞췄다. 그러나 계곡 밑바닥에 도착해서 그것을 보자마자 그런 생각은 전부 날아가버렸다.

경사면에서 마치 차양처럼 튀어나온 부분 밑에 그것은 입을 벌리고 있었다. 그래서 밑바닥까지 내려가지 않으면 아마 알아차리지 못할 것이다.

구멍이다.

분명 그냥 구멍이 아니다.

어째서 그런 인상을 받았는가?

하루히로는 곧바로 짚이는 게 있었다. 시작의 언덕이다.

분위기랄까, 모양이랄까, 아무튼 시작의 언덕에 있는—아니, 예전에 있었고 이제는 없어진 그 구멍과, 출구와 똑같은 것이다.

라라와 노노는 한 번 멈춰 서지도 않고 바로 그 구멍으로 들어갔다.

하루히로는 란타와 얼굴을 마주 보았다. 란타는 넋이 나간 상태다. 하루히로도 졸린 눈을 하고 있지는 않겠지.

"…내가 뭘, 생각하는지, 너, 알아?"

"아니, 몰라. 네 머릿속 같은 건 전혀. 그걸 알면 위험하지."

"무슨 뜻이야?"

"…말 그대로의 의미겠지…." 시호루는 후유… 하고 숨을 내쉬었다. "…돌아갈 수 있는 걸까? 여기로 해서, 거리로…."

"후엣?!" 유메는 눈을 크게 뜨고 희한한 목소리를 냈다. "거리…? 커리…?! 커리가 어디 있어?!"

"없다, 바보! 커리 같은 건! 뭐냐? 커리가…!"

"커리는 커리지 뭐긴 뭐야! 어라…? 커리가 뭐더라…?"

"매운 거…." 메리가 고개를 갸웃거렸다. "—였던가? 확실히… 음식?"

"아—." 쿠자크가 중얼거렸다. "있어, 뭐랄까, 갈색의… 갈색…?"

"…있어."

하루히로는 끄덕였다. 입안에 침이 고인다. 시마의 속삭이는 목소리가 귓전에서 되살아났다.

『우리는 원래 세계로 돌아갈 방법을 찾고 있어.』

원래 세계.

구멍을 쳐다본다. 형형색색의 하늘을 올려다본다. —돌아가야지.

하루히로는 동료들을 둘러보았다. 다들 지저분한 얼굴이다. 조금 우스웠다.

"가자."

아무도 반대하지 않았다. 하루히로, 쿠자크, 메리, 유메, 시호루, 란타 순으로 일렬로 구멍에 발을 들여놓았다. 구멍 속은 캄캄했다. 그래도 앞쪽에 빛이 있다. 걸어가다 보니 라라와 노노가 기다리고 있었다. 빛의 근원은 노노가 들고 있는 랜턴이다. 라라는 살짝 웃음을 지었을 뿐, 아무 말도 하지 않고 걷기 시작했다. 길은 구불구불했다. 경사가 급하지는 않지만 내리막길이다. 바람을 느낀다. 들어온 계곡 밑바닥 쪽을 향해서 공기가 흐르고 있는 것이다. 똑같다고 하루히로는 생각했다. 비슷한 정도가 아니라, 똑같다.

길은 이윽고 똑바로 뻗은 길이 되었다. 그리고 이제 내려가지 않는다. 평평하다.

"우리가 그렘린을 발견한 건 몇 년도 더 예전의 일이야." 라라가 갑자기 또 그 노래하는 것 같은 말투로 말했다. "비밀로 해뒀었는데. 당신들에게 들켜버렸으니까 뭐 이제 괜찮을까 싶어서. 참고로, 우리가 처음 그렘린과 마주친 곳은 거기가 아니야."

"—어…." 하루히로는 자기도 모르게 발을 멈췄다. "거기가… 아니야?"

"그래. 그 녀석들은 아주 약한 생물. 번식력은 그런대로 있지만, 투쟁심도, 포식자에게 저항할 힘도 없어. 단, 묘한 힘, 이라고 할지, 습성이 있어서 끈질기게 살아남아. —그렇게 우리는 추측하고 있어."

라라와 노노는 걸음을 멈추지 않는다. 하루히로는 황급히 쫓아갔다.

길은 이어진다. 앞쪽에 희미한 빛이 보였다. 웅성대는 섯 같은 소리가 들린다.

"어떤 세계에서 다른 세계로 건너가는 능력. 혹은 세계와 세계의 이음새를 발견하는 힘. 혹은 그것을 발견해서 그리로 도망치는 습성."

있다. 있다. 바위벽에 크고 작은 온갖 구멍이 무수하게 뚫려 있고, 거기에서 파르스름한 빛이 흘러나온다. 그들은 그 구멍 속에 있기도 하고, 구멍 가장자리에 매달려 있기도 하고, 뭔가 시끌벅적하게 대화를 하고 있다. 소굴. 여기는 그들의 주거지다. 리코모—아니, 그렘린 플랫(공동 주거지).

"하지만 여기까지." 라라는 돌아보며 거만하게 가슴을 폈다. "우리는 아직 여기까지밖에 탐색하지 않았어."

"응…?" 하루히로는 어째서인지 자랑하는 것처럼 보이기까지 하는 라라에게 압도당해서 반걸음 뒷걸음질을 쳤다. "…그럼, 그럼, 이 앞이 어떤 세계로 통하는지는…?"

"몰라." 라라는 만면에 웃음을 지었다. "전혀 불명."

— 다음 권에 계속 —

작가 후기

이 「재와 환상의 그림갈」 후기에서는 대개 게임에 관련된 내용만 썼습니다만, 이번 회는 좀 다른 걸 해보려고 합니다.

미리 말씀드렸던 것처럼, 이 소설이 애니메이션으로 만들어질 분위기입니다. 저 자신도 전혀 예상치 못했던 일로, 솔직히 그렇게 될지도—라는 말을 담당 K 씨에게서 들었을 때에는 설마—하고 웃어넘겼고, 분명 이루어지지 않을 것이라고 멋대로 예상했었습니다. 나카무라 료스케 감독님과 호소이 미에코 씨, 프로듀서 여러분과 만나 뵌 후에도 실은 반신반의했습니다. 각본을 읽어보고는 무척 재미있어서 감동하고, 아, 이 「재와 환상의 그림갈」이라는 건 꽤 좋은 스토리잖아, 원작은 누가 쓴 거지? 오호, 나라고? 정말인가? 하며 남의 일처럼 생각하기도 했습니다. 현실감이 없었다는 말입니다. 애니메이션 제작진과 직접 이야기하는 것은 편집부의 K 씨와 H 씨였으니까, 뭐랄까, 먼 곳에서 이것저것 움직이는 것 같은 감각에 실감하기 힘들었다는 사정도 있습니다. 여러 가지 확인과 조정, 의견을 내보기도 하는 등의 실제 작업이 나름대로 있었고, 진정이 안 되면서도 저는 비교적 냉정했습니다.

그래도 역시 아무래도 진정이 안 되었고 지금도 그렇습니다.

소설을 마음에 들어해주시고 이것을 애니메이션으로 만들고 싶다고—그렇게 생각해주시고 실현시킨 기획이라고 들어서 그에 대한 감사와 기쁨은 물론 있습니다. 제작진과 몇 번인가 만나 직접 이야기하면서, 보통이 아닌 그 열의와 진심을 느끼고, 그렇게까지 세세하고 깊게 생각하는 건가? 하고 놀라고, 압도당하고, 그렇게 해서 만들어져가고 있는 것의 원작이 자신의 소설이라는 사실이 솔직하게 기쁘기도 했습니다. 애니메이션 제작에는 많은 사람들이 관여하고 큰돈이 움직입니다. 소설과는 비교도 안 되는 규모입니다. 당연하지만, 재미 삼아 하는 것이 아니니까 어떻게든 성공하기를 바랍니다. 이것은 전부 제 진심인데요, 저 스스로도 의외일 정도로 애니메이션 「재와 환상의 그림갈」을 객관적으로 보고 있는 자신을 어느 날 깨달았습니다. 어째서일까? 저는 생각했습니다. 금방 답이 나왔습니다.

저는 기본적으로 소설을 쓰면 보통이 아닐 정도로 괴롭든 안타깝든, 그래도 행복한 인간이므로, 소설가라는 직업은 그야말로 천직이라고 생각하고 있습니다. 하지만 반드시 소설이 아니면 안 되는 건가? 그렇지는 않은 것 같습니다. 저는 머릿속으로 이것도 아니고 저것도 아니야, 이러쿵저러쿵 상상하고 그것을 형태로 만드는 것을 좋아하는 것입니다. 만화든 영화든, 그림이든 음악이든, 아마 뭐든지 좋은 거겠지요. 그러나 소설은, 옛날이라면 원고지와 펜, 지금은 PC만 있으면 쓸 수 있지요. 게다가 오로지 혼자서, 누구의 도움도 필요 없습니다. 그것이 중요한 것입니다. 나는 나 혼자서만 처음부터 끝까지 해내고 싶습니다. 나만의 것을 만들고 싶은 것입니다.

하긴 만화도 혼자서 전부 해버리는 사람은 있겠지만, 소설만큼

간단하지는 않을 것입니다. 그림은, 뭔가 계기가 있었다면 손댔을 지도 모릅니다. 음악이랄까, 노래는 해봤습니다만, 저는 제 목소리가 싫었습니다. 제 목소리로는 제가 그리는 노래가 되지 않았습니다. 이것만큼은 어떻게도 할 수가 없었습니다. 여러 가지 요소, 타이밍, 인연으로 인해 저는 저 혼자서 시작하고 완결을 할 수 있는 소설을 선택했습니다. 참고로, 소설도 책으로 생각해보면, 편집자와 디자이너, 교정자, 일러스트레이터 등 사람들의 손이 더해집니다만, 최초의 원고인 초고는 소설가만의 것이라고 저는 생각합니다. 그래서 저는 초고에는 가능한 한 손을 보지 않습니다. 수정은 편집자와 교정자에게서 모순과 오류를 지적당하고 그 말이 맞는다고 납득한 경우만으로 최대한 제한합니다.

내 소설은 나만의 것이니까 저는 소설가라는 직업을 사랑하는 것입니다. 그 때문에, 제 소설을 책으로 완성시켜준 사람들께 무척 감사드립니다. 그들, 그녀들의 소질과 기량에 경의를 표합니다.

애니메이션 「재와 환상의 그림갈」은 확실히 제 소설을 베이스로 했습니다만, 당연히 제 소설은 아닙니다. 나카무라 감독님이 중심이 되고 많은 사람들이 만드는 것입니다. 그것은 완전히 제 것이 아닙니다. 애니메이션이 근사한 것이 된다면 그것은 애니메이션을 만든 분들의 공적입니다. 저는 원작을 제공한 것뿐이고 애니메이션은 어디까지나 그들, 그녀들의 작품입니다.

저는 직간접적으로 그들, 그녀들이 엄청난 노력, 축적해온 기술, 보기 드문 센스를 투입해서 애니메이션을 만들고 있다는 사실을 알 수 있는 입장이 되었습니다. 저는 세상에서 가장 애니메이션 「재와 환상의 그림갈」을 기대하고 고대하고 있는 사람 중 한 명입니다.

제 소설이 원작이 아니었다면 기대하지도, 고대하지도 않았겠지요. 그것은 사실입니다. 넓은 의미로 말하자면 저도 제작진에 포함될지도 모릅니다. 애니메이션이 성공하기 위해서 제가 뭔가 할 수 있는 일이 있다면 기꺼이 하겠습니다. 그래도 역시 저는 소설가이고, 애니메이션은 제 소설이 아닙니다. 제 마음속에서는 뚜렷하게 완전히 구별되었기 때문에 더욱, 저는 단순하게 애니메이션을 기대하고 고대할 수 있는 것입니다.

처음 하는 경험이라서 여러 가지 일이 있어 안정이 되지 않지만, 저는 애니메이션「재와 환상의 그림갈」의 행복한 시청자가 될 수 있을 것 같습니다. 제 입장 덕분에 제작 과정을 들여다봤기 때문에(이것이 또한 엄청나게 즐겁습니다. 각본, 그림 콘티, 각종 스케치 등등 이것저것 다 대단합니다) 단언할 수 있습니다. 정말로, 정말로, 정말로 근사한 애니메이션이 될 것 같습니다!

자, 이제 페이지가 다 찼습니다. 편집 K 씨와 시라이 에이리 씨, KOMEWORKS의 디자이너님, 그 외 이 작품의 제작과 판매에 관여해주신 분들, 그리고 지금 이 작품을 집어주신 여러분께 진심으로 감사와 가슴 가득 사랑을 담고 오늘은 이만 펜을 놓겠습니다. 또 만나 뵐 수 있다면 기쁘겠습니다.

주몬지 아오

역자 후기

작가님께서 후기에 쓰신 바와 같이 「재와 환상의 그림갈」은 애니메이션으로 제작되어 일본에서 방영되었으며 현재 DVD로도 나와 있습니다. 주인공 하루히로의 목소리는 인기 성우 호소야 요시마사 씨가 연기했습니다. 그리고 영상의 수채화 같은 분위기의 잔잔한 색감이 인상적인데요, 저는 개인적으로 그 색감이 매우 마음에 듭니다.

내용은 데드 스팟을 해치우는 부분까지입니다. 그래서 아직 등장하지 않는 캐릭터들과 이야기를 담은 2기를 기대하는 분들이 많다고 하네요. 저도 그중 하나이구요.

소설판 다음 권에서도 또 다른 세계가 펼쳐집니다. 앞으로도 함께해주시면 기쁘겠습니다.

이형진

재와 환상의 그림갈 level. 6

보잘 것 없는 영광을 향하여

2016년 7월 8일 초판 발행
2017년 5월 23일 3쇄 발행

저자 · AO JYUMONJI
일러스트 · EIRI SHIRAI
역자 · 이형진
발행인 · 안현농
편집인 · 황민호
출판사업본부장 · 박종규
책임편집 · 성명신 이수민 장연지
마케팅본부장 · 김구회
마케팅 · 이상훈 김학관 김종국 반재완 이수정 임도환
국제업무 · 이주은 김준혜 오선주 장희정 박경진 위지명 김부희
제작 · 심상운 최택순 성시원
한국판 디자인 · 디자인 우리
발행처 · 대원씨아이(주)

서울 특별시 용산구 한강로3가 40-456
편집부 : 02-2071-2104 FAX : 02-794-2105
영업부 : 02-2071-2061 FAX : 02-794-7771
1992년 5월 11일 등록 3-563호

http://www.dwci.co.kr/

원제 灰と幻想のグリムガル 6

ISBN 979-11-334-2681-2 04830
ISBN 979-11-5625-426-3 (세트)